岩波現代文庫／文芸 304

余白の春

金子文子

瀬戸内寂聴

岩波書店

目　次

余白の春 …… 1
岩波現代文庫版あとがき …… 391

余白の春

「私共は自分たちの生活の目標を世間の人たちのように、ただ無事に大した不足もなくその日その日が送れて、円満な家庭をつくって、子供等の成長を楽しみにするというような処には置いていません。それどころか、私共は反対に、平穏無事な楽しい私共の家庭のいわゆる幸福が、いつ逃げ出しても恐れない決心をいつもいつも忘れずに持っていなければならないのです。

私共の家庭の中心人物は、いつ何のために、家庭から拉《らっ》し去られるかも知れないのです。そしてまた、再び家庭に帰されるかどうかさえも分らないような事すら勘定の中に入れておかねばならないのです。そしてもし、これを不安にして思い煩《わずら》っているならば、私共は年中この不安の連続の中に住んでいなければならないのです。極端に気にすれば、私は、自分のために、子供等のために、良人《おっと》の上を、子等の父の上を、一日も心配せずにはいられないのです。安心していていいのは、ただ顔をつき合わしているときだけ、といってもいいかも知れないのです。いや、その顔をつき合わしている瞬間にすら、何がはじまるかも知れない、と思えば思えぬ事はありません。――略――私には、自分だけには長い将来の保証があるように呑気《のんき》にしていられる人達の気が知れないのです。どんなに大事に保護されている命でも、失《な》くなるときには遠慮なく失くなります。見舞いそうもない偶然のお見舞いを受けて死ぬ事があります。—略—

他人によって受ける幸福は、絶対にあてになりません。どれほど信じ、どれほど愛する人によって与えられる幸福にしても、私はそれに甘えすがってはならないと思っています。—略—何の理由にしろ、その幸福に離れた時、取り乱すことのないようにしたいものだと、私は始終おもっています。そしてその覚悟は、やはり自分の生きてゆく目標を、どこにおくかによってきまるとおもいます」

と書いたのは伊藤野枝《のえ》であった。一九二三年(大正十二年)四月のことで、野枝はこれを書いてから僅《わず》か五カ月後の九月十六日に夫の大杉栄と共に憲兵大尉甘粕正彦《あまかすまさひこ》に殺されている。まるで自分たち夫妻の死を予言したような文章になった。

野枝はまた、夫の大杉栄に対し、死の三年前にはこんな手紙も書いていた。

「私たちは生きている間は、どんなに離れていても、お互いの心の中に生きている一つのもので結びつけられていますけれど、私達は何時《いつ》の日、死に別れるかもしれない、と考える時に、私は心が冷たく凍るような気がします。私が先《さ》きに死ぬのだったら、私は何《な》んにも思いません。きっと幸福に死ねるでしょう。でも残される事を考えると本当にいやです。そして私たちの生活には何時そんな別離が来るかも知れないなどと考えます」

野枝がこの手紙の中で予想した死の別離は、平凡な普通の幸福な家庭を襲う、病死という自然な別離の形ではなく、夫の刑死、或いは、不条理な刺客の手による横死の形であっただろう。ごく親しい身内に向っては、野枝は日頃いつも言いきかせていた。

「どうせ私たち夫婦は、平穏に畳の上で死ねるような生活を送っていませんからね。私たち自身は、正しいことだと信じてやっていることだけれど、今の世の中ではまだ迫害されるのも無理はないかもしれない。十年先、二十年先のことを考えて運動しているのですから。だから、もし、私たちがいつどこでどんな殺され方や死に方をしたと聞いても愕《おどろ》いたり悲しんだりしないで下さいね」

とはいうものの、野枝自身にしても、まさか最愛の夫の大杉と共に憲兵に虐殺されるというような形で非業《ひごう》の死を遂げようとは、夢にも予知し得なかったことだろう。

それは、一九二三年(大正十二年)九月一日午前十一時五十八分に、突如として襲ってきた関東大震災に端を発した。ノアの洪水以上の、神々の怒りが地軸から噴きあふれたかと思うような大地の激動は、木と紙で造られた家々をひとたまりもなく無残に押しつぶした。空には無気味な赤さに彩られた大入道のような地震雲がもくもくと湧きあがり、余震が絶え間なく襲ってくる。たまたま昼食の支度に使われていた家々の炊事の火をくつがえし、市中の八方から火をふいて、帝都はたちまち地獄の火焔《かえん》になめつくされてしまった。

ひっきりなしの余震、激震と、天を焦《こが》す大火災がひとつになって、東京は一瞬の後には焦熱地獄になり、逃げ惑う人々の悲鳴や怒号がこの世のものではない悽惨《せいさん》さで地上をおおっていった。都心はもちろん、神田も本郷もたちまち火の海になった。

その頃、大杉栄と野枝は、淀橋町柏木に居を構えていた。大杉は前年暮、秘《ひそ》かに日本を密出国し、ベルリンの国際アナキスト大会に出席するため渡欧したが、パリでメーデーの日にアジ演説をぶち、サン・ドニの獄舎につながれた上、身分が判明し、日本に送還され、七月十一日、帰国したばかりだった。

野枝は野枝で、夫の帰国を待っていたように、大杉との間では五人めに当る子供ネストルを、八月に出産したばかりだった。

大杉は連日、家にこもって、出版をせかされている『日本脱出記』の原稿と、延び延びになっている『自叙伝』の執筆に明け暮れていて、珍しく、対外的には運動を控えていておとなしく構えていた。

大杉家のすぐ隣に内田魯庵《ろあん》が棲《す》んでいた。

魯庵が家族をせきたてて、戸外に飛びだし、広場で近所の人々と避難している所へ、三十分もしてから、大杉が長女の魔子《まこ》の手をひき、次女のルイズを抱いて悠々とあらわれた。魯庵が、大杉家の安否を問うと、

「壁が少し落ちただけで大したことはなかった。でもびっくりしたね。家がつぶれるかと思ったよ」

といい、大きな特徴のある目玉をぎょろっとさせ、急ににやっとすると子供が内緒話をするように得意そうな顔付で魯庵にいった。

「だが僕は、この暑いさなか、毎日、日本脱出記と自叙伝の原稿でせっつかれて弱っていたから、地震のおかげで催促が来ないだろうと、大助かりだよ。地震に感謝ものだね」

その夜は不安と恐怖のうちに明けたが、翌二日になると、どこからともなく「不逞《ふてい》鮮人」が、震災を利用して、各地に放火し、暴動を起し、帰女子は強姦され、井戸に毒物を投げこむようだという流言が飛びかわされてきた。同時に、それらの朝鮮人の動きの背後には社会主義者が指導しアジっているというまことしやかなデマまで加わってきた。

二日午後六時には緊急勅令として戒厳令が公布され、人々はいっそう事態の不穏さに脅《おび》やかされた。元来戒厳令は、戦時か事変に際し公布されるものだから、それにみあうだけの暴動の気配がなければならない事情になる。

野火《のび》のように拡まっていく朝鮮人暴動の流言蜚語《ひご》の出所は、人々には全くわからなかった。それでいて、その流言は一向に衰えるどころか火に油をそそいだように燃え拡がって消しようもない。誰の心にも、日頃、自分たちが朝鮮人に対して行っているひどい差別や虐待の事実を振りかえれば、そんな報復があっても不思議ではないという恐怖感があったから、流言がいかにもまことしやかに信じられていったのである。

町ではいつのまにか自警団が結成され、角々《かどかど》にがんばって、通行人を片っ端から訊問しはじめた。

人々は殺気走って、男たちはみな武器を持った。竹槍、日本刀、猟銃、鳶口《とびぐち》、鉄棒、棒の先に短刀をしばりつけたもの。あらゆる雑多な武器を持った男たちが辻々にたむろし、武器を手にして、自警を楯にとって、公然と朝鮮人狩りを行った。「山と呼ばれたら川と答えるように」。まるで忠臣蔵もどきの合言葉で〝敵味方〟を区別する。

怪しいと思うと、アイウエオをいわせてみたり、拾五円五拾銭《じゅうごえんごじっせん》と発音させてみたり、それでも怪しいと思えば、教育勅語をそらんじさせたり、歴代天皇の名をあげさせたりする。日本人なら発音がちゃんと出来るし、勅語や天皇の名を暗誦出来るだろうというのであった。

そして、少しでも発音があいまいだったり、つまったりすれば朝鮮人と決めこんでしまって、打つ蹴るなぐるの果に、日本刀で斬《き》り殺したり、鳶口で頭を叩き割ったりして殺してしまう。

『東京震災録』には次のように報じられている。

「九月二日のことである。世田ケ谷警察管内では、自警団が警鐘を乱打し、兇器棍棒を携えて『鮮人』を拉致すること二百名に及び、巣鴨管内では、同日百余名の『鮮人』が、彼等のために拉致され、また板橋管内では、『鮮人』の住宅が自警団のために襲撃され多数の死傷者を出し、千住では三日千住町に『鮮人』を保護せる邦人が重傷を負わされ、南綾瀬村では矢張《やは》り鮮人住宅が襲撃され、その場で七人が虐殺された。また江北村柳原では『鮮人』と誤られて一老婆が惨殺された」

中島健蔵の『昭和時代』(岩波新書)には次のように記されている。

「ともかく神楽坂警察署の前あたりは、ただごととは思えない人だかりであった。自動車も一時動かなくなってしまったので、わたくしは車から下りて、その人だかりの方へ近よって行った。群衆の肩ごしにのぞきこむと、人だかりの中心に二人の人間がいて、腕をつかまれてもみくしゃにされながら、警察の方へ押しこくられているのだ。別に抵抗はしないのだが、とりまいている人間の方が、ひどく興奮して、そのためにかえって足が進まないのだ。群衆の中に、鳶口を持っている人間がいた。—略—突然鳶口を持った男が、鳶口を高く振りあげるや否や、力まかせに、つかまった二人のうち、一歩おくれていた方の男の頭めがけて振りおろしかけた。ゴツンとにぶい音がして、なぐられた男は、よろよろと倒れかかった。—略—ズブリと刃先が突きささったようで、わたくしはその音を聞くと思わず声をあげて、目をつぶってしまった。ふしぎなことに、その兇悪な犯行に対して、だれもとめようとしないのだ。—略—大ぜいの人間がますます狂乱状態になって、ぐったりしてしまった男をなぐる、ける、大あばれをしながら警察の玄関の中に投げいれた。——略——その時はじめて『鮮人』ということばをちらりと聞いた」

「三日でしたか、四日でしたか、海岸で自警団の人達が、七、八人団を為《な》して来た朝鮮人を生捕ってしまったのです。七、八人とかたまっていたので抵抗もしたでしょう。そのために只《ただ》さえ狂気のようになっている人達は、余計に興奮したと見えて、全部を針金で舟へしばりつけて、それへ石油をかけて、火をつけて沖へ離したのです」

とあるのは『横浜市震災誌』である。

震災そのものの恐怖もさることながら、不気味な余震のつづく中でますますエスカレートしていく朝鮮人狩りの血なまぐささの方が一層人々の恐怖をつのらせていた。

警視庁は九月二日の午後三時になって、朝鮮人「保護」検束方針を次のように決定した。

(a)朝鮮人を速《すみや》かに各署又は適当なる場所に収容し、其《その》身体を保護検束すること
(b)朝鮮人の保護を確実ならしめる為、其移動を阻止すること
(c)内鮮人相互の融和を図る為、朝鮮人労働者をして社会的事業の開始を勧誘すること

そして九月四日には検束された朝鮮人の数は五、二二二に達し、六日には更に六、一一八にのぼっていた。

この時、保護検束の名目の許《もと》に警察に連行された者の中に、朴烈と金子文子《ふみこ》の夫妻もいた。ふたりが代々木富ケ谷一四七四の不逞社から検束されたのは、九月三日であった。

そしてこの三日の夜、亀戸署では、地獄のような朝鮮人の大量殺人が行われていた。その中には南葛労働組合の幹部六人、川合義虎はじめ北島吉蔵、近藤弘造、山岸実司、加藤高寿、鈴木直一ら全員も逮捕されていて、虐殺されている。

四日の朝、亀戸の道端で、三、四人の巡査が荷車に石油と薪《まき》を積んでひいて行くのに出逢った八島京一は顔見知りの巡査と対話している。「石油と薪を積んで何処《どこ》へ行くのです」。「殺した人間を焼きに行くのだよ」。「殺した人間……」。「昨夜は人殺しで徹夜までさせられちゃった。三百二十人も殺した。外国人が亀戸管内に視察に来るので、今日急いで焼いてしまうんだ」。「皆鮮人ですか」。「いや、中には七、八人社会主義者もはいっているよ」。「主義者も……」。「つくづく巡査の商売が厭《いや》になった」

この時九死に一生を得て生き残り、今もまだ健在な全虎岩は、日本名を立花春吉と名乗り孫たちに囲まれた平和な余生を送っている。

晩秋のある日、この貴重な証言者の肉声で当時の模様を確かめたく、大和郡山市の郊外に住まわれる氏を訪ねていった。

のどかな村ではもう刈入れが終りかけていて、白い街道から少し奥まったところにある立花家の前庭に咲き乱れたコスモスの群生が可憐な姿をあるとも見えない風にゆすぶられていた。

まだ新築の匂いの残る家の中にはお孫さんの勉強机や、玩具が並び、壁には習字や図画の作品が貼りつけてある。

「息子は病院のボイラー焚《た》きに行っています。嫁は看護婦で、わし等夫婦が留守役です」

という立花老人は、もう七十を越えた筈《はず》の年齢よりはるかに若く見える皮膚をしていて、耳も記憶もたしかだった。ただ、歯だけは総入歯になっているらしく、小柄で美しい奥さんに、客の前だから歯を入れなさいと横からいわれて、面倒臭そうにがぼっと一息に入歯を入れた。すると、いっそう頰も口許も若々しくなって、このまま隠居さんみたいに大和の奥に引きこんでいるのはもったいないように見える。

たまたま、その日は村のお祭りの日に当っていて、座敷の隅には、重ねたもろぶたの中につきたてのお餅が山のように並んでいた。それを奥さんがこんがり焼いてくれる横で老人の昔話を聞かせてもらう。

「どういうわけか、私は元来命冥加《みょうが》で運がいいんだな。いつでも、危い命を、危機一髪のところで助かっている。ああ、朝鮮からはね、一九二一年に渡ってきました。南鮮の、釜山の奥の小さな部落の生れで、ずいぶん貧しい家に育った。子供の頃から、日本人がわれわれを差別するのをいやという程見てきている。どんなふうにかって？　あんた、それはもう、ことごとくに差別するんだな。今でもありあり目に浮ぶのは、われわれの家の、座敷へ、日本の役人たちが、泥靴のまま、土足で上ってくることだな。そらもう、貧しい朝鮮の小舎《こや》みたいな家は汚くて、不潔だといわれても仕方がない有様だった。それでも、われわれにとっては、そこで寝て、食べて、仕事もする神聖な生活の場なんや。そこへ、なんぼ汚いというても、土足で上ってくることがありますか。やつらはわれわれを犬や猫ぐらいにしか思うてないから、われわれの感情や誇りがどう傷つこうがそんなことかまってやしない。われわれの身内が、心で歯ぎしりしながら、表面は無表情に感情を押し殺して、奴等にへいこら頭を下げている。そういうことを物心ついた時から厭というほど見て育ったから、差別に対する不平不満は、腹の中いっぱいつまっておった。何にしても勉強して一人前になることだ。それには日本に渡ることやと思って、機会をうかがっていたんですよ。同じ村の金持の息子たちが、東京へ勉強に行くという時、わけを話して、彼等の乗る船へこっそりまぎれこましてもらい、奈落《ならく》にじっと身をひそめて、密航して来ました。それからあちこちしたあげく、神田の朝鮮学生会館に出入りするようになって、いろんな若い主義者と友だちになり、朝鮮は独立しなければ、永久に日本の植民地として、むごい差別の下で搾取《さくしゅ》されつづけると悟《さと》ってきた。そしてそのためには、朝鮮の労働者階級が、日本の労働者と手を結んで、共通の敵である支配権力を打倒するより道はないんだということがわかってきた。日本へ渡ってみて、朝鮮で見た日本人のような人種だけではなくて、日本には、われわれ朝鮮人の底辺の人間と大同小異の貧しい苦しい生活をしている日本人が地に這《は》いつくばって生きていることもわかってきました。

その頃南葛労働組合の人々と知りあうようになったんです。たまたま、大正十一年に南葛労働組合では亀戸支部が結成されたので、そこへ入れてもらって、働かしてもらっていた。亀戸というところは、東京でも典型的な労働者街のまっ只中です。下層労働者がひしめいて生きている。大杉栄も、日蔭《ひかげ》茶屋事件ですっかり世間をせばめた後、野枝さんと手をたずさえて、亀戸に乗りこんで労働者の中にじかに入りこんで、労働者の組織化につとめた時代がありましたよ。和田久太郎や、久坂卯之助なんかと寝起きを共にして、あれは大正七年くらいのことじゃなかったかな。大杉さんたちは一年くらいしか亀戸では住まわれなかったけれど大杉さんの蒔《ま》いた種はちゃんと芽をふいて大正十一年十月の『全国労働組合総聯合会』の結成まで成長したわけです。亀戸時代、大杉さんに私淑した労働者のなかから、平沢計七さんなんかが生れています。

私は亀戸町の福島ヤスリ工場に工員になって働きに出て、そこの労働者たちに働きかける仕事をしていた。地震のおこった時も、私はヤスリ工場で仕事中だったが、仕事どころでないので、工場を逃げだしたけれど、組合の支部へ行く途中も、次々負傷者に逢うので、その人たちを助けたりしているうちに、おそくなって、やっと支部へたどりついたら、誰もいない。仕方がないのでその日は下宿に帰り、翌日、また支部へいってみたら、川合義虎さんがいた。共産青年同盟の委員長だった川合さんは、彼は昨日総同盟から帰る途中、地震にあったということで、昨日は上野で避難民の世話をしていたということでした。帰ってきても、朝から、亀戸の人たちの救援活動にかけずりまわっている。この川合の妹さんに美人がいてねえ、川合のところでは下宿屋をしていたけれど、妹さんの魅力でいつでも満員だった。ところがこの妹さんが結婚してしまったら、あとさっぱり下宿人がいなくなってしまってねえ。とにかく川合さんはえらい人だったな。本当に労働者のことを思っていましたよ。

二日の夜になると、もう町は自警団が出て異様な緊張で見張られてきた。炭鉱の朝鮮人労働者がダイナマイトを盗み集団で東京を襲撃してくるから、自衛するのだとかいって、朝鮮人は片っ端から殺されそうな不穏な空気になっているんだな。そんな馬鹿なことがと思っていたけれど、夜になったら、朝鮮人が多勢、追われて逃げていくというので、私は近所にあった朝鮮人の飯場《はんば》まで様子を見にいった。ここは二十人くらいの朝鮮人が鉄道工事に従っていた所ですよ。ここへ、右翼の黒竜会の連中が日本刀などひっさげて襲撃して、片っ端から斬り殺している。朝鮮人は近くの蓮沼に逃げこんでいくのを、沼の中まで追いかけて、斬り殺すので、沼は血の池になり、地獄図そっくりなので怖ろしくなってあわてて逃げ帰ってしまった。工場の仲間にあんたは朝鮮人とわかっているから物騒だからかくれていてくれと、社宅の押入れにいれられて、外に見張りまでしてくれたけれど、朝鮮人狩りは衰えるどころか、ますます狂的になっていく。私が社宅にいることがわかったら、みんなに迷惑をかけることになるし、三日の昼になると、警察が保護収容しているというので、そっちが安全だから行こうということになった。ひとりで歩くと必ず殺されるといって、工場の友達が竹槍を持って十数人で私を囲んでくれて、警察まで送りとどけてくれた。道には殺気走った自警団や兵隊まで出動していて、銃剣も竹槍も真赤に血塗られているし、道路で、朝鮮人が突き殺されるのを何度も目撃するし、あの時はほんとに生きた心地もなかった。私も何度か危い目にあったが、仲間が守ってくれ、とにかくようやっと亀戸署までたどりついたんです。

収容所にしていた署の道場の中は朝鮮人同胞で満員になっていて、私は隣の二階建の大講堂へ入れられた。ここも続々つめかける仲間でたちまち、足を伸ばすことも出来ないくらいになってしまう。千人は超えていたでしょうなあ。どの入口にも巡査が立って警戒している。中国人も五十人ほどいて、これは道場と講堂の通路に坐らされていた。

三日の日も暮れて、夜明け方、銃声が二発聞えてきて無気味だった。朝、便所へ行ったら、窓の所で、巡査がふたり立話をしているんだ。その中に川合ということばがあったので、ああ、あの銃声は川合さんたちがやられたのかもしれないと思ってぞっとした。

便所のまわりには死体が三、四十積んであるんですよ。ぎょっとしたね。隣の道場でも血を浴びた朝鮮人が三百人くらい縛られていた。その日はずっと虐殺がつづいて、同胞が庭につれだされては目かくしされ裸にされ、号令のもとに銃剣で一突きにする。ちょうど芋《いも》を刺すように刺し殺された死体を別の兵隊が俵を積むように無造作に積みかさねていくんです。

私が二階の自分の場所に戻って見ていると、死体が階下の廊下に積みあげられ、重なって、二階の踊り場までぎっしりつまってしまった。しかし人間は、なかなか一突きや二突きで死ねないらしいね。それらの死体の目だけが、ぱちぱちあちこちでまたたいているのが無気味で、目もあてられない。生きている我々の方も神経がおかしくなって、死人よりみんな青ざめ、目ばかりぎょろぎょろさせて、口ひとつきく者はいなくなった。

危かったのは三日の夕方でね、亀戸署の朝鮮人係りの特高の北島という男が二階へ上ってきて、きょろきょろ誰かを探しているんだ。私は顔見知りなのでつい北島さんと声をかけたけれど、どういうわけか北島は私に気がつかないで、そのまま降りていってしまったんですよ。あとで、南葛労働組合の者がみんな殺《や》られたことを聞いて、ほんとうにぞうっとした。北島はもちろんあの時私を探しに来たんでしょう。実際、当時の新聞には、私もいっしょに殺されたと出ていたんですからね。その夜も夜通し虐殺が行われて、一晩に三百何十人も殺したなどという話し声がしているんだ。

警察は川合をはじめ南葛労働組合の連中たちが革命歌を歌い大衆を煽動《せんどう》するから殺ったとあとでいってますがそんなこと嘘ですよ。はじめっから地震のどさくさに殺すつもりで連行してるんだ。大杉夫妻だって、朴烈、文子だってそうじゃないですか、ねえ。五日の夜中になってようやく虐殺が止み、今度は消防署の荷車二台がいったりきたりして、死体をせっせと運び出している。何でも国際赤十字の調査団がやってくるというので大あわてなんだな。死体は荒川放水路の四ツ木橋のところに運ばれ、薪とガソリンで、焼き払われた。後で私はそこへ遺族と見にいったけれど、そこは機関銃を据えつけて、数百人の朝鮮人を銃殺した場所でもあったんだよ。

とにかく理由はわからず、何だか生き残った我々はそれから徒歩で習志野の練兵場へつれていかれた。この時はもう、必ず機関銃でいっぺんに殺られるためにつれていかれてるのだろうと思って、歩くのもいやだったね。まわりは物々しく武装した騎兵に取り囲まれてとぼとぼ歩いていくんですよ。屠所《としょ》にひかれる羊とはこの通りだと思ったね。

ところが習志野では殺されもせず、十一月までいて、青山の練兵場に移されてから釈放されたんです。どうして命がのびたのか、自分だけが助かったのか全くわからない。奴等のすることは無茶苦茶なんだから。

南葛の同志で殺されたのは十一人だったと、これも後でわかったわけです。人間なんて群集心理で興奮すると何をやり出すかわかったもんじゃない。普段はおとなしい普通の人間が、あの時は平気で、芋でも刺すようにぶすぶす殺すんですからね。あれは地獄でしたよ。でも人間は誰だって、いつ、あんなふうになるかわからないと思うと怖ろしいね。アウシュヴィッツのことをとやかくいうけど、残虐さじゃ日本人のあの時の朝鮮人殺しだって、同じようなものじゃないですかね」

そんなことをいう立花老人の顔は一向に激したふうもない。奥さんが残して立たれた火鉢のお餅を念入りに裏がえしながら、今はもうすっかりのどかに和《なご》みきった表情で、淡々と話されるのだった。

立花老人の背後には澄んだ大和の秋空がうららかに拡がっていて、裏庭の池から鯉のたてる水音がひっそりと聞えてくる。地獄を覗《のぞ》き、地獄をくぐりぬけてきた人のあまりのおだやかさに、かえって一瞬の目まいを誘われそうな気がしてくる。ここを訪れる車中で読んできた田辺貞之助の『女木川界隈』の中の情景が、まるで自分の目で確かめたような鮮明さで、立花老人の背後の秋空に映し出されてくる。

「石炭殻で埋立てた四、五百坪の空地だった。東側はふかい水たまりになっていた。その空地に東から西へほとんど裸体にひとしい死骸が頭を北にしてならべてあった。数は二百五十ときいた。ひとつひとつ見てあるくと、喉を切られて、気管と食道と二つの頸動脈がしろじろと見えているのがあった。うしろから首筋をきられて真白な肉がいくすじも、ざくろのようにえみわれているのがあった。首の落ちているのは一体だけだったが、無理にねじ切ったとみえて、肉と皮と筋がほつれていた。目をあいているのが多かったが、円っこい愚鈍そうな顔には、苦悶のあとは少しも見えなかった。みんな陰毛がうすく『こいつらは朝鮮じゃなくて、支那だよ』と、誰かがいっていた。

ただひとつあわれだったのはまだ若いらしい女が——女の死体はそれだけだったが、——腹をさかれ、六、七カ月になろうかと思われる胎児がはらわたのなかにころがっていた。がその女の陰部に、ぐさり竹槍がさしてあるのに気づいたとき、ぼくは愕然として、わきへとびのいた。われわれの同胞が、こんな残酷なことまでしたのだろうか。いかに恐怖心に逆上したとはいえ、こんなことまでしなくてもよかろうにと、ぼくはいいようのない怒りにかられた。日本人であることをあのときほど恥辱に感じたことはない」

そんな騒然とした世間の狂気沙汰をどう観じていたのか、この頃大杉栄は、金《きん》紋《もん》入《いり》蠟《ろう》塗《ぬ》りの豪華な乳母車に魔子やルイズを乗せ、遠州縞の大柄な湯あがりの片端《かたは》折《しょ》りで、一日に何回も近所を散歩していたし、夜になると、世間のつきあいだからといって夜警にも加わったりしていた。

大杉も野枝も生涯の中ではむしろ、最もおだやかに暮している頃で、帰朝後は警察を刺戟《しげき》するような運動らしいものも何ひとつしていないので、自分たちが検束されるなどとは思っていなかったようだ。

九月十六日の朝、九時頃、大杉と野枝は揃って洋服姿でつれ立って外出するのが近所の人の目をひいた。大杉は鶴見に住んでいる弟の勇一家を見舞いにいったのだった。そこにはたまたま、アメリカへ嫁いでいた大杉の妹の橘《たちばな》あやめが、一人息子の宗一《むねかず》をつれて帰国して身を寄せていた。一家もあやめ親子も無事だったのを喜び、大杉は東京に行きたがる宗一少年をつれてその日の夕方帰ってきた。

三人が家の近くについた時はもう六時すぎになっていた。野枝は家に入る前に、家の前の八百屋に立ちより、子供たちに梨を買った。

八百屋を出ようとした時、それまで待機していた憲兵曹長の森慶治郎に呼びとめられた。

「小泉司令官が至急あなたにお会いして相談したいことがあるそうです」

という。大杉が一度家へ戻ってから出直そうというと、森はさえぎっていった。

「いえ、司令官が大変急いでいられますので、奥さんも御子さんも御一緒にちょっと」

そのまま、三人は麴町の憲兵隊に連行されていった。そこには甘粕正彦大尉が待機していた。

三人は憲兵隊の二階に案内され、野枝と宗一は憲兵隊長室の控えの部屋に通され、大杉ひとりは隊長専用の応接室につれていかれた。大杉はその部屋で、背後からいきなり甘粕大尉に柔道の手で首を締めあげられ殺された。大杉は大した抵抗もせず一言も発しないで絶命した。

そのあと甘粕は階下の事務室で森曹長と悠々とコップ酒でウイスキーをあおり、三十分ばかりして腰をあげると、大きく伸びをして、

「さあ、今度はあの女をやっつけに行くか、みんなついてこい！」

と大声でいい、先に立って二階へ上っていった。

二人を殺す方法はくわしく計画をたて、甘粕大尉が森曹長以下平井、鴨志田、本多の三人の部下に説明し、命令してあった。

野枝は控え室で宗一とふたり窓から月をながめていた。家の前で森曹長に声をかけられたのはまだ六時すぎだったが、もうその時は九時をまわっていた。大杉はどこかにつれ去られたまま一向に帰って来ない。こんなことなら、やはり、あの時、一旦家へ帰って、魔子たちに顔をみせておくのだった。いや、大杉だけに用があるなら、自分と宗一は帰っていればよかったのだ。宗一はもう野枝にもたれて半分眠りかけていた。

そこへ森曹長が入ってきた。

「奥さん、ちょっとお聞きしたいことがあるんだが、隣室までご足労ねがえませんか」

笑顔で愛想よく話しかけながら、野枝の膝から宗一を軽々と抱きあげると、窓ぎわから空を指さしてあやすようにいう。

「ほら坊や、お星さまがたくさんだろ、あの大きい星は、なんていう名の星だか知っ

てるかい」

そうしながら、ついてきた鴨志田、本多の二上等兵にさりげなく宗一を手渡した。野枝は森にうながされて隣の隊長室に入っていった。廊下のドアを背にして椅子がおかれている。野枝をそこへ坐らせるや否や、急に森曹長はこれまでと打って変った態度になり、いきなり居丈高《いたけだか》にどなりつけた。

「あんたは女のくせに無政府主義なんかを騒ぎたてて、けしからんやつだ」

野枝の注意を森ひとりに集中させるための予定の演技だった。野枝は大胆に前の卓に右肘《みぎひじ》をつき、頰杖《ほおづえ》をついて、ふんといった表情で森を睨《にら》みかえした。どうせ、こういうところへ連行された以上、何かがおこるとは考えていたし、むやみに待たされている間にもあれこれ想像していたので、それぐらいのことでは愕きも脅えもしない。

廊下で内部の様子をうかがっていた甘粕大尉が、野枝の背後からドアをあけ、入ってきた。そこでいきなり背後から首に腕を廻すというのが、大杉の時と同じ手口の計画だった。野枝が頰杖をついているので締め難い。計画に齟齬《そご》を来した甘粕は、ゆっくり部屋を歩きながら野枝に訊問とも対話ともつかない調子で話しかけた。

「おまえたちからみれば、たかが地震や火事ぐらいで戒厳令が布《し》かれて大騒ぎしているなどということは、さぞ馬鹿げていると思ってるだろうな」

野枝は相変らず小馬鹿にした薄笑いの表情でじろじろ甘粕を見るだけで返事もしない。

「おまえたちは新聞雑誌に名前が出るえらい主義者の先生だからわれわれのような野《や》暮《ぼ》な軍人なんか、馬鹿にみえてしょうがないだろう」

「でも今日び、世間じゃ、兵隊さんでなければ夜も日もあけないようにいうじゃありませんか。あたしたちが馬鹿にするもしないもないでしょうよ」

野枝の答えはあくまで皮肉たっぷりでその表情は嘲笑的だった。甘粕はそんな野枝のまわりをまわりながら一番締めやすい位置を探していた。

「おまえたちは、朝から晩まで尾行されて、警察ぐらい、いやなものはないと思っているだろう」

野枝はやはり白眼でじろっと甘粕を見返しただけで返事もしない。

「その警察と同じような仕事をして、しかも兵隊なのだから、おまえたちにしてみたら、われわれはこの世の中で一番いやな、憎らしい存在なんだろうな」

これにも野枝は返事をしなかった。いったいこの男は何を言いたいのか。大杉はどこでどんな訊問を受けているのか。甘粕のねちねちしたことばはまだつづく。

「おまえたちは、今のような混乱がいつまでも続くように願っているのだろう。正直にいえ。混乱すればするほど、おまえたち主義者にとっては好都合なんだからな」

野枝は甘粕の顔をまじまじと見つめてうるさそうにいった。

「あなたたちと、わたしたちとは考え方が根本からちがうんだから、しかたがないでしょう」

「なにっ、考え方がちがうだと」

甘粕はきっかけをつかんだように野枝の方にいっそう近づいてその横に迫った。

「おまえたちは世間を混乱させて、それを原稿に書いて食っている火事場泥棒みたいなやつだ。こんどの震災騒ぎも、どうせ原稿にして儲けるつもりだろう。そうですと、正直にいったらどうだ」

「そうですねえ……」

野枝はそれまで押えに押えていた怒りが爆発したように、ふいに全身を震わせると、はじめて頬杖を外し、拳《こぶし》を握って甘粕の方に振りまわすようにして叫んだ。

「よけいな心配はもうたくさん。そういえば、あっちこっちの出版社から、大杉に、震災の感想をぜひ書いてくれって催促にきてましたっけね」

その瞬間、甘粕の腕が野枝の首に毒蛇のようにのびしっかりと巻きついていた。野枝は激しく抵抗して甘粕の手首をかきむしりながら、ううっううっと呻《うめ》きながら全身でもがいた。思いがけない強い抵抗だった。大杉をいきなり背後から締め殺した時の方がうまくいった。森が部屋の外へとびだして、ドアの前で見張りをした。

隣の部屋では宗一が鴨志田と本多の二人にあやされながら、何も知らず野枝を待っていたが、隣室から、呻き声と、どたばたいう異様な物音が聞えてきたので、男たちの手をすりぬけて隣室との境のドアに駈けよった。小さな拳で力まかせにドアを叩きながら叫んだ。

「おばちゃん！　おばちゃん！」

そのか細い首に、いきなりたくましい男の腕が巻きつけられ、もがく宗一の両手はもうひとりの男の手によって、しっかりと押えつけられていた。

宗一が一ことも発しないまま小鳥が殺されるような他愛なさで絶命した時、隣室もすでにひっそりと静かになっていた。

彼等の遺体は、全身繃帯《ほうたい》でぐるぐる巻きにされた上、セメント詰めになっていたので、誰が誰やらわからなかったといわれている。

甘粕は逮捕され、九月二十日軍法会議に付されたが、九月二十四日付で、陸軍当局は次のような発表をした。

「……右犯行の動機は—略—平素より社会主義者の行動を国家に有害なりと思惟しおりたる折柄、今回の大震災に際し、無政府主義者の巨頭たる大杉栄らが震災後、秩序いまだ整わざるに乗じ、如何《いか》なる不逞行為に出づるやも計り難きを憂い、自ら国家の害毒を芟除《せんじょ》せんとしたるに在るものの如し」

震災という突発的な天災が単なる天災としての被害だけでなく、人間の中に秘められたあらゆる悪魔を呼び覚まし乱舞させ、恐怖と汚辱と血にまみれた地獄をこの世に招いたことはこれだけの例でもまだ氷山の一角でしかなかった。

しかもそれらはことごとく、政府と軍部の陰謀、警察力を動員してつくられ、招きよせられたこの世の地獄であったのだ。


金子文子と朴烈が、やはり保護検束の名目で世田谷の警察署に逮捕されたのは、大正十二年九月三日のことであった。

保護検束というのは、行政法第一条の「救護ヲ要スト認ムル者ニ対シ必要ナル検束ヲ加フ」という規定の適用だったが、この場合は、震災直後に起った自警団の朝鮮人狩りの危険から保護検束をするというのが表向きの名目だった。けれども、自警団の朝鮮人狩りという狂気じみた暴動の元はといえば、政府が意識的に捏造《ねつぞう》して流した朝鮮人暴動のデマを人々が鵜呑《うの》みに信じて起ったことなのだった。

自分たちで作った朝鮮人暴動のデマで自警団を踊らせ、それを理由に朝鮮人を保護検束するというのは、実に手のこんだ陰謀だったが、そうしなければならないほど当時の政府が朝鮮人たちの蹶起《けっき》を心底から怖れていたということにもなる。

震災に先だつ四年前、一九一九年(大正八年)三月一日に、京城(現ソウル)、平壌などから起り、たちまち全朝鮮に拡大して人民蜂起した独立運動、所謂《いわゆる》三・一運動の記憶はまだなまなましかった。それは突然のろしのように打ちあげられた独立宣言に始まり、朝鮮のあらゆる階層、あらゆる職業の老若男女が、口々に独立万歳を叫んで示威行進を行ったのである。武器を何ひとつ身に帯びず、只ひたすら、独立万歳を叫ぶだけの民衆の示威運動の熱気は、全朝鮮に枯草に火を放ったように燃えひろがっていく。

当時の原敬内閣は軍隊をおびただしく派遣して武力弾圧を強行した。身に寸鉄を帯びない示威行進に向って、砲火を集中させた。残虐のかぎりをつくした上で、一応武力鎮定したものの、朝鮮二千万民族の心に根深く沈潜していった反日感情を見逃しているわけではなかった。その時の経験で、朝鮮の民衆たちがどれほど日本に敵意と憎悪を抱き、殺されても拷問《ごうもん》されても、独立のため抵抗した根強さを認めていた。それだけに、それ以後というものはいっそう、独立運動に神経過敏になっていた。更にその上、在日朝鮮人の革命分子たちは折から日本に高まってきた社会主義者たちと手を組んで、互いに革命の日を狙っているという。政府としては、折あらば、その両方を一挙に弾圧する機会を狙っていたのである。震災は政府にとってはそれを実行する何よりの好機になった。

金子文子と朴烈は、その頃、東京府下豊多摩の代々幡町(現・渋谷区富ケ谷)に住んで、「不逞社」という結社を組織し、「太い鮮人」という名のパンフレットを発行していた。最初は「不逞鮮人」という名前だったが、名前が不穏だと警察から注意されたので、語呂をあわせた「太い鮮人」というのに更《か》えた。題名の示す通り、雑誌発行の目的は、朝鮮独立運動のための示威的発行だった。

朴烈は、前々から朝鮮独立運動の闘士として警察のブラックリストに載っていたから、この際、検束されたのは当然の成行《なりゆき》だった。警察は、ふたりを検束するとすぐ、二人に家を貸していた大家の所へ行き、朴烈、文子の夫妻は、もうこの家には帰らない、たぶん永久に帰らないだろうから、早く処分してしまって新しい借家人に貸した方がいいだろうとすすめている。

たまたま、朝鮮人狩りが野火のように拡がっている時だったので大家はすっかり脅えてしまい、警察のいいなりに従った。荷物なども警察官立会の上で勝手に処分しろと警察にいわれてその通りにしてしまった。そのため朴烈夫妻は九月四日から一方的に住居を失ってしまった。そうしておいて警察は、二人を警察犯処罰令の「一定ノ住居又ハ生産ナクシテ諸方ニ徘徊スル者」の該当者に適用してしまい、拘留二十九日に即決し、その日から、引きつづき世田谷警察署へ留置してしまった。如何にも恩きせがましい保護検束こそ、狼がかぶった羊の皮だったのだ。

彼等の十月二十日の拘留満期までの間には、大杉夫妻はじめ社会主義者や朝鮮人たちが次々、多数虐殺されているが、朴烈夫妻に加えられたこの陰謀も、虐殺に劣らない悪《あく》辣《らつ》さだった。

拘留期間満了と同時に、今度は引きつづき治安警察法違反被告として、市ケ谷刑務所に起訴収容されたのだった。
その時の予審請求書には次のように書かれていた。

起訴事実

被告朴準植ハ虚無思想ヲ抱キ権力ノ破壊ヲ念トシタルヨリ有力ナル同志ノ集団ヲ組織センコトヲ企テ本年四月中旬豊多摩郡代々幡町大字代々木富ケ谷千四百七十四番地自宅ニ於テ相被告金子文子、洪鎮裕、崔圭悰、陸洪均、徐東星、鄭泰成、及小川武等ト相会シ無政府主義傾向ノ同志ヲ糾合団結シ其主義上必要ナル社会運動及暴力ニ依ル直接行動ヲ目的トセル秘密ノ団体ヲ組織センコトヲ協議シ被告等共謀ノ上不逞社ナル名称ノ下ニ表面同志ノ親睦ヲ計ルノ如ク装ヒ其実前記ノ目的ヲ達成スヘキ秘密結社ヲ組織シテ之ニ加入シ被告徐相庚、金重漢、新山初代、野口品二、河世明ハ五月中被告張祥重、韓晛相《かんけんそう》、栗原一男ハ六月中就《イズ》レモ右不逞社ニ加入シタルモノナリ

朴準植とは朴烈のことで、この時、朴烈は数え年二十五歳、文子は二十歳だった。今なら文子はまだティーンエイジャーの未成年だったのだ。他の同志たちもすべて、二十二、三歳の若者たちばかりであった。

朴烈たちが保護検束を受ける以前は、警察官は始終公然と朴烈の不逞社を訪れている上、彼等の会合にも出席していた。ということは、それまで不逞社を秘密結社とは認めていなかった証拠であった。ところが一度、捕えられたとなると、次第に適用させる罪状を重くさせるため、次々起訴事実が追加されていく。

明けて大正十三年の二月十五日、捕えられて半年後になると、治安警察法違反の上に加えて、更に爆発物取締規則違反というのが追加されて起訴されている。それが更に大逆事件へと天井知らずにエスカレートしていく。

大杉栄と野枝夫婦のように、既《すで》に世間にも高名な無政府主義者の闘士ならいざ知らず、まだ、二十代や十代の全く無力に等しい彼等に、何故それほど政府が神経をとがらせずにはいられなかったのか。

たまたま彼等が検束されて、取調べを受けている期間に、まるで政府を嘲笑するような〝不祥事件〟が次々続出していたことも、条件のひとつに考えていいだろう。

そのひとつは、大杉夫妻を虐殺した甘粕大尉たちが軍法会議に問われている最中、大阪にいたテロリストの集りであるギロチン社の田中勇之進が甘粕大尉の弟を松坂で狙い、失敗している。失敗はしたが、大杉の復讐を考えているテロリストの一団がいるという事実は世間に知れ渡ったし、甘粕大尉はそれまで宗一殺しも自分がしたといっていたのに、突然、法廷で、

「大杉と野枝を殺したのは私でありますが、子供を殺したのは私ではありません。私はその子供の殺された顔も菰《こも》に包んだのも見ません」
と爆弾宣言をして、法廷を混乱におとしいれた。弟の暗殺が未遂乍《なが》らテロリストたちによって行われたということが甘粕に動揺を与えたのだという見方もされていた。甘粕のこの宣言で、甘粕の部下たちと、法廷で殺しを命じた、命じないの醜い泥仕合が演じられることになった。何《いず》れにしろ、誰の目にもこの甘粕事件の不透明さ、この事件の陰にあって糸をひいているものの黒い存在が察しられて、愈々《いよいよ》、軍部や警察に対して不信を募らせていった。

結局この裁判の結果は、甘粕が懲役十年、甘粕の命令で宗一を殺した森が三年、他の三人は無罪となり、福田大将が戒厳司令官を更迭され、小泉憲兵司令官が停職ということでけりがつけられた。

大杉たちの告別式は死後三カ月たって、十二月十六日に、漸《よう》く谷中の斎場で執《と》り行われた。労働運動社、無政府主義団体、自由連合派諸労働組合の合同主催で七百名の人々が参集した。犠牲者三人の写真を飾っただけの祭壇には、二十余の団体旗が居並び、読経もない無宗教のユニークな葬儀だった。参会者は口々に無政府主義万歳を称《とな》え、拍手は場内をどよもした。

斎場を取り巻いた警官たちは、まるで演説会場でのように「中止！　解散！」を口々に叫び、その声はたちまち参集者の罵声《ばせい》にかき消される。

祭壇に並んでいる大杉と野枝と宗一の写真はその騒ぎを見下している。まるで、大杉の生きている時そっくりの活気のある葬式になった。その上、その葬式は大杉の遺骨無しで行われているため、いっそう人々の気持は切迫し興奮していた。

その朝まで遺骨は、本郷駒込片町の労働運動社に置かれていたが、早朝、見知らぬ弔問客が紋付袴《もんつきはかま》で訪ねてきた。焼香したと思ったら、いきなり大杉の骨壺を小脇にかかえこみ、

「この骨はおれが貰っていく」

と、芝居がかったたんかを切った上、実弾の入ったピストルを発砲しながら、遁走《とんそう》してしまったのだった。反動文化団体の仕業だと判明したが、遂に骨は出なかった。そんなことも賑々《にぎにぎ》しく報道されて、死んでも大杉は賑やかな話題の人であることをやめなかった。どんな事件も新聞種になって、人々に大杉の非業の死を思いださせる。何れにしても警察や政府側にとっては面白くない話である。

その年も押しせまった十二月の二十五日、盗まれた大杉の遺骨が警視庁に帰っているという報《しら》せが入った。

大杉の秘書のように身辺によく仕えていた村木源次郎が二十七日遺骨を取りに警視庁に出かけて行くと庁内は何か殺気走っていて、新聞記者が多勢つめかけている。村木の

顔見知りの記者が村木を見るなり駈けよってきて、口々にわからないことを聞く。

「犯人は誰です」

「早く話して下さい」

「あなたも召喚ですか」

何が何だかわからない村木が大杉の骨を取りにきただけだというと、今度は潮の引くようにいっせいにどこかへ駈け去ってしまった。

その日、難波大助が虎の門で摂政(昭和天皇)が議会開院式にいく途中を待ちうけ、ステッキ銃で狙撃して、事敗れ、たちまち逮捕されたという事件がおこっていたのだ。

朝鮮人虐殺の責任を天皇に問うというのが、狙撃の目的だというのであった。

世間のこういう〝不祥事件〟が続出するのが既に捕えられている朴烈、文子の身の上に反映しないわけはなかった。

明治四十四年一月二十四日と二十五日に幸徳秋水、管野須賀子たち十二名が大逆罪で処刑されてから十年余が経ち、ふたたび難波大助の大逆罪が生じたのである。政府としては、どうしてもこの際、二度と再びそういう不祥事のおこらないよう、事を未然に発見し、国家の威信と天皇制の尊厳を取り戻さないことには面子《メンツ》がたたなかった。

火のないところにも煙をたてて、反逆の芽を摘み取るにこしたことはない。

朴烈、文子は、不逞社という不吉で人を喰った名称の結社を組織しているだけでも、事件にする資格は充分なのである。その上、二人の警察における態度は恭順どころか、申しあわせたようにあくまで太々《ふてぶて》しくかまえていた。

ふたりの弁護を引受けた布施辰治弁護士が、幸い、『運命の勝利者朴烈』の中で、当時のふたりの態度を、細かく書き遺してくれているため獄中の彼女たちの言行はつぶさにうかがうことができる。

朴烈は保護検束の間に、既に、何かの罪名の手がかりになるものを得ようとして、一警部補が取調べにあたった時、一蹴《いっしゅう》して抗議した。

「おれは保護のために検束されたので、犯罪を突きつけて調べられるために検束されたのではない。保護のために検束されたおれを取調べる権限は、警察官には発生していない。法によって保証された権限を持った場合だけ、犯罪を取調べることが出来るのが警察官の立場だろう。また法によって保証された警察官にだけ犯罪を取調べられるのが、国民の義務である。法によって保証されていない警察官から、法によって保護されているおれが、犯罪事件を取調べられる義務はない」

というのが朴烈の言い分だった。

文子もまた、全く同じ態度をとっている。これは文子が朴烈と同棲中、こんな場合もあることを想定して、朴烈が逮捕された時の態度や戦術、またそれを用いるための法律の知識等をかねて教えていたものなのだろう。

保護検束の時期がすぎ、警察犯処罰令によって拘留の言い渡しを受けた後、再び司法警察官が調べようとした。その時も朴烈は激しく抗弁して逆襲した。

「もうおれはすでに警察犯処罰令によって二十九日の拘留を申し渡された既決囚である。既決囚に対して調べをやり直すというのか。取調べをやり直さなければならない失態がそっちにあったのなら、即時拘留の言い渡しを取消すべきだ」

司法警察官が、

「拘留の原因になった警察犯処罰令以外の事件で取調べたいのだ」

と答えると、

「それなら、その調べに応ずると応じないとはおれの自由だ。おれは応じない。自由を主張する」

と、全く相手にならなかった。もちろんこの時も文子は朴烈と、同じ態度を守っている。ついで検事局に移されてからも聴取書もとらせていない。

検事局で取調べの権限を保証されているものは現行犯だけだという法律を、ふたりは心得ていたのである。現行犯以外の事件は、関係者のすべてが任意陳述する場合以外は、検事も聴取書を作成する権限は法的に許されていない。

しかし予審になるとそれではすまない。被告が自由意志によって答えないということは許されない。

彼等は予審廷に呼びだされる時は途中編笠をかぶせられる。看守が案内して予審廷の中に入ると、判事が書記と共に待っている。被告席を示され、そこに坐ると訊問がはじまる。

二人の調べに当ったのは立松懐清予審判事であった。朴烈も文子も立松判事には割合素直に答弁している。立松判事は、二人に対して、比較的紳士的に優しい態度で臨んだ。

ふたりの予審調の答弁ぶりをあげてみよう。

大正十二年十月二十四日、東京地方裁判所に於て朴烈は立松判事に答弁している。

「氏名は」

「朴準植」

「年齢は」

「二十五年」

「族称は」

「常民(平民)」

「職業は」

「雑誌発行人」

「住所は」

「東京府豊多摩郡代々幡町大字代々木富ケ谷千四百七十四番地」

「本籍は」

「朝鮮慶尚北道開慶郡麻城面梧泉里九十八番地」

「出生地は」

「本籍地と同じだ」

「位階、勲章、従軍徽章、年金、恩給または公職を有するや」

「そんなものはもらった覚えがない」

「刑罰に処せられたことはないか」

「ない」

「被告は内地の言葉に通じているか」

「日本語ならよく知っている」

「被告は金子文子と同棲しているか」

「同棲している。昨年五月、金子文子と夫婦になった」

「入籍しているか」

「入籍していない」

「被告は不逞社を組織しているか」

「組織している」

「何時不逞社を組織したか」

「何時だか忘れた。俺は最早《もはや》何もいわぬことに決めた。俺は充分了解を得ようと思って、之《こ》れ迄《まで》警視庁の役人や検事に何もかも話してしまった。俺が叛逆的気分を持っていたことや不逞社を組織したこと、金重漢に爆弾入手を頼んだ事を喋《しゃべ》ってしまった。警視庁の役人は、それらのことを、調べて二、三カ月も以前から承知していたのだ。それなのに彼等は営業的心理に動かされて、其の後程《ほど》経《へ》た九月三日、浮浪罪とかいう名義で俺を引致し五十日も拘留して置き乍《なが》ら、何等適法の手続を取ろうとしてくれなかった。俺はそれが不服だ。俺は朝鮮に生れて、朝鮮人としてこの様《よう》に引致されているということだけでも弱い立場の者だ。俺はこれまで受けてきた処置に対して判事を信用することが出来ない。これから先はもう何も答えないから勝手に好きなように認定してくれ」

大正十二年十月二十四日の第一回調書が以上のように取られたが、同日、第二回調書も引きつづき取られているが、朴烈はもうほとんど答えていない。

金子文子はその翌日から調べに入っていて、翌大正十三年一月十七日から一月末までに八回も訊問調書を取られているが、朴烈はその間、一度も訊問に応ぜず、大正十三年一月三十日になって、はじめて第三回の訊問に応じて答えるようになっている。

「被告の家族関係はどうか」

「その答えをする前に一寸《ちょっと》言って置く。前回俺は何も喋らぬ。勝手にどうとも認定せよといって置いたが、その後段々考えてみると、俺が何も喋らないために同志に迷惑をかけてはならぬということに気がついた。

警察でも検事局でも俺の言葉を尊重すると言うたから俺は不逞社は秘密結社に為《な》らぬということを好《よ》く説明してやったのに、それにもかかわらず、不逞社を秘密結社だとして、不逞社の会員を起訴してしまった。

警察官や検事が俺達に対してそういう復讐的態度を執るなら勝手に認定するがいいと思ってその後何も喋らなかったんだ。しかし、今も言った通り、俺が喋らない為、会員諸君に迷惑をかけてはならないから、今度は自分から進んで色々の事を言う気になった。自分はこれまで日本の官憲の訊問に対して所謂《いわゆる》自白とか陳述とか言うことをした事がなかった。今でもその様《よう》な事をする事を非常な恥辱と思っている。それ故これから言う事も自白ではなく、会員諸君の為めに言ったのだから其の事を好くふくんで置いてもらいたい。それだから俺は自分に関する事なら忘れて居ない限り最も忠実に何でも言ってしまうが、他人に関することは何も言わぬからそれ以上追及し聞いてもらいたくない。尤《もっと》も日本の官憲は法律と帳簿面だけ合せば職責を尽したものと思っている。被告人の言う事や事実の如何《いかん》に頓着せず都合の好い様に勝手に処分してしまうのだからどうでもいいようなものだが、俺の家族は今年六十幾歳かになる母親と他家へ縁づいている一人の姉と、自宅で農業して居る二人の兄とである。俺の父親は俺の五歳の時病気で死んだ」

「被告の家業は」

「俺の郷里は京釜線金泉駅から二十里位離れた寒村である。父は相当に裕福に暮して居たそうだが父の死亡後或《ある》事情のため破産状態に陥り其の後苦しい生活をしているのだという事であるが、俺の家は代々農業を営んでいた様だ」

一方、金子文子の方は、大正十二年十月二十五日に第一回の調書を取られている。

「氏名、年齢、族称、職業、住所、本籍及出生地は如何」

「氏名は金子文子。

年齢は戸籍面では二十二歳ですが本当は二十歳です。

族称は平民。

職業は人蔘《にんじん》行商。

住所は東京府豊多摩郡代々幡町代々木富ケ谷千四百七十四番地朴烈方。

本籍は山梨県東山梨郡諏訪村大字下杣口《そまぐち》番地不詳。

出生地は神奈川県横浜市町名番地不詳」

「位階、勲章、従軍徽章、年金、恩給又は公職を有せざるや」

「有りません」

「刑罰に処せられたることなきや」

「有りません」

「被告は朴烈の妻か」

「そうです」

「入籍しているか」

「入籍しておりません。私と朴とは内縁の関係です」

「被告は何時朴烈と一緒になったか」

「私は昨年五月中旬より朴と同棲しております」

「政治社会問題に対する被告の思想は」

「私の思想は一口に言えば虚無主義です」

「朴の主義思想は」

「朴の思想も私の思想と同じです」

「被告は不逞社に加入しているか」

「本年四月中私と朴とが相談して不逞社を組織しました」

「どうして不逞社を組織することになったか」

「不逞社というのでありますから、不逞の徒の親睦を計るために組織したのです」

「不逞の徒とは」

「権力に対して叛逆する虚無主義や無政府主義を抱いている者の集りです」

「不逞社の仲間は誰か」

「私夫婦を始め洪鎮裕、崔圭悰、陸洪均、徐東星、鄭泰成、小川武、金重漢、新山初

代、張祥重、韓晛相、徐相庚、河世明、野口品二、栗原一男等十五六名が不逞社の同志であります」

「不逞社の目的は」

「只今申し上げた通りです。不逞の徒が寄り集って気焔を挙げそのトバッチリを持って行くのです。同志の中の気の合った者が自由に直接行動に出るのです。まあ貴方《あなた》方御役人を騒がせる事です」

大正十三年一月十七日の第二回調書の中では調べはいきなり劇的な応答に入っていく。

「前回の申立の如くに被告はどうして虚無主義の思想を抱くようになったか」

「私は私の家庭の環境とそれによって社会から受けた圧迫とにより虚無主義の思想を抱くようになりました」

「それでは被告の家庭の関係はどうか」

「私には真の家庭はありません。家族関係から言えば私を生んだという父は佐伯文一と申して只今四十七歳位になり浜松に住して居て新聞ゴロをしているということです。母は金子キクノと申して当年四十六歳位ですが私は只今母がどこにどうしているか知りません。私の妹弟は只今十六歳位になる佐伯賢俊一人ですが、賢俊は父の許《もと》で養われているはずです。尚種ちがいの妹春子という者が居るはずですが、今どうしているか知りません。私にはそのように両親もあり妹弟もあり乍ら私は両親から捨てられ、姉弟離散してしまって家庭の味を知りません。無籍者で生れたというので社会制度の欠陥のため、私は社会から圧迫を受けました。

私は親の愛を疑い社会を呪わずにはいられません」

文子はそれにつづいて、

「詳しい事情を申上げたら私の経歴となり、長くなりますが、是非聞いて貰います」

と、前置きして自分のこれまでの来し方をまるで小説を読むように、よどみなく、すらすらと一気にのべたてている。

その調書の文字は七千二百字近くに及んでいる。四百字原稿用紙ならおよそ十八枚にも近い長さである。

この第一回と第二回の訊問の模様が、後に文子が獄中で書いた手記の中では次のようになって現れる。抜群に記憶力のいい文子が書いた手記の方が、訊問の情況をおそらくよくリアリティを持って現しているのではないかと思われる。

「君が金子文子かね」

「そうです」

「僕が君の掛《かか》りでね、予審判事立松というものです」

「そうですか。どうかお手柔かに」

「先ず、君の原籍は？」

「山梨県東山梨郡諏訪村です」

「汽車で行くとどこで降りるんだね」

「塩山《えんざん》が一番近いようです」

「塩山？　では君の村は大藤村の方ではないかね。実は僕は大藤村をよく知って居るんだ。あそこに僕の知合の猟師が居てね、冬になるとよく出かけて行くんだ」

「さあ、そう言われると少し困りますね。実はそこは、つまり諏訪村はですね、私の原籍地とはいい条、今までに二年とはいなかったんですから」

「うむ、すると君はその原籍で生れなかったんだね」

「そうです。私の生れた処は父や母の話によると横浜だそうです」

「なるほど、で、君の両親の名は？　今、どこに居るんだね」

「少しこんがらがっているんですが、戸籍面では父金子富太郎、母よしとなっていますが、事実はそれは母の両親、つまり私の祖父母に当っているんです」

「それでは本当の父と母は何という名で、どうしている」

「そうですね、父は佐伯文一といってたぶん、今、静岡県の浜松に居ると思いますし、母は金子きくのといって、委《くわ》しい消息はわかりませんが多分郷里の実家の近所に居ると思います。戸籍面で私との関係は、母は姉、父は義兄ということになっています」

「ちょっと待った、少しおかしいね。お母さんが姉になっているのはわかったが、お父さんとお母さんとは姓もちがい、所もちがっていて他人になっているように思えるんだが……」

「そうです。父と母とはずっと昔別れました。けれども、母の妹、つまり私の叔母が父の後妻になって現に父と一緒に暮しているんです」

「うむ、なるほど、そこに何かわけがあったんだね。で、君のお父さんとお母さんとが別れたのは何時頃の事だね」

「もう彼是《かれこれ》十三四年も昔でしょう。父と別れたのは私がたしか七つ位の時の事です」

「そして？　その時君はどうなったんだね」

「父と別れて母に引きとられました」

「それで、その後ずっと母の細腕一本に育て上げられたというわけだね」

「ところがそうじゃないんです。私は父とわかれてから程なく母ともわかれています。そしてそれからはほとんど、父や母のお世話になっていないんです」

文子はここで不覚にも両眼に涙を宿したと自分で書いている。自分の数奇で薄幸な幼時の生いたちが我乍らあわれに感じられて切なかったのだろう。その後、事件に関しての質問は、朴烈の時とほぼ同じで、文子は問が事件に及ぶと、はっきりと立ち直り、冷静に、堂々と朴烈の妻らしく答弁した。

立松判事は裁判の参考にしたいからというので、その後文子に獄中で過去をふりかえり、歩いてきた長い薄幸な道を、思いだすままに書いてみるようにとすすめた。

文子はそれに従い、獄中で、暇さえあれば机にかじりつき、非常な速度で原稿を書きつぎ書きつぎしていった。それは七百枚に及ぶ自伝で、文子の意志で文子の死後、五年後になって出版された。生いたちから朴烈にめぐりあうところまでの歳月が委しく回顧されている。

文子はその手記に「何が私をかうさせたか」という題をつけ、手記の最後に、

「……何が私を斯《こ》うさせたか。私自身何もこれについては語らないであろう。私はただ、私の半生の歴史をここにひろげればよかったのだ。心ある読者は、この記録によって充分これを知ってくれるであろう。私はそれを信じる。

間もなく私は此の世から私の存在をかき消されるであろう。しかし一切の現象は現象としては滅しても永遠の実在の中に存続するものと私は思っている。

私は今平静な冷やかな心で此《この》粗雑な記録の筆を擱《お》く。私の愛する凡《すべ》てのものの上に祝福あれ！」

と結んでいる。

その手記の文章は、二十歳を出たばかりの、大して学問もない女が獄中で何の参考書も用いず書いたにしては迫力があり、簡潔で、いさぎよい文章であった。

記憶力の確かさは抜群である。

この出版を依頼した栗原一男に獄中から書を寄せて、

「この手記は天地神明に誓って、（若しそうした誓が出来るなら……）私自身のいつわりのない生活事実の告白であり、ある意味では全生活の暴露と同時にその抹殺である。呪われた私自身の生活の最終的記録であり、この世におさらばするための逸品である。何ものも財産を有しない私の唯一のプレゼントとしてこれを宅下げする」

と伝えている。

同じ大逆事件を計画し、同じく事前に発覚して捕えられ我国史上最初の女の大逆罪受刑者として、絞首台に消えた管野須賀子も、獄中で、日記を書き遺していった。やはり文子と同じように、出来るだけ自己に正直に、赤裸々に書き遺したいといっていた。それは毛筆で書かれ、原稿用紙にすれば五十枚にもみたないほどの分量だったが、死刑の判決を受けてから僅か一週間くらいの間に、およそ人間としてはあたう限りの生命の昇華結晶をさせて、それを文中に留めて死んでいる。

須賀子もまた、その唯一のその手記を宅下げしてくれるよう遺言して死んだが、当時の刑務所は、彼女の最後のただ一つの願いもにぎりつぶし、死後三十年すぎるまで、つまり太平洋戦争の終末を迎える後まで、それは隠されていた。

もちろん、文子は、自分の思想的先輩として、明治四十四年に刑死した管野須賀子のことを知っていただろう。けれども、「死出の道艸《みちくさ》」と須賀子が題したその手記のあることは全く知らなかっただろうと思う。

五十枚にみたない文章と、七百枚近い文章と、その内容の優劣など論ずることは出来ない。しかし、二つともまだ充分にその後も生き得た筈の三十歳と二十三歳の女の、無残に断ちきられた生命の余剰が、血しぶきをあげて、あふれている感じが行間にするのは同じである。

ふたりともその生いたちが家庭的に不幸なのも共通していた。けれども、文子の不幸さの方が須賀子に比べて、余程凄《すさま》じく、共に貧乏の辛酸を極めているけれど、それもまた文子の方が段ちがいに悲惨を極めてもいた。

須賀子の感覚や神経の中にはどこかプチブル的な匂いや虚無的な頽廃のかげがさすが、文子の場合は、全く骨の芯からのプロレタリアートで、その自覚は須賀子の比ではなかった。

ふたりとも夭折《ようせつ》しているが、それでも須賀子は、三十歳までは生きている。文子は獄中で足かけ四年もすごしているので、二十三歳で死んだとはいっても、実際に社会で自由な生活をしたのは二十年にみたなかったのだ。

共に刑法第七十三条の大逆罪が罪名だったが、須賀子は死の瞬間まで、自分の死が、わが国の革命史の上で、永久に消えない星となって、後世仰がれるだろうことを信じていた。手記にもその気持はあふれていて、読む者に痛ましい感じと同時に、一種の救いを与えてくれる。けれども、天皇暗殺の計画をはかった同志であり、互いの妻や夫を捨ててまで恋を貫いた相手の幸徳秋水の心は、獄中で裏切られたと思い、見失っていたのがあわれであった。

その点文子は、運命的ともいえる恋の相手であり、夫であった朴烈の愛も思想も、死の瞬間まで疑うことはなかったのが、せめてもの幸福であったかと、これまたあわれが増す。

文子は、刑死ではなかった。獄中で自らくびれて死を選んだのだった。そこにも文子の烈《はげ》しさと妥協のないきびしさを見る。文子が書き遺してくれてあるため、文子の生いたちは、くわしくわかるが、そこに並べられた事実や、文子自身の説明的解釈では読みとれない、もっと深いどろどろした捕え難いものが、その生涯にはかくされているように思われる。

須賀子の恋の相手の幸徳秋水にしても、野枝の夫の大杉栄にしても、共に一代の風雲児であり、天才と称していい卓越した男たちであった。

文子の恋の相手の朴烈は、聡明で早熟な青年とはいえ、彼等に比べて、全く、名もない貧しい一介の貧乏書生であり、ことごとくに差別を受けていた朝鮮人であった。それにもかかわらず、文子が朴烈から得たものは、須賀子や野枝が、その恋人や夫たちから得たものに比べて、決してひけをとるものではなかった。

文子が筆を擱いた朴烈との出逢い以後をさぐり、文子が書いた半生の更に深部に光をあててみるに足る魅力を、充分に持っている女性であった。

唯一の遺稿集『何が私をかうさせたか』にのっている文子の死の直前の肖像画は、望月桂が市ケ谷刑務所に面会に行って描いたものだそうだが、林芙美子の生前の写真顔に非常によく似ている。たっぷりありそうな髪を真中から分け、耳かくしのように結い、大きな縁なしのめがねをかけている。鼻の肉が厚く大きく、唇も分厚いふっくらした顔立で、一見鈍重そうな感じを受ける。美人とはみえない。しかし、生前の文子を記憶している人々の言を聞き集め、総合すると色が白いのが特徴の、魅力的な整った美しい顔立だったという。

陽気で、激情家で、よく喋り、よく笑い、白い頰がいつも紅をはいたように赤くなっていて、それが子供っぽい可愛らしい印象をあたえていた。体は小柄でぴちぴちして、所謂小股の切れあがった女であったらしい。

この肖像画よりももっと世間に流布された有名な一葉の写真がある。それこそ、予審中のなまなましい写真で、しかも朴烈とふたりで写っている。世に有名な「朴烈怪写真事件」を引きおこし、時の内閣を倒しまでした原因になったものである。

その写真の文子は如何《いか》にも二十となるやならずの小娘らしい初々しさで、あろうことか朴烈の膝の上に乗っている。身を甘えたように斜めに投げだし、やや股をひらいて、小首をかしげ、何かを胸の前にひろげて読んでいる。朴烈はそんな文子を抱きとめ、文子の左肩から左手をおろし、その手が文子の乳房のあたりにかかっている。まるで新婚の夫婦が陽の当る縁側で睦みあっているような閑《のど》かな甘い雰囲気である。まさかこれが予審廷で撮られたとは誰が思うだろう。

文子の顔は顔の前にひろげた印刷物のため、半分はかくされているが、声をあげて読んでいるのか、少しのぞいた口が半開きになっている。それが見ようによっては目を半眼にして、陶然とした表情をしているともとれないことはない。

朴烈は、文子を抱かない右手は卓に肘をつき、掌を頬にあてている。文子のふっくらしているのにくらべ、頬がこけ、髪がのび、病人のようにやつれてみえるが、目鼻立の整った美男子である。この頃すでに朴烈は肺を病んでいたのだった。卓上にはスプーンをさしたままのコーヒー茶碗があり、ふたりの足許には火鉢らしいものが見える。

ふたりとも同じような白い足袋を履《は》き、薄い草履をはいている。

この写真は大正十五年七月二十九日、何者かの手によって、東京市内各所にばらまかれた。写真をはった紙には、誰の手になったものかわからない文章が書かれていた。それが所謂「怪文書」として騒ぎをまきおこしたものである。

「単なる一片の写真である。この一写真に万人唖然《あぜん》として驚き呆《あき》るる現代司法権の腐敗堕落と、皇室に対する無視無関心なる現代政府者流の心事を見ることができる。

これは大逆犯人朴烈、文子の獄中の写真である。この足袋とこの草履とは監獄だけに存する刑務所の支給品である。日本の東京の真中で、監獄の中で人もあろうに皇室に対する大逆罪の重大犯人が、雌雄相抱いて一種の欲感を味わいつつこんな写真を写せる世の中になったのだ。日本の司法権はそれほど目茶苦茶になり、司法部の役人共には皇室の尊厳も安危も一向に頭になくなってしまったのである。

どの室で誰が撮った写真であるかを問う要もなく、また誰に責任を負わせようかと調査を厳命するにも当るまい、予審判事や刑務所長や看守等の三人五人の首を切ったとて、この写真がすでに不逞鮮人の各所に渡っており、今頃はすでに露西亜《ロシア》政府の極東宣伝部の許に届いているだろうから、何事も後の祭である。

ある人が見たときびっくりしてこれはレニン政府が飛行機に乗って映したのかと問うたそうな、正にこれ江木司法大臣閣下の発しそうな疑問である。

ある者は上品な春画写真だ、これならば禁止になるまいと言ったそうな、一見春画と誤られる如き風態をして恥とせざる当人同士は論外である。すでに未決監にしろ、日本帝国の刑務所ではないか、正当な夫婦でも、純真な恋愛関係者でも、獄窓に繋がれている間は男女的交渉が許さるべきものではない。しかも爆裂弾を以て皇室に危害を加えんとした二人ではないか、露西亜だろうが亜米利加《アメリカ》だろうが、刑務所長や予審判事様の御取持で、獄窓の中で鴛鴦《えんおう》の懽会《かんかい》を楽しみ得る楽園天国がどこの監獄にあるだろうか——理由はただ一つ、すなわち大逆犯人であるから刑務所でも最大特権を付与しなければならぬという司法省の方針が、下級官吏に伝達さるるに従って終《つい》に春画写真となったのである。

ある未決にいた一労働運動者(名を秘す)が不起訴になって出て来た、彼は敬意か同情かを寄せていた朴烈と文子とを彼の獄窓より眺めることができた、金子文子の出入りの時の如き、幾人かの女看守が女王殿下に対する如き敬礼をなしつつあるのを見た。朴烈が悠然傲然として通るのに、看守等が従者のごとく随《したが》って歩いているのを見た。彼は不幸にも司法官の内命によることを知らず、自らとんでもない信念(?)を固めた。吾々のようなチッポケなことではどこに行っても馬鹿にされるだけだ、どうせやるならばデカイ事に限る。××××××××××××、オレは朴烈、文子を見て××××××××××(何たる恐るべき影響を当時の在監者幾百人に与えたことか!)

ある国粋主義者の巨頭も最近未決から保釈で出て来た、同人の室が「四舎第一室」であったために朴烈と文子の通行出入をよく眺めることが出来る位置であった。両人共常に手錠をされず腰縄もない、五度ならずも七度ならず余りに獄則を破ってあるので、同氏自身が腰縄手錠を施されるのを拒絶し、そのために出廷時間を遅らしたことさえあったそうだ。同人はその差別待遇のはなはだしい理由が高所の内命に因《よ》ることを知らぬので、ただ朝鮮人の機嫌をとる政策だろうとか、大逆犯人だから優遇するのだろう位にしか考えておらぬのである。さらに見よ、東京毎夕新聞六月二十五日朝刊には大々的活字を以て左の通りの報道が載せてあった。

作業を厭ったり絶食したり金子ふみ

其後の獄中生活

栃木支所の女囚監で不謹慎な彼女

減刑の恩命を拝したる朴烈夫妻は、その後、朴は千葉、金子文子は仙台の刑務所に移されることに決定し一般はすでに両刑務所で服役中のものと信じていたが、当局ではいかなる理由によるものか、金子文子だけは仙台の刑務所にいると称して、実は本社の探聞する所によれば宇都宮刑務所栃木支所の女囚監内にあるという意外な事実を確かめる事ができた。刑務所ではこの事実を極力否認しているが、何かそれには秘密を守らなければならない原因がひそんでいるらしい、因《ちな》みに栃木女囚監内にある文子はその後、時には作業をいとい、あるいは謹慎を欠き食を断つなどして大分係のものを手古摺《てこず》らせたとの事である。

冗長なる論説は要すまい、これ江木司法大臣閣下の方針なるがゆえに、それを奉戴して官僚順送りをもって腰縄も無用、手錠も無用、作業も獄則も無用、終に春画写真を司法官吏の手において映すまでに至ったのである。司法省の建築物の中で司法省の役人によりて映写されましたる破天荒のフィルム、名優朴烈とスター文子、朝鮮から支那へ、支那から露西亜、欧米各国の共産党労働党へ、日本の皇室を辱《はず》かしむるこの輸出品はすでに国境を逃れ出てしまった！

　司法大臣江木君の責任である、未遂にしろ、証拠不十分にしろ、すでに日本の法律に照らして大逆罪の判決を下した以上、——未だ恐れ多き大権の御発動なき以前において——すべての新聞紙いっせいに朴烈、文子の特赦を喧伝したのはどうだ、大権以前においてすでに早く宣伝に努めるほど、朴烈、文子の特別扱い差別待遇が司法大臣以下看守に至るまでの方針であったからである。一片の春画写真は則ちこれ江木法相の大方針を物の形の上に映じて示したに過ぎないのである。

　大いに笑いて可なり、江木君などはすべての責任の上にある、今の日本の大臣に責任観念などあれというのはよほどの旧弊人である。かかる責任は刑務所長か予審判事か看守どもに塗りつけてしまえば何事もない、然り、伯爵山本権兵衛閣下及び子爵後藤新平閣下よ、かの難波大助が虎の門に現われたる時、閣下等は何故に内閣総辞職の責任を負いしか。江木法相の智慧を借りれば麹町警察署長一人の免職でよかったのである。

　　　大正十五年七月十八日
　附記していわく、責任を避くるにあらざれども無記名の頒布なるがゆえにまたまた『怪文書』呼ばわりをなすべし。若槻君が内務大臣のときに箕浦邸に馳せ参じたる松島遊廓事件を摘発したる文書を『怪文書』と名づけたり。同君総理大臣となるや箕浦老人だけを縛り上げて拙者の内相時代の沙汰には責任を負うあたわずとのたもう『怪総理』なるかな。しからばこの春画写真をもって再び『怪文書』と名づくるとき、江木法相君の怪法相なるゆえんを推知すべく、怪之又怪、衆怪之門というべし」

これが「怪文書」なるものの全文である。

私がここに写したのは昭和二年一月二十日木曜日付の『都新聞』に載せられたもので、前日まで掲載禁止命令を受けていたのが解禁されたので早速載せたと説明がついている。問題の写真は紙面の左端に四段抜きの大きさで出され、「原版は怪文書の最初の頒布者たる中川清人が警視庁に自首して出る時、林逸郎弁護士に托して行ったものである」と記されている。更にその下段には、

「続いて配布された五条の新怪聞

更に暴露せる……驚嘆すべき事実として」

という見出しでその後にあらわれた文書が載せられている。その内容は、

「一、立松予審判事が朴烈、金子文子の取調べ当時、不逞な朴烈は倨傲《きょごう》な態度で国家の裁判を否定し、取調べが一向に中心に進まないため、立松氏は遂に上司とはかって合議の結果、彼等被告を破格に優遇して、ひたすら懐柔して自白させようとしたことは、

公知の事実で、例の醜怪な写真などは、たまたまその片影を語るにすぎない。それよりも更に奇怪なのは、一日取調べを終りたる後、立松氏は何故か予審廷に朴烈、文子の二人を残したまま、便所へ行くといって退廷してしまい、この重大な両被告に何の監視もつけず、ただ扉に錠をおろしたままで、約三十分間中座した事実がある。捕えられ獄に下り、長い間離れていた二人が、ここにまったく監視の眼から解放されたこの三十分間、人影のない廷内に行なわれた彼等不逞の男女の行動は容易に推測することができる。

それ以来、朴烈と文子は、生理的のある機能調節がされて漸次柔順となり、彼等は立松判事を理解者、同情者とよぶようになった。

二、朴烈夫妻の特別裁判が確定し、近く死刑の日が迫ると、最後の希望に副《そ》うという一手段として、殆んど獄中の受刑者には前例のない獄中結婚を許したという怪事実がある。

しかも、その夜深更、文子はひそかに朴烈のいる独房に誘導されて数時間同監を許され、事実上の結婚式をさせたということである。

三、大逆不敬の兇漢は、幸徳一味十有余人や近くは難波大助にしても悉《ことごと》く減刑はされることなく、刑法第七十三条の威信は厳然として保たれたのに、朴烈、文子の場合だけはその罪、前記死刑囚に劣らずしかも少しの改悛《かいしゅん》の情も見えないのに、政府は減刑を奏請した。そのため彼等は獄内でも一層不敵な振舞をつづけ、看守を従者のように扱い、看守のほうもまた、唯々《いい》として彼等の意を迎えるのに汲々とし、看守の中には、彼と獄外者との内通を引き受けた者もある。あの立松判事が写した怪写真や予審決定書の獄外搬出の奇怪な事件はすべて看守の内通によって行なわれたものである。

四、減刑の恩命に浴した後、朴烈は千葉に、文子は栃木の両刑務所にそれぞれ別れて収容されたが、前後二回(数回ともいう)にわたる奇怪な二人の接近により、文子は漸次嗜好異常と生理的変化を呈してきて、遂に妊娠という愕くべき事実が判明した。これを知った当局は愕然として色を失い狼狽して、秘かに善後策を腐心中、文子は突如、栃木刑務所の監房で縊死自殺をとげたと発表された。しかも死体の検分当時、当然存在する筈の胎児の姿がまったく見えなかったということである。

五、自殺した文子の死体は、一たん刑務所墓地に仮埋葬され、ようやく一週間後になって山梨県下より訪れた文子の母キクに引き渡されたということだが、発掘死体はまったく腐敗糜爛《びらん》して悪臭鼻をつき、惨状目もあてられず、男女の性別さえ区別することができなかった。

そのため母キクは死因に疑いを起して引取りをこばみ、さらに解剖を刑務所長に迫ったが、たくみに慰撫《いぶ》され、仕方なく表面だけ納得して、火葬に付したということである。

一物一情の動きにさえ、すぐ思想的発表をしたがる癖のあった文子が、自殺にあたって、何の遺書もなく、死の直前まで態度の変らなかったものが、突然自殺する理由はなく、ここに刑務所側が文子の妊娠発覚の事実をおそれ、ひそかにほどこした堕胎手術が誤り、死に至らしめたもの(卵膜刺穿法の失敗か)ということ。これは明らかに恩命によって再生した重大被告の監視に粗漏があったことで、ひいては、上の御仁徳を冒瀆《ぼうとく》するものであり、かりに発表のように文子が自殺したとしても、この様な不謹慎な被告に減刑を奏請した江木司法大臣と若槻首相は、ともに責を明らかにして、退官すべきである」

この怪文書を見るかぎり、文子の死は、まるでこの事件から半世紀を経た当節流行の三文週刊誌のすっぱ抜きスキャンダル記事と大差ないようなどぎつさとあくどさにみちて、能《あた》うかぎりの冒瀆が加えられている。下司《げす》の勘ぐりと下品な臆測でみたされた悪意のこもった醜聞の腐臭。

この新聞記事の載っている昭和二年一月二十日というのは、諒闇《りょうあん》のうちに五十二議会が開会されている最中であった。

正月の休会明けの議会は十八日から始まっていて、その第一日目、十八日の衆議院本会議の質問戦の幕は、政友会の小川平吉から朴烈問題、松島問題によって、切って落されている。

松島問題というのは、怪文書の中にもある、大阪松島遊廓の移転問題にからむもので、これは従来の松島遊廓の場所が、大阪市の発展に伴って、いつのまにか市の中心地になってきたため、風紀上、移転させるべきだという案がおこった。その候補地として二、三の場所があげられたが、遊廓のまわりは三業地として発展し、地価の暴騰を見るため、こういう場所に必ず起る激烈な競争が生れ、土地会社の某が政党に働きかけた。与党憲政会の領袖《りようしゆう》箕浦勝人と、野党政友会の幹部岩崎勲が決定の斡旋を頼まれ、金銭を受けとった。これが発覚し、収賄罪に問われたものである。これには当時内相だった若槻首相の名前まで出たので、政府にとっては不都合な事件だった。野党にとっては、政府攻撃の絶好の好餌《こうじ》である。松島事件の方には政友会にも金を受けとった人間がいるから、さほど強いことはいえない。あまり騒ぎたてると藪蛇になる危険もある。

そこで朴烈事件一本にしぼって次第に騒ぎを大きくし、政府を倒し天下取りの材料に扱うようになっていったのである。

朴烈問題で、どういういいがかりをつけるかが、政友会の眼目であって、心底から、国家を憂うという体のものでもない。そのため、国民に出来るだけ、この事件を醜悪に印象づけるようにするため、あらゆる手を用いたという形跡がある。それに右翼団体が調子をあわせ、あるいは政友会に利用されてますます、朴烈事件の火の手をあげたものと見られる。

小川平吉の質問第一矢は「逆徒の減刑何の理由による」というもので、大逆罪の朴烈、文子に死刑が下ったのは当然であるのに、政府は何の理由で、減刑の奏請をしたかという詰問であった。つづいて立った松田源治の質問は、やはり朴烈、文子に関し、怪写真は何年何月撮影したものであるか、と、彼等を優遇したという噂についての責任を鋭く発している。

これに対する若槻首相の答弁は、一応尤《もっと》もらしく、質問する側よりはいささかヒューマニズムがあるように聞えるけれど、よく聞けば、政府の裁判のからくりの恐怖をこれほど暴露したものはない。

「朴烈、文子の大逆の罪は悪逆無道で天も許すことが出来ず、臣下の情としては、その肉を食うてもいいくらいだが、天皇の政治をあずかる立場に立っては、ただ、厳格に裁くばかりではなく、皇室の広大無辺の御仁慈を下される御仁政を布かれるよう考えなければならない。この点について慎重に考える時、二人は犯罪の当時、漸く二十一、二歳で思慮のまだ熟さない者たちで、その生立ちや経歴環境等によって、様々な思想上の混乱に陥り遂に虚無的思想を抱くようになったのだが、これもまた始終動揺していて確固とした信念に固まっていたわけでもない。もし、時間をかけてやれば思想に変化を生じ忠良な臣民となることを予期出来ないことはないのである。又犯罪の目的のために上海その他から爆弾を手にいれようとしたけれども、まだこれを手にするところまでは至っていなかったし、これを入手するのに確実な方法を講ずる閑《ひま》もなく、事が発覚したのであるし、果して最後には手に入れ得たかどうかということさえ、真に疑わしいような状態であった。そしておそらくはそれが不能であったかも知れぬと思われるような事情であった。これ等さまざまな事情を十分考慮して、二人に対しては判決の通り直ちに死刑を執行するよりは、天皇の御名により大権の発動によって減刑の恩典が与えられ我が皇室の聖恩に浴させた方がいいと考えて、減刑の奏請をしたのである」

というのがその大意であった。これはたちまちに松田源治に、反撃され、被告の年齢や、境遇などはすべて大審院の裁判中にわかっていたことではないかと詰めよられている。

松田は、それでも尚、死刑が妥当と判決した筈ではなかったかと反駁するのだが、ひるがえって、朴烈、文子の側からいえば、首相のこの答弁ほど大審院裁判の判決のイージーさを暴露したものはないといっていいだろう。これだけ聞いても、彼等の大逆の計画の不安定不確実さがはっきりしているし、到底それは非現実的な夢物語だったということがわかるのである。それを、これほど承知していながら、一応は死刑に判決するというのはどういうからくりなのだろうか。

この一点から絞《しぼ》っていっても、朴烈、文子の大逆罪というものが、全く調査し直されなければならないものだと気づかされる。

それまで禁止していた怪写真、怪文書の解禁をしたのが、この議会開会第二日めに当る一月十九日だったというのも、政府の陰謀めいてくる。むしろ、この際、怪文書の卑劣さや、下品さを公けにした方が、噂ばかりで実物を見ず、あれこれ想像している国民の疑惑を解くと計ったのではないか。事実、この解禁によって、それまで声ばかり聞いていた幻の怪文書や怪写真を見た国民の方が、幽霊の正体みたりの感じで拍子抜けがしたほどである。春画よばわりは如何にも大げさな写真を見て、好奇心はいささかなだめられても、野党や右翼がいきりたつような反響は一向に生れなかった。むしろ、政府側の思惑の方がやや当って、国民はかえって冷静に、この泥仕合を見物し、博徒の縄張り争いを見るように醜悪であさましい猿芝居だときめつけている。

けれどもこの醜悪な政党争いの道具に使われるには、あまりに傷《いた》ましすぎる文子の若い命であった。

二十日の午後に入って、野党は内閣不信任案提出の決議を決め、その理由の冒頭に朴烈事件を挙げて、内閣の非を鳴らした。ところが翌、二十一日には、三党首会見を行い、たちまち不信任案は撤回され、昭和初頭の政戦はさけたいという尤もらしい理由で局面は一転してしまった。政争の猿芝居はいよいよあさましく、国民の目に映ったが、どこまでも政争の道具に扱われる朴烈、文子の名は惨《みじ》めで、すでにこの世にない文子の霊は、死後いつまで冒瀆されつづけるかわからない。

これほどまでに冒瀆される文子の死が、私には何故か、その薄氷のように張りつめた彼女の短い生の姿よりも、より強く心を捕えてくる。私にとっては、よく、人の同情に上る文子の悽惨なまでに悲惨な生いたちの不幸よりも、彼女が自分で書いた自伝以後の彼女、朴烈と宿命的なめぐりあいをしたその出逢いから、一挙に栃木刑務所での自殺まで、急調子でなだれこんでいく時間に、より一層惹かれるのである。

とりわけ、彼女の孤独な死の瞬間、彼女の内部にどのような力が充満し、彼女の首に自分の手で縄をかける意志を支えたのか、それが知りたい。

二十歳の時から、文子は自分の虚無思想をしっかりと自覚していた。東京地方裁判所における第一回第二回の調書に、すでにそれは言明されていた。

「前回の申立の如くに被告はどうして虚無主義の思想を抱くようになったか」

「私は私の家庭の環境とそれによって社会から受けた圧迫とにより虚無主義の思想を抱くようになりました」

「被告の所謂虚無主義とはどういう思想か」

「私の思想之にもとづく私の運動は生物の絶滅運動です。親の愛という美名のもとに私をふみにじった親の権力、博愛の名に隠れて私を虐《しいた》げた国家社会の権力、私はこの権力がたまらなく癪《しゃく》にさわります。

地上に於ける生きとし生ける者の総《すべ》ての間に、絶えずうまれる生きんがための闘争、生きんがための殺し合いの社会的事実を見て、私は若《も》し地上に絶対普遍の真理と言うものがあるとしたならば、それは生物界における弱肉強食こそ宇宙の法則であり真理であろうと思います。すでに生の闘争と優勝劣敗の真理とを認める以上、私には『アイデアリスト（理想主義者）』の仲間入りをして無権力無支配の社会を建設すると言うような幸福な考え方の真似はできません。またしかも生物がこの地上から影を潜めぬ限りこの関係による権力が終止せず、権力者は呶々《どど》として自己の権力を擁護して弱者を虐げる以上、そのようにして私の過去の生活が総ての権力を否認し叛逆して、自分はもとより人類の絶滅を期してその運を計っていたのであります。

それゆえ私はいずれは爆弾を投じて自己の最後を遂ぐる意思でありましたけれども、その結果日本に革命が起きようと起きまいと、毫《ごう》も私の知ったところではない。私はただ自分の気持をさえ満たすればそれで満足しているので、形を代えた新しい権力社会を建設する手伝いなどをしたくはないのです」

こうした思想を抱いた文子の心にひらく闇は、どこまで深いものか、心にひろがる砂漠はどれほど広いものか、そこに吹きすさぶ嵐の凄じさはどういうものか、そしてまた、本当に遺書一通残されなかったとすれば、文子はその末期《まつご》の瞳に何を映していったのだろうか。

それだからこそ私は文子の生いたちをたどる以前に、文子の死様《しにざま》や、死の周辺のことが気がかりになるのである。

先の怪文書の日付の大正十五年七月十八日というのは、文子がまだ栃木女囚刑務所で服役中のことであった。文子は栃木へ移されてから既に心に死を望んでいたらしく思われる。絶食なども係員を手古摺らせるなどという姑息《こそく》な目的でしたものではなく、もっと、切実に、死に真向っていたのだろう。

文子の収監されたのは、宇都宮刑務所の栃木支所にあたる女囚刑務所であった。ここへ移される前、市ケ谷刑務所から八王子刑務所へ移され、五月頃から栃木へ移されたらしい。

文子の自殺が新聞に報道されたのは七月三十日だった。刑務所では文子の自殺が社会に与える衝撃や影響を案じて極力秘密にしていたが、ジャーナリズムに嗅《か》ぎつけられ、かくしようがなくなった。

文子が栃木刑務所に移されて以来、文子の様子が異常だったため、前田支所長は、自殺の危険を予感して近親者には、文子が自殺くらいしでかして、自分はそのため、辞職か免職は免れないだろうと洩らしていたほどだという。そのため極力、文子の監督には注意するよう、看守にも命令が出ていたくらいであった。

朴烈は千葉に、文子は栃木に別れ別れに送られて以来、朴烈との文通は全く許されなくなっていた。獄中許可される読書も、感情を刺戟させないようにというので、文学書は止められ、専《もっぱ》ら哲学書にされていた。文子は作業を拒否し、終りには食事もとろうとしなくなっていた。打ち沈んだ日がつづくので、所長は週一回は教誨師《きょうかいし》をさしむけ警戒は一層厳重にしていた。

七月二十二日になって、それまで作業を拒否しつづけていた文子が自分から作業をしたいと申し出たので、看守はマニラ麻の糸つむぎの材料を与えている。

七月二十三日の朝看守が文子の独房を覗いた時、文子は夏の朝陽の射しこむ窓際で、静かな横顔を見せ、マニラ麻の糸つむぎにいそしんでいるように見えた。それから十分ばかり後、再び看守が文子の独房を見廻ると、窓ぎわに、だらりとぶら下った文子の姿があった。いつのまにつくったのか、文子は麻糸をよりあわせて強い縄を編みあげ、それを窓枠の鉄棒にかけて縊死《いし》をとげていたのだった。

文子の死体はすぐさま引き下され、急遽人工呼吸がほどこされたがよみがえらなかった。発見後二十分ほどして近所の斎藤医師が迎えられ、つづいて支所嘱託医の粟田口留蔵が駈けつけたが、すでに遅く、文子の瞳は全く散大していて手のほどこしようがなくなっていた。粟田口の死体検案書には、死亡時刻六時四十分頃とされている。

この時の検診によった文子の身体は非常に壮健で内臓にも何等の異常も見られなかったという。死因は麻縄が首の急所にしっかりと食いいっていて窒息死だった。覚悟の用意周到な落着いた自殺ぶりだと、医師たちも驚かされた。

前田支所長は、事の重大さを考え、立会医師たちにも、文子が何者かということは告げないほど、この変事が外部に洩れることを警戒した。その日の午後三時頃、山梨県にいた文子の実母きくのの許に至急電報で文子の急死は知らされ、死体引取りを交渉しているが、きくのは現在の婚家の思惑を気がねし、死体引取りを拒んだ返電を送っている。何度か交渉があったが、きくのが応じなかったため、刑務所側では翌二十四日、司法省当局者、宇都宮刑務所長の到着を待ち、夜なか秘かに運びだし、町外れの墓地に葬った。

文子の死体引取り人は布施弁護士となっていたのに、布施弁護士を素通りさせ、きくのに連絡した刑務所側のやり方が奇怪だというので、布施弁護士や、同志たちは疑惑を抱いた。布施たちが文子の死を知ったのはきくのから死亡のしらせが回送されてきてからで、すでに死後三日すぎていた。

七月二十九日午後十時、漸く、きくのが山梨から上京してきて、布施弁護士を雑司ケ谷に訪ねたが布施弁護士は新潟県に旅行中だった。

急をかぎつけた新聞記者に見舞われ、きくのは布施宅で、おどおどしながら語った。

「文子が栃木刑務所にいたことは全然しらなかったんです。二十三日の四時頃、至急電報が来て、死体を引取れいうてきました時、はじめて、栃木にいたのかと知ったようなわけでした。ああして、有難い思召しで死刑を助けられたのですから、文子が自殺するなど夢にも考えませんでした。私は文子が死んだ二十三日は、何にも知らずに近くのだいたき様へお詣りに出かけて、帰ってきたら、電報だったんです。びっくりしました。

どうせ文子の死体は火葬にでもしてあるだろうし、骨は朝鮮にいる文子の夫の兄の朴庭植さんのところへ届けるのだからと思って、昨日やっと、仕事の合間を見て上京してきたのです。

私が文子に最後の面会をしたのは先月の十五六日で、市ケ谷刑務所の中でした。その後八王子刑務所へ移されたという話を聞きましたので、近いうちにもう一度逢いに行こうと思っていたのでしたが、こんなことになってしまって……。文子の死んだしらせを受けとった晩、文子が衿首《えりくび》におできが出来て、おかあさん、私のこのおできはなおるかしら、これさえなおれば私は大丈夫、長生き出来るのだけれどと言っている不思議な夢を見ました。折角ああして助かった文子が、自分で死ぬなんて、まことに何とも皆様に申しわけがありません。九つまで文子を自分の手で育てて、叔母の許へあの子をやったのは、今から思うと全く私が悪かったのです」

きくのが夢に文子を見たというのは、死のしらせを受けたことで、自分の心が呼びよせた幻想だろうが、文子の死を全く予知していなかった立松夫妻は、文子の死んだ二十三日の未明、奇怪な経験をしている。当時を思いおこし、今まだ健在な声楽家の立松未亡人は現在七十数歳とは信じられない若々しく見える表情で語ってくれた。

「その日の夜あけ前でした、何だかふと目が覚めたら、階下でひたひたというしのびやかな足音が聞えるんです。最初、寝ぼけているのかしらと思ったんですけれど、やはり、足音は近づいてきます。私たち夫婦はその頃二階を寝室にしていましたから、耳を澄ますと、足音は階下の廊下を歩いているのです。その音が、一向に階段まで来ず、いくらたってもずっと廊下の向うから近づいて来ようとする感じなんでしょう。気味が悪くなって、泥棒かもしれないと思って、私はこっそり起き出して階段の踊り場までいって、そこにしゃがんで耳をすませていたんです。するとやっぱり、人の足音がします。ひとりらしい。いつのまにか立松も後ろに来ていて、おい何をしてるんだっていいますから、泥棒じゃないかしら、ほら聞えるでしょうといいましたら、いやぼくもずっとさっきから起きて聞いていたんだ。しかし泥棒にしちゃ、いつまでも聞えすぎるというんです。それで思いきって、立松が下へ見にいきましたけど何もありません。そのうち夜があけたので、忘れましたが間もなく、文子が死んだというしらせが入ったんです。思わず私たち顔を見合せ、同時にやっぱりと叫んでしまいました。逢いに来たな、と立松が申しました。ふたりとも口には出さなかったけれど、暁方のあの無気味な足音を聞きながら心の中ではもしやと、文子さんのことを考えていたのです。立松は文子さんが栃木に行った時から、何だか死ぬような気がすると、とても心配していましたから」

この時は、まだ怪写真事件が世に出ない時で、立松判事も、むしろ大逆事件の功労者とされていた時であった。しかも、もうこの時すでに七月十八日付の怪文書は作成されていたので、それが配布されたのが、文子の死が世間に伝わった二十九日だったというのも因縁めいた暗合である。それとも、文子の自殺を知っていて、わざとその公表された時機を狙って撒布《さんぷ》したものだろうか。

旅先から帰京した布施弁護士をはじめ、馬島僴医師、栗原一男、古川時雄ほか同志数名が加わり、一行は文子の母きくのを伴って栃木刑務所へ赴いた。七月三十日のことであった。

布施弁護士は、かねがね文子や朴烈の自殺を危惧していたので事前に泉二《もとじ》行刑局長を訪れて朴烈、文子に逢って、自殺などしないよう気持を和らげたいからと申し出たのに、その頃は行刑局長は二人の監督には万全を期しているから、そんな心配は毛頭ないといって突っぱねていた。それだけに、文子を死なせた当局は責任をどこまでも負わなければならないと憤慨していた。

一行が栃木刑務所に到着し、前田支所長に、文子の遺体引取りを申し込んだところ、もうすでに土葬してしまってあるので、前田支所長は渡せないと断わった。布施弁護士はそこから車を飛ばし、宇都宮刑務所を訪れ吉川刑務所長を官邸に訪問し、遺体引取りの交渉をした。きくのが先に何度も引取りを拒絶しているので、事が面倒だったが、結局、十分ばかりの話しあいで吉川刑務所長が許可することになり、その夜十一時、引渡しの命令が栃木刑務所に通達された。

同志の中には、死亡通知の不自然さから自殺を疑う者もあって、是が非でも文子の遺体を見とどけ死因を糾明《きゅうめい》しなければおさまらない雰囲気だった。

七月三十一日の未明、一行は栃木町外れの合戦場《かっせんば》墓地に仮埋葬されている文子の死体発掘にとりかかった。

朴烈からも深く信頼され、文子から獄中の遺稿の出版を託されていた同志の栗原一男は、文子の『何が私をかうさせたか』の序文の中にこの朝のことを書いている。

「恰度《ちょうど》三時――月の明るい夜明けのこと――しっとりと降りた夜露は合戦場墓地一帯の雑草の上に蒼白く光って居り、あたり一面の稲田は物凄いばかりに沈黙して、キラキラと葉末を光らせ、文字通り死の墓場、一行の足音のみが、異様な緊張と亢奮《こうふん》にかられて墓地深く深くと進んで行った。

それから――数輪のエゾ菊を手向《たむ》けたばかりの墓所をあばいて、地下四尺の湿地の中から、水気にふくらんで、ブヨブヨにはれ上り、腐爛したふみ子の屍体《したい》、むくれ上った広い額と、厚く突出した唇、指をふれればスルスルと顔面の皮がはがれた腐爛体……そして異色ある額と短く鋏《はさ》んだ髪の毛の特徴がなければ、これがふみ子の屍体だとは、知っていた誰にも思われないような、二目と見られない無残なふみ子を――古綿とオガ屑に埋もれた棺桶の中のふみ子を見出したのである。その上、腐爛体特有の悪臭を放って、ダラダラと水のしたたっている棺を荷車に乗せて、ようやくの思いで二里近くも離れている火葬場に運びこんだのは黎明、東の空合《そらあい》一帯が、ほのぼのと明け初めた一日の朝五時である」

千葉刑務所にいる朴烈には、文子の死を知らせると、どんな結果を招くかわからないというので、絶対秘密にするよう厳命が下っていた。

しかし、布施弁護士は文子の死を知った日、七月二十六日に、早速千葉刑務所に朴烈を訪い、文子の死を知らせている。朴烈の兄朴庭植が、面会を拒絶されつづけていたので、布施弁護士は特別面会許可を司法省泉二行刑局長からとりつけて行った。絶対文子の死を知らせないという条件付だった。

布施弁護士は面会室へ朴烈があらわれるなり、

「文子さんは死んだよ」

と一気に告げた。とたんに面会はさしとめられてしまった。その間一秒ほどの出来事だった。

母や、立松判事を訪ねた文子の霊が、最愛の朴烈を訪れないことがあるだろうか。朴烈はすでに、文子の死を感じとっていたのかもしれない。

二月のはじめ、私は早朝の中央線に乗って新宿から塩山に向った。山梨に在住のアナキストの遠藤斌氏が文子の故郷や実家を案内してくれるという手筈になっていた。

遠藤氏は文子の研究家の小松隆二氏を伴って数年前に一度文子の遺族を訪ねたり、文子の実家の裏にある円光寺を訪れたりしておられた。その時の印象で、文子が大逆罪という罪名の被告になったという事件は、今でもまだ遺族に暗い影を残していて、取材は容易ではないという印象を得られたようであった。

そのことは小松氏からも聞かされていた。私が早急に塩山を訪れてみたいという気持を抱いたのは、小松氏が、その訪問の時入手して来られた三葉の写真を見せてもらったからであった。

一枚は矢絣《やがすり》の着物に袴をつけた子供時代の文子が、二人の婦人と写しているもので、文子は十歳ばかりだろうか。卵型の顔だちに、富士額がくっきりと美しく、たっぷりの髪をおさげにして、頭のてっぺんに大きな白いリボンを蝶々のようにとまらせている。矢絣は大きく、それに白い襦袢《じゅばん》の衿をきっちりとあわせた着付で、深い肩あげが小さな肩につままれているのも可愛らしい。胸高に締めた袴にも深いあげが裾《すそ》につくられていて、四つ折りにした白いハンカチを袴の紐にはさみこんで垂らしている。

正面を向いた顔は、少し眦《まなじり》のあがったきりっとした瞳が見るからに利発そうで、やや厚い唇も、しっかりと結ばれている。

右手を写真館の備えつけの卓に軽く置き、ポーズをつけて、軀《からだ》は直立して固くなっている。他の二人の婦人は、束髪に黒紋付の羽織を着た若奥様風の女と、ひっつめ髪に飾紐のついた被布《ひふ》を着た初老の女だった。真中の若い婦人は面長だが初老の女は丸顔で、文子はどちらかといえば若い女の方に似ている。三人の共通の特徴は鼻筋の高く通った上品な顔だちと、美しい広い富士額にあった。血縁の者にちがいない。それを見せてくれた小松氏は、二人の女は、文子の母でも祖母でもなく、親類の者だと、文子の郷里で説明されてきたといわれた。

文子は手記の中で、自分の境遇を徹底的に悲惨に書いており、母の実家の金子家にしても、さほど豊かな家庭とは書いていない。しかし、この三人の服装や顔だちから推察すると、山梨の片田舎で当時これだけの服装をして、写真を撮るというのは、相当贅沢《ぜいたく》なことではなかったかと思われる。

背景に竹の模様の屏風があり、文子の寄った机の猫脚に、螺鈿《らでん》らしい細工がほどこされているのを見ると、文子が小学校の時引きとられていった朝鮮で撮影したものではないかとも思われるのだった。とすれば、この二人の婦人は、文子の父方の祖母と叔母ということになる。

もう一枚は、文子の父の佐伯文一で、昔の仁丹の広告のような八の字髭を鼻下にたくわえた新派の役者のような美男子である。こまかいチェックの柄の洋服を着こみ、片手にステッキ、片手をズボンのポケットにいれ、片足を斜前にふみだし、相当気どったポーズをとっている。髪もきれいにポマードをなでつけ光らしている。鼻が高く、耳が目立って大きく横に張りだしている。三十代の写真と思われるが、いかにもおしゃれな美貌に自信のある男らしい風貌である。

残る一枚は、袈裟《けさ》をかけた墨染《すみぞめ》の僧形《そうぎょう》の若者で、これも佐伯文一に負けないくらい気どったポーズをとって正面きっている。顔は丸顔で、眉目秀麗、胸から上だけ見れば、若い尼僧といっても信じそうな甘い顔だちである。首に白い繃帯をまきつけ、湿布しているのが目につく。戦前には、風邪気の時とか、肺病の者たちは、こうしてすぐ首に繃帯やハンカチや、ベールなどを巻きつけたものであった。それが粋だというので若い娘などは、風邪でもないのにベールを巻いたり、ハンカチを結んだりするのも一種のおしゃれにつかった。

この僧形の若者は、文子の母の弟で、文子とは叔父姪の関係なのに、婚約していたり、肉体関係のあった金子元栄だという。

この三葉の写真だけ見ても、文子の背景にドラマティックなものを見ることが出来る。文子は、その手記の中で、この父も、叔父も完膚なきまでにやっつけ、憎悪と侮辱のありったけをぶちまけているが、はたしてどうだろうか。

小松氏がこれらの写真を複写させてもらってきた塩山の佐伯家を訪ねたら、何かの手がかりがもっと摑《つか》めるのではないかと思うのだった。

遠藤氏と小松氏の話を綜合すると、文子の遺族たちは、文子のことに関しては口が重く、実家などへはとても気の毒で寄りつけないという印象だった。

車窓に映る冬晴れの空はあくまで澄み渡っていた。列車が東京を出外れると、車窓には雪をきらめかせた遠山が連なってくる。車窓になぎ倒されていく山の樹々も、草の色も、冬枯れのすがれた淋しい色だが、農家の庭には寒菊が咲き乱れていた。

ほとんど貸切りのような人気のない車中で先日逢った栗原一男氏の話をまとめているうちに、列車はいつのまにか笹子峠のトンネルにさしかかっていた。

栗原一男氏は、気軽に面会の申し込みに応じてくれた。堂々とした恰幅《かっぷく》の栗原氏は、文子より一歳年長だから、もう七十歳に手がとどきそうな筈だが、血色がよく、艶々《つやつや》した皮膚をして、六十歳を出たばかりのようにしか見えなかった。もし、文子が生存しつづけていたら、気性の強い彼女なら老い衰えたり、ぼけたりすることもなくこんな若さでいるのかもしれないと思うと感慨無量だった。精気の強い人によく見うけられる両耳の中から黒い毛を勢よく生やしている栗原氏は、何を質問しても、てきぱきと、進んで答えてくれ、少しでも文子のことなら伝えておこうという気の進み方を示してくれるのだった。時々、向いあった卓上から身を乗り出すようにして、私がメモをとっている手許から、メモ用紙を奪い、自分で、人の名前や、図面を手際よく書いてくれる。

「あの頃、不逞社のあったのは代々木の練兵場の近くでね。不逞社から、練兵場の原っぱへいく道の角のところに島田清次郎の家があったんだ。改元社という二階家でね」

ことばといっしょにすらすらと地図を書き、改元社と不逞社の位置を示す。

「島田清次郎は、その頃『地上』でベストセラーの時だから、勢がいいんだな。文子と朴烈が、あいつ、稼げていて生意気だから金をとってきてやろうというんで、押しかけていって、五円だかいくらだかとってきたことがあったな」

文子が神近市子や有島武郎からも度々金をもらっていたということもその時聞いた。

「ふたりとも、まあ、シンパっていうところなんでしょうね。神近さんと文子がどういう関係で知りあったかしらないが……」

栗原一男は、獄中の文子から、「手記」を託されたり、朴烈からも裁判の時、「立会人」として栗原一男の傍聴を裁判長に要求し、ただ一人、特別傍聴が許されたくらい信用されていた。しかし、よく聞いてみると、栗原一男が朴烈や文子と親交するようになったのは、大正十二年六月頃からで、大地震までの期間わずか三カ月ばかりのつきあいでしかなかったのだ。

一男は埼玉県の郷里で小学校を卒業後、岩倉鉄道学校の予科を卒業した上で、赤坂中学の三年まで行き、退学している。その間に文学を志すようになっていた文学青年だった。古物商の長男だったが家を出て、中央郵便局の通信事務員をしたり、日本荷札株式会社の事務員をしたりした後、大正十二年の二月頃、池袋の美那見製薬所へ職工として入ったが、解散になったので、後は人夫などしてその日暮しをしていた。

一男は文学雑誌を出したいとかねがね考えていたので、朴烈の出している『現社会』という雑誌で朴烈の名を識《し》り、訪ねたいと思っていた。

たまたま、十二年六月頃、美那見製薬所の同じ職工だった増岡という友人といっしょに神田の古本屋をひやかしていた時、布施辰治弁護士が「鮮人不法監禁糾弾演説会」を開くというビラを目にとめた。その日が当日だったのを知り、その足で青年会館の会場へ出かけていった。ちょうど朴烈が、青年会館から出てくるところに出くわした。

「まだ会は始まりませんか」

増岡が朴烈とかねて顔見知りだったらしく声をかけた。

「七時かららしいですよ。それまで、中で待ってたほうがいいでしょう」

朴烈が答えて、三人で内へ入り、待っているうちに、一男も朴烈と口をきくようになった。一男が雑誌の話などすると、朴烈は気軽に話にのり、近いうちに遊びに来るようにと誘った。

六月末、一男は朴烈の家を訪れると早速不逞社への加入をすすめられて入会している。そのうち、製薬所がつぶれたので、池袋の下宿の部屋代が払えなくなり、下宿をさがしあぐねていると、朴烈がそれを聞き、自分の家へ来て住めと誘った。

一男は朴烈にすすめられるままに、七月になって代々木の朴烈と文子の所帯へ移っていった。

その家は二階家で、いつでも二階の障子をあけると、道路から二階の壁が見える。その壁に小川猛という仲間の漫画家が、真赤な絵具で大きなハートを描き、その左右に叛逆という字を大書してあった。それが道行く人の目にいやでも触れるように描いてある。そんなことを、みっともないとも恥ずかしいとも思わない稚気でみたされているような仲間たちだったのだ。

一男はそこで洪鎮裕、崔圭悰、鄭泰成、金重漢、新山初代、張祥重、韓晛相、陸洪均、野口品二らに逢った。

一男が朴烈の家で、三回、不逞社の会合に出席しただけで、全員次々捕えられてしまったのである。

震災後一男は、東京市役所の人夫をしていたが、九月末、大阪へ行けば、何か仕事にありつけるかもしれないと思って下阪した。しかし大阪でも思わしい仕事がなかったので、十月十六日東京へ舞い戻ってくると刑事が張り込んでいて、その場で捕えられてしまった。治安警察法違反というのが逮捕の名目だった。

一男は取調べの結果、割合早く大正十三年の秋には釈放されて、その後、朴烈、文子への差入れや、外界との接触の橋渡しをつとめている。むしろ、この期間のほうが、娑婆で彼らとつきあった期間よりははるかに長いし、密接な心の結びつきが生れたようである。

「朴烈文子の怪写真の撮影の時もね、私はその場に居合せていたんだ。本来なら、予審廷なんかに私なんか入れるはずはないんだが、私は何時でも好き勝手に入っていたもんだ。もちろん、入口に看守ががんばっている。書記と、立松判事と、朴烈たちがいる。そこへ、ずいっと入っていくと、看守が仕方なしに通すんだな。いつでもルバシカの中に短刀持っていたからね。それで立松を脅かしたこともある。立松も仕方がないという顔して入れるんだ。その頃、みんな長髪でね、そう、ちょうど今の若い男がやってるあんなふうな。ルバシカははやっていて、アナキストたちの制服みたいだった。朴烈も灰色のルバシカを着ていた。私は真赤を着ていたよ。神田の神保町に和田屋って洋品屋があって、そこに売ってた、二円五十銭くらいだったかな。他に着る物がないから、そればかり年中着ている。立松はカメラいじりが好きで、いつでもカメラを予審廷に持ちこんでいて、書記が書いている間も、カメラいじりをしていたりした。

あの日は、もう予審が終ってほっとして、みんなでくつろいで、ひとつ撮ってやろうということになって撮ったんだ。別に、予審廷でそれ以上のおかしなことがあったなんていう、噂のようなことは全くなかった。しかし、あの大逆事件というのは、立松判事と朴烈の合作というものだね」

栗原一男氏は、「合作」ということばに含みを持たせて二度くりかえした。

一男が朴烈方に同居していた頃、夜おそく文子と二人で伝単《でんたん》(宣伝ビラ)を張りにいったことがある。大きな紙だと持ち運びに目立つので、掌《てのひら》の中に入るような小さな伝単をつくり、それを掌に握って、通りすがりに、ぺたっぺたっと、塀や、電柱にはりつけていくのである。

十二時近くまで二人は歩き廻って、すっかり疲れ、空腹になってきた。二人の懐をさぐりあってみたが、金はほとんどない。ようやくかき集めて合せて二十銭ばかりになった。たまたま、麻布の橋の袂《たもと》に夜泣きうどんの屋台が出て、だしの匂いがうまそうに闇にただよってくる。もうがまんが出来なくなり、ふたりでうどんをたべようとかけよっていった。

すると、文子が、屋台の向うの橋のかげにうずくまった路傍の人影を見つけた。屋台の灯にすかしてみると、ぼろくずのかたまりのような女乞食だった。

文子は何と思ったのか。屋台を素通りして女乞食のそばにしゃがみこみしきりに話しかけている。なかなかもどって来ないので、空腹で一男はどなった。

「早くうどんをたべて帰ろうよ」

「ちょっと待ちなさい」

まだぐずぐずしてようやく文子はもどってくると、

「さ、帰りましょう」

という。

「えっ、うどんたべないの」

「だめよ、お金がないの」

「だって、二十銭あったじゃないか、今」

「あれ、ないのよ、もう」

「どうして」

「あの乞食の身の上があんまり可哀そうなんだもの、あげちゃった」

「ええっ、二十銭、みんな？」

「ええ、みんな」

一男は呆れて物がいえなくなった。文子はにやにやして首をすくめただけで、さっさと歩きだす。

「あの時くらい腹がたったことはないなあ。しかし、そういう人なんだよ文子さんは。人の不幸を聞くと、乞食の嘘かもしれないなんて考えず、なけなしの金をはたいてしまうんだな。感情家で、純真で、お人好しなんだ。朝鮮での悲惨な思い出話や、朝鮮人がどんなに虐待されていたかなどという話になると、もう自分のことばに酔ったように激昂してしまって、涙を流しながら、とどまるところを知らない早口でとめどもなくまくしたてるんだな。朴烈がこまって、もういいかげんにしろなんていっても聞かない。どこまでも喋りまくる。そういうところがあった。しかし親切であたたかい女でしたよ。

ちっともかまわなかったけれど、いい女だった。美人じゃなかったかな。子供みたいに小さいけれど、かわいらしかったね。新山初代なんかよりは、ずっと魅力があった。新山初代は雑婚主義なんか称えていたから、みんなにわいわいからかわれていたけれど。まあ、あの当時、われわれ仲間の中に女がいなくて、文子と初代の二人だけなんだから、もてるのは当然ですよ。その点、文子は朴烈のものとはっきりしていたから、遠慮もあったけれど、初代の方は自分でもそんなことをいうくらいだから……。朴烈と初代の三角関係なんてことはない。あれはデマだ。朴烈と文子は、仲のいい夫婦だった。文子の頭のいいのは天才的だった。あの手記は、実のところ、私の手に渡ったのはずいぶん後で、立松にやいやいいって、やっととりかえした。ところが、その時の原稿は方々に鋏《はさみ》をいれて切りとってあって、一枚の原稿用紙が、まるで簾《すだれ》のようなんだな。それは他人じゃ、とても読めない。まあ、私は日頃、文子からいろいろ話を聞かされているので、切りとったところがどういうものか判じることが出来る。そこで、私と加藤一夫で加筆添削して、あの本の形にした。題も文子がつけていたものではなくて、われわれが相談してつけたものだ」

簾のようにという時、氏は両手で濡れた紙でも持ちあげるように卓上の紙ナプキンの両端をつまんで目の高さにしてすかしてみせた。

文子はそういうことも予想していたのかもしれない。栗原一男に、手記を託すについて「添削されるに就いての私の希望」というのをかき加えて用意周到なところを見せてもいる。

「栗原兄

一、記録外の場面においては、かなり技巧が用いてある。前後との関係などで。しかし、記録の方は皆事実に立っている。そして事実であるところに生命を求めたい。だからどこまでも、事実の記録として見、扱って欲しい。

一、文体に就いては、飽くまで単純に、率直に、そして、しゃちこ張らせぬようなるべく砕いてほしい。

一、或る特殊な場合を除く外は、余りに美しい詩的な文句を用いたり、あくどい技巧を弄したり廻り遠い形容詞を冠せたりすることを、出来るだけさけてほしい。

一、文体の方に重きを置いて、文法などには余り拘《こだわ》らぬようにしてほしい」

この希望を見ても、文子が文学的にも二十をこえたばかりの若さとは思えない老成した文学観を持っていたことが察せられる。リアリズムで、ドキュメント文学の真髄を目指していた意図がはっきりとうかがえるのである。もちろん、文章の末梢についての添削や整理はあっただろうけれど、「何が私をかうさせたか」と題された手記を読むと、文子にしか書くことの出来ない文子の運命や、心の陰影がはっきりと正確に、描破されているのをみる。

「文子のおかあさんは、ぼくの見た印象では、ごく普通の平凡な田舎のおばさんという感じでしたね。文子に似ているといえば似ているが……。墓を掘りにいった時は、新聞記者なんかもついてきたから、大体十数人の人数になっていた。掘るところは気の毒で、文子のおかあさんには見せなかった。おが屑なんかいっぱいつめてあって、ぶよぶよにふくらんで、もう水が出て、手もつけられない状態だった。解剖なんて出来るものじゃない。私が額にさわったら、ちょうど柔かい桃の皮が指についてはがれるように、つるっと額の皮がむけてしまうんだ。あの時はぞっとしたね。文子さんの骨を持って帰る時、朴烈の兄さんが一部朝鮮へ埋めたいというのでわけて、あとは私たちがもらった。文子の母親は婚家に遠慮してか、いらないというんだな。栃木から帰ると、すぐ山梨へ帰ってしまった。東京でぼくら仲間だけで文子さんの葬式をしようということになった。仲間の家の二階に集って、文子さんの骨をみんなで廻して、それをなめたり、たべたりする。それがわれわれの考えた葬式なんだ。そこへ刑事にふみこまれて、骨をみんな持っていかれてしまった。しかし、一部は朴烈の兄さんが持って朝鮮へ帰ったから、朝鮮には文子の骨が埋められていることだけは確かだね」

栗原一男は大正十二年捕えられた時、数え年二十一歳だった。

文子の死体検案書としては、次のように残されている。

文子はまた、大正十四年十二月三日から、大正十五年一月三十日にわたる五十八日間

検案書

氏名	金子文子
男女ノ別	女
出生ノ年月日	明治参拾五年壱月弐拾五日
職業　死亡者ノ重ナル職業	人蔘行商
家計ノ重ナル職業	同
死亡ノ種類	自殺
病名	縊死
発病ノ年月日	
死亡ノ年月日	大正拾五年七月弐拾参日午前六時四十分頃
死亡ノ場所	栃木県下都賀郡栃木町大字栃木拾九番地

右証明候也

大正十五年七月二十三日

宇都宮刑務所栃木支所嘱託医

粟田口富蔵

に、東京帝国大学助教授医学博士杉田直樹によって、身神状態の鑑定を受けている。

これは大正十四年十一月、公判準備調書を作成する時、田坂貞雄、山崎今朝弥、布施辰治ら、被告の弁護士たちから、

「朴烈は、一切を否定し、万類の絶滅を企図するような過激の思想をもっているが、誇大妄想にあらざるか、また金子は、陰鬱、多感、神経質に陥り、その挙措一定せず、その言語は躁急にして、聴取容易にできない」

という理由で精神鑑定の申請があったため、板倉松太郎判事が、杉田博士に鑑定を命じたものであった。

それによれば文子は死の半年前は、身長四尺六寸(百四十センチ)、体重十貫六百匁(四十キログラム)しかなく、身体骨格の発育は二十三歳という年齢にしてはたいそう遅れていた。しかし、体格の発育程度に比べては、一般栄養は佳良で、外観上発育不良らしいところは見当らない。

頭髪は密生し、色は濃黒、顔面は丸く色白で肌のきめはこまやかで、皮膚に発疹、浮腫、その他の異常もなく、創傷や湿疹の痕もなく、また文身《いれずみ》もどこにもないとある。

頭蓋の測定をして、本邦女子の平均標準値より頭囲などはやや超えていて、その身長の発育遅滞に比べて、頭蓋の発育が平均値を超えるほどいいと記してある。要するに、チビの軀に大きな頭がついていたということで、頭の大きいことが直ちに頭脳の良さの

証明にはならないだろう。しかし、文子の頭脳の素晴しさは文子と面接して二回親しく語りあった後、鑑定人も高く評価してこれを絶讃している。

文子はこの鑑定に当って、最初は精神鑑定を受けることを拒み、甚《はなは》だ不愛想に杉田博士を追っぱらおうとしたが、看守長たちが様々に慰撫し、杉田博士が忍耐強く話しかけるうちに、次第に上機嫌になって打ち解け、やがて杉田博士の診察を受けることを承諾した。ただしその態度は不行儀、我儘、傍若無人の態度で、突然、診察の途中で看守長に茶をねだったり、ふざけきったことばで、時々、杉田博士をからかったりした。陽気になるにつれ、大声で笑ったり、にこにこしたり、博士や看守長をむやみにからかって悦にいったりする。

喋り方は聞きとり難いほどの早口で、視線はたえずきょろきょろと動き、挙止も落着かず、始終、軀をもじもじさせている。喋る時は相手の目を正視せず、下をむいたり、あらぬ方を眺めたりする。それでいて、話の内容は、筋道が通り、言いたいことを秩序立て、てきぱきという。

診察の結果は、記憶力、推理、判断等の知能作用は、慧敏《けいびん》優秀で、発達優秀なことを証明すると、杉田博士も鑑定書に記録せずにはいられなかった。

しかし、二度めの診察の時は前日と打ってかわって、文子は始終憂鬱で、無口になり、はかばかしく口を開かないのだった。

看守長の奥村輝は、文子の在監中の態度を通じて観察しているため、文子が日頃、気分屋でむら気で、理由もなくはしゃぎ、誰彼となく冗談をいいかけると思うと、少し気に入らないことがあると、急に打ってかわってだまりこみ、すねて全く口をとざし、命令にも従わなくなり、時には数日間にわたって抑鬱憂閉の症状がつづくと、杉田博士に告げている。

月経来潮期は特に症状が重く、不快な神経症状をおこし、よく床についてしまうことがあるという。妊娠したことは一度もなく、婦人科系の病気にかかったことも一度もないが、月経過多症で、月経時の苦痛は人並以上であったらしい。

内臓もほとんど疾患なく、すこぶる丈夫で、病気らしい病気をしたこともなく、刑務所生活をはじめてからも、風邪のため一度だけ薬をのんだ程度だった。しかし、この時の診察の結果、先天性心臓弁膜障礙《しょうがい》を発見されている。その他は、視力、聴覚、嗅覚すべて正常であった。

この鑑定書の中には、裁判記録や予審調書にも窺《うかが》えない文子の獄中の生活の模様が記されている。それらは日常文子と最も密接に暮していた看守長の観察を杉田博士が聞書きしたものだから、ほぼ正確と見ていいのではないだろうか。

それによれば、文子は入監した最初の頃は気持が昂《たか》ぶっていて、興奮状態の中ですぐかっとして、些細なことに怒り、不平不満怨恨を、暴言で訴えたりなじったりして、甚だ反抗的だった。

その次には悲観沈鬱の状態に陥り、沈黙がちな感傷に捕われ、時々は涙を流していたりした。

その他は、大体、興奮がちなお喋りで躁々しい言動の日が多かった。

大正十四年の夏頃から、精神が安定し、常に上機嫌の日がつづき、快活多弁になって、監房内や檻舎内の掃除等を積極的に手伝おうとするようにさえなっていた。

そして秋頃から、愈々《いよいよ》自叙伝様の手記の執筆にとりかかり、それ以来は昼夜の別もなくほとんど書くことに熱中して、休息も運動もとらなくなった。夜も暗い電燈の下で書きつづけ、そのため十二月には眼精疲労から結膜炎をおこしたりした。それでもなお書きつづけ、指にはペンだこが固まり、インキの跡は洗っても落ちないほどしみついてしまった。なお、その間に、思想的な書物などもむさぼり読んでいる。弱い灯の下での仕事なので結膜炎をおこして悩まされたほどであった。

文子はこの頃、鑑定人の杉田博士に問われるままに自分の心境を説明した。

もう自分は事件のことなど考えたくないこと。自分の危険思想などいったところで、何の学問的裏付も体系もあるわけではなく、ただ思いついたことをしただけにすぎない。社会主義、無政府主義、共産主義の本も大いに読んだし、それらの主義者とも交ってみたが、彼等の思想と行動は矛盾していて、信用することが出来なくなった。宗教やあらゆる既成思想にも失望させられた。そのため、もう他には頼らず、自分の刹那的な思想のおもむくままに行動する方が快適だとして、朴烈と共鳴出来たので同棲して事をおこしたのだと述べている。

「私の今度の事件というのは大正十二年九月頃に、私が懐《いだ》いていた思想について問題を起しているのです。だからその事について問われれば、一定して変らない事実があるだけで、それをどうとも今更変更することは出来ません。しかし現在此の大正十五年の今、私が考えている思想がその当時と一致するか否かは保証出来ません。それ以来満二年以上も斯うやって監獄へぶち込んで生かしておかされては、私だっていろいろ考えまさあね。考えて行けば、その間多少なりとも思想が発展して行くのは当然でしょう。私は元来その時その時に最もよいと考えることを実行し、またそれを私の最善の行為と信じているのです。二年間も監獄でこうやって自由を束縛されていれば、目下の最善の思想はまた以前の思想とはどうしても同一であり得ないではありませんか。しかしだからといって私が改心したの、権力に屈服したのと言われては承知出来ません。私の反逆的思想は決して萎縮してはしまいません。ただ反逆の実行が不可能だと知った時、その実行方法に就いての考えが変らざるを得ないではないかというのです」

「ここでは私は自分一人の事だけしか考える材料がありません。だから私は今、自叙伝も書いているのです。刑を受けるのも、いずれ近いうちでしょうから、私は急いで書いているのです。これを出版でもして一人でも私に共鳴してくれる人が世にあれば、私はそれで満足して私の始めから命を棄ててかかった此の世の絶滅と私の死とを、それで意義づけることが出来たのだと信じます」

この頃はまだ栗原一男に啄木の歌集の差入れを頼み、それを手本にして二百首ばかりの歌を作ってもいた。

一九二五年(大正十四年)六月十六日発信の栗原一男あての文子の手紙がある。

「今『太陽を射るもの』と一緒に『民主主義者』というのを下げました。陸兄の差入れだが、一寸面白いので、所用済の上は、保存の件、荷と共に、兄にお願いします。『死線を越えて』を読むと、貧民層という人間の層の醜さの中に、私は自分の優越を喜んでいるように思える。何しろ呆れたユートピアンだ。

地球をばしかと抱きしめ我泣かん
　高きにゐます天帝の前。

とでもいいそうなアンバイ式だ。

フーサンはいってやる。

ころころと蹴りつ蹴られつ地球をば

揚子の水に沈めたく思ふ。

水煙揚げて地球の沈みなば
我は笑まんしぶきの陰に。

哲人だァ事の、何人だァ事のってひちむずかしい身分不相応の資格をつけられるものだ。兄の求むるものを含蓄していない。この私の『傑作』は、びっくりして、後しざりして、咽へひっかかって出て来ない。

少し歌作の稽古でもしようかしら？　すまんがね、たしか新潮版で『啄木選集』てのがある。探してなかったら、一つ買って下さるまいか。マニー私にある。用語や色彩に於て、あの人のが好きだ。真似るなら、あの人のを真似たい。

私、いうのを忘れてた。着物ありがとう。紺絣《こんがすり》には苦学時代の俤《おもかげ》が深い。袂《たもと》の単衣《ひとえ》には、白粉《おしろい》とチキンライスのにおいがした。

朝鮮服の雑作《ぞうさく》が、一つ足りないのだ。裾にレースの着いた袴《はかま》ようのものがもう一つ有る筈《はず》だが、見てもしあったら、汚れたままで、一向差支えないのだから、入れて下さるまいか、序《ついで》の時、それから誠に誠にいいにくいのだが、派手なモスリン型つきの裾除《すそよ》け——解らねば腰巻き——それでも解らねば女の褌《ふんどし》がある筈だ。序の時、投《ほう》りこんで下さるまいか？　二つしかないので一寸《ちょっと》不自由だ。ただしなかったら要《い》らん。

オカミのを拝借するから。

韓兄はいつ頃帰京されるような話だったか知ら？　便りの序に、朴に『太陽』の読後は、(未詳)を経て、韓兄に下げるようにいってやって下さい。

仲間は皆達者か知ら。

増岡、永田二兄のことが憶い出されてならぬ。好きなお人だ。達者か知ら。どんな風に活きているのかしら。やっぱり土の上を歩いているのでしょうね。便りの序にどうかよろしく。よろしく云って何になる。マア〳〵その何んで、謂《い》わば御挨拶さ。杉原、小泉、鈴木諸兄にもね。

どうせ、ロクなものは出来まいと思っているが、でも是《こ》の紙では余りひどい。ペンが損だ。其処《そこ》でお願いする。明日留置から直接兄あてに八円下げとくから、すまんが大至急紙を買って入れていただきたい。コンナザラザラでない物、又余りつるつるでないもの、版はもっと大きいのが欲しい。ルビ附ける場所のなるべく広いもの――ご覧の通り、私の字は、だらしがなくて大きいのだから、書きたしたり消したりするのに余りドサクサ混雑せぬような物を、兄自身見計って求めていただきたい。

四五日前、仲間から十五円頂戴したのだ。四十帖でも、五十帖でも。他に白地タオル一――この紙でも十銭だから、足らなんだら差し当り紙を減じ、余ったらどうでも。『啄木選集』見附からなかったら、買って下さってもいい。たしか五六十銭だ。すまんが大至急頼む。此の紙が今、手許に三帖しかない。十枚ずつ使っても、六日しかない訳だ。待ってます。

『さばかりの事に死ぬるや』

『さばかりの事に生くるや』

止せ止せ問答。

啄木の忘れられぬ歌の一つです。さようなら！

　理屈抜き
共に元気で生きませう
何時かは土に帰る身ながら。

　　　雨降る日　　　　　婦み子。

（大至急）この前ブレは、憲法第一条に依り神聖にして何人と雖《いえど》も侵すべからず。

紙だけはいいのが欲しい。他でしまつする。

　　　十五日ヒル　　　　　　　　　　　　　フミ子」

栗原一男は、文子の歌を整理して、翌大正十五年五月号の『婦人公論』に「獄中雑詠」金子ふみとして、その歌を載せた。啄木の歌に真似て組み方も三行にしてあった。

窓がらす外して写す帯のさま

若き女囚の
出廷の朝。

ひと夜ならでいついつまでも覚むるなと
希《ねが》ひていぬる
此頃の我。

電燈のまたたきつつも消え行くを
見れば我が胸
あやしく慄《ふる》ふ。

ゆあみする女囚の肌のふくらみに
瞳そらしぬ
悩ましさ覚えて。

一度《ひとたび》は捨てし世なれど
文《ふみ》見れば

胸に覚ゆる淡き哀しみ。
ホイットマンの詩集披《ひら》けば
クローバの押葉出でたり
葉数かぞふる。
四つ葉クローバの手触り優しその心
誰《た》が心とぞ
思ひなすべき。

上野山
さんまい橋に凭《よ》り縋《すが》り
夕刊を売りし頃もありしが。
籠《かご》かたげて
夜の道傍《みちばた》にたゝずみし
若き女は今獄にあり。

ゐねむりつ、ゐねむりつなほ鈴振りし
五《いつ》とせ前の
心哀しき。

滝白く松緑なる木曽山の
すがたちらつく
獄のまぼろし。

霊と肉の
二つの心のいさかひに
持つ事悲し今の我が身は。

去年《こぞ》の今日我を見舞ひし友二人
獄《ひとや》に逝きて
今はゐまさず。

ぐんぐんと生ひ育ちゆく我が友と
訣《わか》るゝ日近し
我のかなしみ。

友の服は破れ
我に白き襟《えり》番号
哀しき集《つど》ひよ、予審廷のひる。

まじまじと他人《ひと》を見つめて憎しみに
胸燃やしつゝ
咽《むせ》び泣くわれ。

口吟《くちずさ》む調べなつかし××歌
彼の日の希《ねが》ひ
淡くたゞよふ。

夏の夜をそゞろに集ふ若人の

群を想へば
我も行きたし。

これ見よと言はんばかりの有名の
女にならんと
思ひしことあり。

トキ色の吸取紙に滲みたる
友の宿所を
たどりては読む。

うづくまり庭の木陰《こかげ》に小草《をぐさ》引く
獄の真昼は
いと静かなり。

指にかゝらむ名もなき小草ツト引けば
かすかに泣きぬ

『我活《い》きたし』と。

抜かれまじと足を踏張り身悶ゆる
その姿こそ
憎く悲しく。

免役にや
若き女囚が結ひ上げし
銀杏返《いてふがへ》しも今日は乱れず。

うつむきて服の下より他人《ひと》を見ぬ
世の有様を
逆に見たくて。

生きんとて只生きんとて犇《ひし》めき合ふ
娑婆《しやば》の雑音
他所《よそ》ごとにきく。

花は散る
花は散れどもギロチンに
散りても花咲け、××の友。

ギロチンに斃《たふ》れし人の魂か
庭に躑躅《つゝじ》の
赤きまなざし。

朝鮮の叔母の許《もと》での憶出に
フトそゝらるゝ
名への憧れ。

盆蜻蛉《とんぼ》
スイと掠《かす》めし獄の窓に
自由を想ひぬ夏の日盛り。

気がつくと列車がいつのまにか塩山に止っていた。あわてて飛び降りると、山峡の駅らしく、身震いするような冷気が、車内のスチームでむれていた頬を鋭く包みこんできた。

小さな駅には型通りの白い木柵、そして名所案内の立札。降りた客は私のほかに、二、三人だった。

遠藤氏が迎えてくれるはずだったが、一目で端まで見通せるせまいプラットフォームには遠藤氏の姿はない。乗降りの客がたちまち散ってしまい、列車が出ていった後、はるか向うのプラットフォームの端から近づいてくる人影があった。見るからに人の好さそうな笑顔の人は私に小島氏と名乗ってくれた。遠藤氏が遅れたので、遠藤氏からの連絡を受けて、代りに迎えにきてくれたというのだった。

小島康彦氏なら、文子の母きくのが一度嫁いだことのある小島家の当主のはずであった。

「遠藤が来るまでに、小一時間あるから、ここから真直、佐伯家へ行って、系図でも見ておいた方がいいが」

小島氏は朴訥《ぼくとつ》な甲州訛《なまり》でひとりごとのようにつぶやく。

駅前の広場は、昼前のまだ疲れない陽ざしに照らされてしんしんと明るい。駅前の土産物売場で地図を買おうとするが人がいない。

店をあけっぱなしでどこかへ行っても泥棒もいないらしいのんきさが、やはり都会を離れて遠くへ来たのだなという感慨を呼ぶ。

売店の棚から地図を勝手にぬきとり代金を置いて、タクシーで出発してしまう。遠藤氏と小松氏が、以前訪れた文子の親類の家だという佐伯家は、塩山市の上西区にあった。道路ぎわの間口の広い古びたしもたやの軒には、数人の家族の表札が並べてかけてある。

私たちが声をかけるひまもなく、内から小柄な中年のもんぺの婦人がにこにこしながら出迎えてくれた。遠藤氏や小島氏がすでに私たちの訪問を告げてくれ、取材の許可をとってくれてあったのだ。

がらんとした広い座敷の縁側近くにこたつが用意されていて、そこへ招じられると、縁側の向うは一面の桃畑で、そのはるか彼方は遠山脈が雪をきらめかせてくっきりと青空に聳《そび》えているのだった。

私たちはこたつを囲んですぐうちとけてしまった。佐伯のり子さんという婦人は人なつっこい笑顔がそのままの性質のような人で、初対面とも思えないなつかしさをじかに感じさせてくれるのだった。

文子の弟の賢俊の嫁に当る人で、もともと、文子兄弟にとっては従妹の間柄だったという。

文子の父の佐伯文一も文子の母のきくのもきくのの妹で文一の後妻になったたかのも、

この人に死水をとられたのだということが次第にわかってきた。

「とにかく系図を見せましょうか」

のり子さんは飴色になった桐の小箱から物々しい巻物一巻を取り出して見せてくれる。

佐伯家系図によれば、文子の祖先は太政大臣房前公五男、正二位左大臣魚名公四代之孫というのに始まっていて、連綿と文子の父文一まで百何代か続いた家柄ということになる。

大正十三年一月十七日の第二回調書の陳述の中にも、この系図のことがはっきりとあらわれてくる。

「……大正十一年三月頃私は無資産にして無名の一鮮人朴烈と相知り同人と同棲しようと決心しましたのを父に対しては口上で母に対しては手紙でその旨を宣言しました。父は面と向って私に賛否の意を表しませんでしたが同年五月私が朴烈と同棲してから、父から私にあてて苟《いやしく》も太政大臣藤原房前卿の第百何十代やらの後裔に当る私が卑しい鮮人と同棲するという事は光輝ある佐伯家の家系を汚す者である。今日限り勘当するから親ありと思うなという旨の手紙が来ました。私は捨てられた父から勘当を受けたのであります」

文一はいつ頃からか、この系図を三宝《さんぼう》にのせ、床の間に飾り、毎朝家族たちにその前で最敬礼させるような習慣をつくった。文子はこういう父の態度を形式主義とののしり、佐伯家に入籍もされぬ自分が何故、佐伯家の系図に最敬礼しなければならないのかわからないと反撥して、内心この系図や、これを尊ぶ父のことを軽蔑しきっていた。

文子は立松判事にとられた調書の中では、両親のことを徹底的に誹謗《ひぼう》しているが、手記の中では、感情的になりながらも、忠実なリアリズムで両親の言行を描写したため、文子の意図しなかった二人の人間性が行間に滲み出ている。

調書では、両親とも自分のことしか考えない我儘放埒《わがままほうらつ》な、冷酷な人間のようにいっているが、現実の文一もきくのも、人一倍人間的な、感情の抑制のきかない弱い人間だったようだ。

のり子さんにとっては、文一は厳しいけれど尊敬に値する舅《しゅうと》として記憶されている。

「あんなに何でも出来る人は見たことがありません。料理だって、本職の板前はだしでしたよ。のりさん、魚のおろし方はこうするのだ。庖丁のとぎ方はこうするのだと、何でも手をとって教えてくれましたからね。ふぐでもあんこうでもそりゃ上手に料理しました。あんこうの吊し切りなんか名人でしたよ。今でいう日曜大工ですか、たいていの大工仕事なら本職より器用にしましたし、表具屋のするようなことも小まめにやってのけましたよ。しんし張りなんかも私は舅から教わったんです。そりゃ美男子でしたしとてもおしゃれでしたね。私が嫁にいった時は江尻の駅前、改名して清水駅になりましたが――駅前の宿屋をやってたんです。宝家って宿でとてもよくはやっていました。客に家庭的でよかったんです。舅は気性の激しい人で、怒るとそりゃ怖いとこがありましたが、俗にいう内入りの悪い人で、他人にはとても愛想がいいんです。だから客なんかには、宝家の主人は侠気のあるりっぱな頼り甲斐《がい》のある人物だと思われていましたよ。困ってる客は只《ただ》で泊めてあげるというようなところもありました。その恩を感じて、今でもまだ全国のあちこちから名物を送ってきてくれたりするんですよ。ほらこのみかんもそのひとつなんです。和歌山の人で、ずっと毎年送ってきてくれるんです。おいしいですよ、まあ、あがって下さい。客なんかみんな家族みたいにうちの茶の間に入ってきて舅と話しこんでいました。舅がまた博学で、何でもよく識っているものだから、どんな話でもあわせられるんです。頭のいい人だと思います。文子さんの頭のよかったのはお父さん似だと思いますね。でも、舅はひとりではだめな人だったんじゃないでしょうか、わがままであきっぽくて、怒りっぽいので、若い時は何をやっても長つづきしなかったようです。姑《はは》(きくのの妹たかの)がしっかりした人だったから、あそこまでやれたんだと思います。姑はそれはよく出来た人でした。誰もほめない人はいないくらいです。写真を見てもきれいな人でしょう。すっきりしたそりゃきれいな人で似合いの美男美女の夫婦でした。姑は若い時は小唄に歌われたほどの小町娘だったそうです。弟の元栄さんも坊さんだけれどやっぱり美男で小唄に歌われたんだそうです。文子さんのお母さんのきくのさんも、美人でしたよ。姑より色っぽかったかもしれません。御存じでしょうがうちは複雑でつまり、私の主人は文子さんの弟の賢俊で実母はきくのさんです。私たちはおばさんと呼んでいましたが。姑はきくのさんの妹のたかので、舅の文一はきくのさんと別れてその妹のたかのと結婚したわけです。ですから私にとってはたかののもきくのも主人の母というわけですよ。姑はしっかり屋でしたがおばさんの方はただもうやさしいおとなしい人でした。晩年はうちへ来ていっしょに暮していましたから、うちの二番めの子をよくおぶってくれました。裁縫なんか上手で自分で織って縫ってしまうような腕持っていました。姑も何でも出来た人でした。ええ仲よくしていましたよ。いろいろあったそうですがみんな若い時のことで……。私が嫁いってから見てきたかぎりでは、昔のことなんかちっともうかがえない平和な感じで、仲よくしていました。おかしな話ですが、三人仲よく一つお墓に入ってるんです。そのことを生き残っている親類の年寄たちが、まるで小説のような珍しい運命じゃないかなど話しています。

文子さんのこともよく聞きました。大体、旅館をはじめるようになったのも、浜松にいて新聞記者をしていた頃、例の事件がおきたので、浜松にいられなくなって、静岡へ移ったんだといってました。舅《ちち》も東京の裁判所へ呼ばれて取調べをうける時、文子さんに逢わせられたそうですが、文子さんが何かとても怒って、コップの水をコップごと舅に投げつけた話などしていました。

捕えられる前は、朴烈もつれてきたそうです。ある日、舅が町を歩いていたら、人だかりがしているのでのぞいてみたら、文子さんが演説してるんだそうです。パンフレットをくばって。朴烈といっしょだったそうです。それで舅は演説の内容からして、これは危険なことをやってると思って、家に帰っていたら、文子さんが朴烈をつれて人力車でやってきて、泊めてくれといったそうです。舅が文子さんだけなら泊めるといったら、文子さんがとても怒って、朴烈と自分は夫婦だからいっしょに泊めてくれないような親は、もう親でも子でもないといって、帰っていったそうです。でも朴烈はよく文子さんの面倒みて、演説する時でも文子さんがほしがる前に、水をやったり、家にきても履物を揃えてやったり、それはやさしい人だったと姑が話していました。無口でやせておとなしく見えたそうです」

そんな話を聞いているところへ、おくれた遠藤氏が訪れて、座が賑わった。

のり子さんは近くにもう一人、文子の従妹がいるからといって、呼びに出かけてくれた。その留守の間に、小島さんがぼつりぼつり、朴訥な口調で話してくれる。

「大正九年の三月におらのおっかあが死んで半年もたたんうちにちょっくらうちへ嫁に来たことがあっただ。おじいが追んだしてしまっただが」

もちろん、きくのが文一と別れて後の話である。小島家へ嫁ぐ前にも、何軒か嫁入ってきていたという。その嫁入先が、みんな土地の相当の素封家であったのを見ても、きくのがよほどの美人であったことと、金子家がやはり、それ相当の家であっただろうことが想像出来るのであった。

小島家は今でも広い果樹園を持った町でも有数の家柄だが、当時は当主は町の助役をしていた。

そこへ、既に数度の結婚歴を持つきくのが迎えられるというのもきくのの魅力のほどがうかがわれる。当時まだ十一歳だった小島康彦はこの美しい後妻になつかなかった。亡母の記憶がなまなましいのに早くも後妻をめとった父に対しても不信を抱いた。美しい後妻は遅くまで父と寝床を出ようとはせず、終日、茶の間の長火鉢の前で、きゃしゃなきせるをつかって煙草《たばこ》を吸っていた。その頃は女の喫煙者は少なく、玄人《くろうと》か年寄でないかぎり、珍しいことだった。再婚の父は時々昼さがりでも家に帰って、奥の座敷に蒲団をのべ、きくのとこもってしまうことがあった。その様子がまだ瞼《まぶた》に残っていると小島氏はつぶやく。

そんな嫁が古風な家風の小島家の舅や姑に気に入られる筈がなかった。

そのうち、きくのの弟の恵林寺の住職の元栄が肺結核で死んだ。その形身分けというので、きくのは緞子《どんす》の蒲団や綸子《りんず》の着物をもらって帰った。肺病の菌がそれにとりついているということを理由にして、舅たちはきくのを離縁してしまった。きくのの夫だった康彦氏の父にもそれを引きとめる力がなかったのか、愛情が薄れていたのか、きくのは最初から最後まで歓迎されない嫁のまま、小島家から去っていった。

中肉中背の田舎には珍しい垢ぬけた粋な女だったと康彦氏は記憶している。のり子さんがやがて小肥りの丸顔の女の人を伴って帰ってきた。文子の従妹に当る雨宮かめよさんである。きくのの兄の娘だから文子には従妹だが、戸籍の上では文子の姪になっている。

文子は文一ときくのの間に生れたが、どういうわけか文一がきくのを入籍せず、文子が生れてもやはり入籍をおこたっていた。きくのが私生子としてでも届けようとすると、文一は私生子などにしたら一生うだつが上らないといって届けを出すことに反対する。そのくせ、やはり自分の子として入籍もしない。そのため文子は学齢に達しても無籍者で、正式に小学校に上ることも出来なかったのである。

そのことで幼い文子がどれほど屈辱を蒙《こうむ》り、心を傷つけられたかは、手記の中に繰返し悲痛に語られている。あげく、十一歳の時、文一の妹や祖母に文子が引きとられる時、無籍では困るというので、文子の祖父母の五子として金子家に入籍したのであった。そのため、かめよとは戸籍上の叔母・姪になっているのだ。

「私はよく文子さんにおんぶしてもらって子守りしてもらったんです。文子さんは利口な人で頭のいいのはとびぬけていて、語り草でした。いつでもどこへいくのでも本を放したことがないくらい本好きでした。学校はよく出来てずばぬけていました。とても早口で、ぺらぺら喋りました。きくのさんが文一さんを妹のたかのさんにとられて捨てられ、いろいろ苦労したあげく、文子さんをつれて帰って、嫁入りの話があった時のことです。文子さんが大人たちの相談を聞いていて、急に座敷にかけこんできて、おかあさん、嫁になどいかんでくれ、今に私が大きくなったらしっかり働いて、きっとおかあさんを楽にさせるから、もう嫁になんかいかんでくれといって、泣いたということです。まだ六つか七つの頃のことで、そんなしっかりしたことをいったというので、みんなもらい泣きして、後々まで文子さんといえば、その話が出ていたもんです」

かめよさんは、杣口《そまぐち》村の金子家は、どこかの落武者《おちむしゃ》の後裔とかで、かめよさんの父親の代は、百姓と古着屋を兼ねていたが、長持には長袴などがあって、虫干しの時、子供たちがそれをつけたがって叱られた記憶があると語る。

「村に芝居なんかがかかる時はよく、うちへ旧《ふる》い刀や長刀《なぎなた》を借りに来たりしました」

かめよさんの記憶の旧い衣裳はもしかしたら、商売用の旧着《ふるぎ》だったかもしれないという仮説もなりたつが、いずれにしろ、きくのの縁組先の家柄から見て、文子の手記で想像するような極貧の百姓家ではないらしい。

かめよさんとのり子さんはお互いの記憶を扶《たす》けあうようにして文子の思い出を語ってくれる。

その間にのり子さんが、台所でことことしていたと思ったら、手打ちうどんをうちあげて、この地方の名物の「ほうとう」というものを作ってくれた。うどんの中に季節の野菜をたくさん味噌仕立で煮こんだもので、宝家旅館ではよくこれをだして、喜ばれたというものだった。手づくりの心のこもったあたたかさが素朴な味にしみて、それは冷えきった内臓にしみわたるように美味しかった。

「そうそう、文子さんのバスケットがありますよ」

のり子さんが話の途中で顔を輝かせて二階に上っていく。まもなく下りてきたのり子さんの手に飴色になった旧臭いなつかしいバスケットが下げられていた。大正から昭和の初年にかけては、籐で編んだこのバスケットが、それまでの信玄袋にかわって、トランクの用をなし、旅には必須の荷物入れになっていたのだ。バスケットを膝にして汽車にゆられたり、人力車に乗ったリボンをつけた娘が、よく雑誌の口絵に描かれたりしていた。

「このバスケットは、文子さんが朝鮮から帰った時持ってきたもので、この中に朝鮮でとれるのりを土産にいれて来たんです。いきなり、バスケットを下げてただいまって帰って来たから、もうみんなびっくりしてしまって」

文子が、文一の祖母につれられて朝鮮へ渡る時は、このあたりの村ではみたこともないような美しい友禅《ゆうぜん》の着物や被布を着せられたので、文子はシンデレラのような幸運児だと羨ましがられたのであった。しかし朝鮮の生活は文子には思いだすのも厭《いや》なものとして手記に描かれている。

バスケットを下げた文子の姿を二人ともよく覚えていると話しあう。かめよさんがことばをついでいう。

「何でも先へ先へ頭が走っていた人でしたね。あれは、文子さんが東京へ出てからだけれど、一度帰ってきた時、思いきって、髪をばっさり断髪にしていたんです。今じゃ当り前だけれどあの頃はまだ髪は女の命で、大切にしていましたから、祖母がびっくりしてどうしてそんなことしたといって責めましたら、おばあちゃん、世の中はどんどん進んで、女が髪の毛をのばして髪結いにのんびりかかっているような時間はなくなるのよ。見ていてごらん。やがて日本中の女が、こうやって髪をばっさり短く切って働く時代がくるんだからといいましてねえ。その時はみんな誰も、信じてませんでしたけど、今になってみればね、やっぱり文子さんはえらい人だったなあと思いますよ。ええ、あの手記が出た時は、誰かが一冊持ってきてくれましてね。みんなで炉辺で読んでは泣きました。うちの母などは、みんなほんとのことじゃ、この通りじゃといって泣いていました」

陽の落ちない間に文子の実家を見ておこうというのでそこから杣口へ向う。杣口とは木樵《きこり》の通う杣道の入口とでもいう意味から名付けられたものだろうか。途中、こんもりした丘のような山ぎわを通っていく。それが塩山《えんざん》だと遠藤氏に教えられた。古今集賀の部に「塩の山さしでの磯にすむ千鳥きみがみよをば八千代とぞ鳴く」という読人知らずの歌が載っているが、これがこの塩山を読みこんだものとか。この歌は琴唄にもなっていて、六つの年から琴を習いはじめて私も意味もわからずに琴にあわせて歌っていたのを思いだして、思わぬなつかしさを覚えてしまった。

このあたりで旧くから名主の家柄を誇る鈴木家に立寄り、当主の竹比古氏から聞くと、父親泉氏の叔母が文子と小学校で同級だった由、その人の記憶では、文子はずんぐりして背が非常に小さく、たくさんの髪をぎゅっとふんじばって、身なりはいかにも幼い居《い》候《そうろう》という感じだったという。勝気でよく勉強が出来たくらいしか覚えていないということだった。この地方随一の旧家で資産家の娘と、父母に見捨てられた幼いかかり人《びと》の文子とは、おそらく親しくつきあったこともなかったのだろう。

鈴木家から、歩いて十分の山ぎわに金子家が建っている。入口に清らかな小川が流れていて、それを渡ると、広い大きな邸が明るい前庭を持って南面していた。

陽の一杯さしこむ縁側で縫物している中年の女の人がいて、その横で少女が机にむかって本を読んでいた。

あくまでのどかな田園の午後のけだるいような平和な眺めだった。

鈴木氏の姿を認めて、縁側の人が立ち上った。時ならぬ不意の人群の出現に愕いた表情がある。鈴木氏が簡単にわけを話してくれると、すぐその家の妻女だという人が上ってくれといってくれる。

金子文子の実家や親類では、まだ文子のことを世間に気がねしていて、取材はし難いのではないかと案じていたのは全くの杞憂《きゆう》だったようだ。もし、そんな気配があれば私たちはこの家の人たちの気持を乱しては悪いので、そのまま家を素通りして帰るつもりだった。

金子家の前庭をつききって、桑畑の道に出ると、すぐ裏の円光寺への参道になる。一まず、円光寺へ立寄ってくると挨拶して、私たちは畑中の道をたどった。畑の端にも道の曲り角にも、寺の参道の入口にも、石仏がうずくまっていた。どれもおごそかな目鼻の素朴な石仏で、さわると、人肌のようなあたたかさに冬の陽を吸いためている。おそらく、文子のいた当時からここにこうして坐りつづけている仏たちであろうと想像する。子守をしながら本を読む文子が、この石仏にもたれていたことはなかっただろうか。父に見捨てられ、母と弟に別れ伯父の家に居候している早熟な文子が、この石仏にもたれて、しゃくりあげ、泣いた夕がなかっただろうか。

円光寺はこぢんまりした静かな寺だった。掃除のゆきとどいた庭に入ると、大黒《だいこく》らしい人が顔をのぞかせ、和尚さんは留守だという。この寺の住職は文子びいきで、いればよく文子の思い出話を語ってくれるという。

子守をしながら、本を読みにかくれるにはこんな静かな場所はまたとないだろう。

この寺はまた、文子の父の佐伯文一が一年半も滞在していたところでもある。文一は広島県安芸郡の相当な家の長男に生れたが、幼い頃父に死別しており、十九歳の時東京の築地中学校を出て郷里に帰省したものの甘やかされて育ったせいか素行が修まらず、二十一歳の時、東上している。

その後、神奈川県港湾埋立工事事務員、東京監獄前の大野屋差入店の雇人とも食客ともつかないような生活をしている時、旅客の某鉱山師と知りあって、山梨県諏訪村のこの円光寺へ投宿したのだった。その時は共同で一攫千金を夢みて、タングステン鉱を掘り当てようとしていた。

一年半の滞在中、タングステン鉱脈は遂に発見出来なかったが、円光寺の前の金子家の娘きくのを手中にした。数え年二十四になっていたきくのは、美貌で上品な都会風に洗練され、女にかけては既に経験豊かな文一の甘い誘惑に一たまりもなく陥ったことだろう。この頃まだ妹のたかのは十二、三歳の子供っぽい少女にすぎなかった。

ふたりの情事はたちまち里じゅうの人の口に上るようになり、ふしだらな娘の烙印《らくいん》を押されたきくのは居たたまれず、たまたま、事業に失敗した文一と手をたずさえて夜逃げ同様に故郷を出奔した。

きくのはその時、自分が妊娠していると信じていたが、横浜について妊娠していなかったことがわかった。

駈落者《かけおち》は横浜に愛の巣を構えて一まず落着いた。文一は土方部屋の事務員や、寺子屋式私塾の教師などした後、神奈川県の巡査に落着いた。横浜に住み二年ほどしてきくのは文子を産んでいる。文子が物心ついた時は、父が巡査をしている頃だった。

横浜の寿町に住んでいたと、文子は手記の書き出しに記している。

「私の思出からは、此頃のほんの少しの間だけが私の天国であったように思う。何故なら、私は父に非常に可愛がられたことを覚えているから……」

文子の短い生涯の中で天国と呼べるこの頃、文一ははじめて持った自分の骨肉の娘に溺れきって猫可愛がりした。銭湯にも肩車をして行き、床屋にも抱いて行き、幼い文子の顔をあたらせて、剃刀《かみそり》の使い方を職人に文句をつけたりする。着物の柄選びから、肩あげの場所まで自分でしないと気がすまなかった。お湯をさましてのますのも、魚の身をほぐしてあたえるのも父の役目だった。

きくのはしまりのない性格で、家事にもだらしがなく、気がきかず、神経がゆきとどかなかった。その分、文一が細かく気の廻る性であったらしい。夫婦は似た者より反対の性格同士で長短相おぎなう時の方がうまくいく場合もあるが、文一ときくのの場合はあまり両極端な性格が原因で、恋の最初の熱が冷めた頃からは互いにそりがあわなくなっていったらしい。

そのうち文一は放蕩《ほうとう》するようになり、家に女を連れこんだりして、きくのとは連日のように摑みあい醜いけんかがはじまった。幼い文子の目には父母の争う姿がくっきり焼きつけられてしまう。

文子が塩山の杣口の母の郷里へはじめて来たのは、そうした日々の後であった。放蕩が軀《からだ》にこたえたのか、文一が病気になり、入院するはめになって文子は杣口の金子家に預けられたからだ。その折の入院費などは、きくのが、実家に泣きついて用立ててもらった。正式の結婚ではなく駈落同然の出奔だったが、もうこの頃では金子家でもあきらめて、きくのと文一の結婚を認めていたのだ。しかし文一はどういうつもりか相変らずきくのも文子さえも入籍せず、ずぼらをきめこんでいた。

文子はその理由を後に自分の手記の中で、父が母と生涯連れ添う気がなく、いい相手が見つかり次第母を捨てるつもりだったから入籍しなかったと、叔母のたかのに聞かされたと書いている。

この文子の籍については、母きくのと、父佐伯文一がそれぞれ立松判事に異なった答弁をしている。

佐伯文一は大正十四年七月十八日と、八月十八日の二日にわたって立松判事の証人訊問に答えた。

この頃、文一は浜松で酒屋を商いとしていたが、円光寺からきくのを伴って横浜に出

て以後の経歴は、

「その後明治三十五、六年頃再び横浜市に出て、或《あるい》は土方部屋の事務員となり、或は寺子屋式の私塾を設け、又は神奈川県巡査を拝命し、後間もなくして荷主代理として荷を取る所謂『クーリー』となり、傍ら氷店を出して居りましたが、其後更に横浜新聞、横浜日報等の雑報記者に転じ、明治四十四、五年頃、浜松市に移住して染色新報、遠州毎夕等の新聞記者をする傍ら大正十二年中より酒類商を営んでいるのであります」

と述べている。また、妻たかのの籍は、横浜から浜松に移った頃入れたといっている。文一ときくのの間には文子と賢俊という子をなしていたが、その二人の籍について文一は次のように答えている。

「証人はきくのとの間に子を挙げなかったか」

「実は之まで私の名誉のために誰にも隠しておりましたが、私はきくのとの間に長女文子、長男賢俊を儲けました」

「文子は証人方に就籍しているか」

「いいえ、きくのの実家に同人の妹として出産届が出してあります」

「賢俊はどうか?」

「賢俊は私とたかのの間に出来た子の様にして、届が出してあります」

「それにしても証人は文子の出生の当時に於て何故直に其届出をしなかったか」

「私ときくのとが山梨県を立出で横浜に行った抑々《そもそも》の初めは、きくのが受胎したと申したからであります。処が実は受胎していなかったことが判《わか》り、其後一年程は仲よく暮していましたが、間もなくきくのが文子を孕《はら》みましたので、私はその後きくのが厭になり、冷たい嘘の家庭を造っておりましたので、私はきくのの籍を私方に入れる気にはなれませんでした。その様なことからつい、のびのびとなって文子の出産届を怠ったのであります」

「それならば証人は何故賢俊の出産届をも詐《いつわ》ったか」

「私はたかのの籍は入れる積りでありました。どうせ入れる位なら賢俊をたかのの子として入れて置いた方が何かにつけて良かろうと思ったからであります」

きくのと別れ、たかのと文一が結婚するに至った次第についての文一の答弁は次のようになっている。

「私の口より申上げるのも誠に恥入りますが、きくのは物の判らぬ女で、私ときくのとの間には夫婦の愛情はありませんでした。私は子供の可愛さばかりに辛抱していたのですが、丁度たかのが子宮病の治療に横浜市に出て来て私方に同居する様になりました。其処で只今も申上げました通り私ときくのとの仲がとかく面白くありませんでしたので、つい間違ってたかのと関係し引続いて同人と同棲する様になったのであります。

無理もないことでありますが、きくのは私がたかのと関係していることを知ってから、何かにつけてたかのに辛く当り、その後は家庭に風波が絶えませんでした。それで私はたかのを他家に縁づけようと思い、縁先を探したこともありました。それをきくのから見れば、自分の邪魔にするたかのが他家に縁付くのでありますから喜ぶべき筈《はず》でありますが、きくのはそれだけの道理が判らずして只たかのを憎んでその縁談の邪魔をするのであります。それ故私は余儀なくたかのを奉公に出そうと思い当時浜松に住んでいた知人を頼って同人を連れて行きました処、その後からきくのが賢俊を連れて追掛けて参り、子供を私等に押付けて帰って行ったのです」

文一の答弁は何を訊かれても自己弁護に終始していたが、同じことがきくのの側ではまたちがったニュアンスで答えられている。きくのは大正十四年八月十日と十一日に証人訊問を受けている。その時きくのは何度めかの結婚の末、山梨県塩山の素封家宿沢治作の内縁の妻におさまっていた。

今日は文子のことについて色々訊きたいのだがと立松判事がいうと、

「矢張《やは》りそうであったかと思ったところです。文子は私の娘でありますが震災の時死んだ様に聞いておりました。娘のことですから可愛いには相違ありませんが、文子の考えが大変曲ってきておりますので、いっそのことそうなってしまった方がよいように思っておりました。処がさき頃、私をお呼出になると聞いた時には、もしや文子が生きていて、何か間違いを仕出かしたがためではあるまいかと思っていたのでありました」

といっている。

夫婦仲について聞かれて、

「ほんに気が合いませんでした」

と答えている。

「どうしてその様に気が合わなかったのか」

「田舎者の私はゆっくりりですし、佐伯は短気な方ですから気が合わなかったのです」

といい、廓《くるわ》通いなどはしなかったが、道で拾ってきたといって看護婦様の見知らぬ若い女を家につれこみ、きくのが反対しても、三カ月も四カ月も同居させたりしたと証言した。

たかのの件については、

「姉妹のことで少しも気付きませんでしたが、たかのは病気のため大学病院に通って、一時東京に間借りしたことがありました。その後私がたかのの見舞に行くといえば、佐伯は私を止めて、なにお前には子供がついているので大変だから俺が見舞に行ってやるといいいいしては、たかのの処に通いました。何でもその頃から佐伯はたかのと関係してその後一緒になってしまったのであります」

文一、たかのの浜松行も両人の証言はくいちがってくる。

「その頃たかのは国元に帰るといいますので私は横浜の停車場にたかのを見送りまし

た処、その後いつまでたってもたかのが国に帰った様子がありませんので、佐伯に、血で血を洗うことで人にも言われず、親にも申訳なくて言えないことだが、たかのは何処に居るかと尋ねました処、佐伯は、実はたかのは横浜にかくれているといいますので、私はそれでこの間じゅうの様子の塩梅《あんばい》がよくわかったが、之ばかりは人の道が外れているからどうかよしてくれと申して無心をいいました処、佐伯は、俺が悪かったと申しますので、私は警察のような所にいれば、人間が真直に渡れるから、どうか今一度元の巡査になってくれといいました。すると佐伯はそれでは浜松に巡査部長をしている知合いがあるから、その人を頼って行き、巡査になるようにしようといって、佐伯は浜松へ行きましたが、それから十日たっても二十日たっても便りがないのです。佐伯はその時、私等を棄てて浜松にたかのを連れて逃げたのでありました」

文子の籍についてのきくの答弁は愕くような無知ぶりとどうやら天性ののらしい暢気《のんき》さを伝えている。

「戸籍には文子は証人の妹として届け出てあるではないか」

「私もよく知りませんがそうでしょう」

「証人は文子を産んだ当時何故その旨の届を出さなかったか」

「私が佐伯と一緒になっていた頃、私は自分の籍を佐伯の方に入れようと思って役場に行き係に其事を話しましたが、御承知の通り私は無学ですから話が間違って私の母の籍が佐伯の方に行き、佐伯の方の役場から年が余り違うからとて母の籍をもどしてきましたので、私の籍を造ることがそのままになってしまいました。それで文子の届出もおくれたのです」

「文子の届がおくれては、年頃になって文子は小学校に入学することが出来なかったではないか」

「文子を小学校に出すには出しましたがその様なことは私に判りませぬ」

両者のいい分を比較してみると、たかのが文子に話したことが結局文一の本心だったと思えてくる。尚、文子の祖母のせひは、二人の娘を誘惑した文一のことを深く恨んでいたらしく、文一のことを奴呼ばわりして、文一がたかのをも村から巧言で連れだしたと訴えている。

しかし、文一とたかのとは、合性がよかったらしく、その結婚生活は一応おさまっていたようだ。

のり子さんとかめよさんがうなずきあいながら話してくれた。

「結局、お舅さんひとりだったら、旅館の経営なんか出来なかったと思うわね。やっぱり、お姑さんがしっかりしていて、働き者だし、しまっていたからやれたんですよ。お舅さんは料理のこごといったり、掃除の監督したり、客の話相手になったりしているだけで、実務はほとんどお姑さんがやってたわね」

「そうね、うちのばあちゃんたちもいってた。きくのさんはおとなしいばかりで、うんでもすんでもない人だから、そりゃ七つ八つ年下でもたかのさんの方がずっとしっかり者だって。たかのさんがきくのさんの立場だったら決してあんなことにならなかっただろうってね」

親たちの不用意から、大人の愛欲の姿態を何度か目にしていた文子は四、五歳からもう、おぼろげに大人たちの闇の生態を識っていて、早熟な子供になっていた。

母のきくのが、弟を背負って、内職の麻糸を問屋に運びに出かける度、文子はねだりもしない小銭を与えられ外へ出されてしまう。その後父と叔母がどういうことをしているのか、母より早く文子の方が察していた。

それまでも、女をひきいれたり、遊廓にいりびたったりして、さんざんきくのを泣かせてはいたが、今度のことは、肉親同士のことだけに深刻だった。やがて事の次第を知ったきくのと文一とたかのの間に地獄の日々が始まった。

たかのは何度か、この関係を清算しようと身をかくしたが、必ず文一に探し出されつれもどされてしまう。文一は激昂すると、きくのの髪を摑んで引きずりまわしたり、下駄でなぐりかかったり別人のような乱暴を働くところがあった。

文子は、可愛がってくれた父に母よりなついていたが、この頃から、父を憎み、母に味方するようになっていた。

息苦しい三角関係は、文一がたかのに氷店を開かせて別居させたことから一応道は開けたように見えた。しかしそれからというもの文一はほとんど氷店のたかのの家に寝泊りして、きくのと子供たちは見捨てられたも同然になっていった。

氷店はたかのの美貌と客あしらいの好さで大いに繁昌《はんじょう》したが、そうなると文一は働かなくなり、毎日悪友と花札ばかりひいて、店の金を持ちだし使いはたすので金は残るどころか、きくのや子供たちの方へは生活費もまわって来なくなる。そのうち、郷里でもこの関係を心配して、あれこれいってくるので遂に文一も決心をして、たかのを郷里に帰すことにしたときくのに打ちあけにきた。

根がお人好しのきくのは、あれほど恨み呪ってみてもこうなれば妹が気の毒になってくる。文一は嫁入り前の娘を疵物《きずもの》にしたばかりか、たかのの持って来た着物のほとんどは暮しのために質に入れ流してしまっている。

「ほんとにすまなかったね。これも何かの因縁《いんねん》か業《ごう》だと思ってあきらめておくれ、塩山へ帰ったら、きっといい縁談があるから、これまでのことは悪い夢を見たと思って嫁いで幸福になっておくれよね」

泣きながら、そんなことをいい、なけなしの金をかきあつめ、着物の一枚、帯の一本でもよけいに持たして帰そうとするのだった。文一も、どこで工面してきたのか、上等の蒲団など買ってきて荷造りしてやった。

きくのは妹を駅まで送っていき、またそこで泣いて別れた。

とにかくこれで一応地獄の季節は見送ったかに見えて、ほっとした。その夜は親子水入らずで久しぶりにくつろぎ、文子も晴れやかな顔の母を見てほっとしていた。

ところがそれから四、五日すると、突然文一の姿が見えなくなった。気がつくと、文一の身の廻りの品もいつのまにかすっかりなくなっている。

「畜生《ちくしよう》だましたんだ」

きくのは地団駄《じだんだ》ふまんばかりに口惜《くや》しがった。それでもまさか、たかのと一緒に逃げたとは考えられなかった。きくのは子供たちの手をとって、文一のかくれていそうなところを一軒一軒探してまわった。こんなふうにして、悪所にいる父を母と訪ねていき、手ひどい辱《はずか》しめを受けたことが度々あったので文子はまた同じことかと子供心に気がめいりこんでいた。

そんなある日、ふと通りかかった露地の奥の二階の手すりに、見馴れた着物が干してあるのを文子がみつけた。

「かあちゃん、あそこにおばちゃんの着物があるよ」

いわれたきくのがふり仰ぐと、着物だけでなく、あの新しい蒲団までその手すりに干してあるのだった。一番悪い予想が当ってしまったのだ。そこまで結ばれ合ったふたりはもう別れようとはしない。結局きくのは妹に夫を奪われ、子供たちと共に見捨てられて路頭に迷わされてしまう。

文一ときくのが恋を囁《ささや》いただろう寺の背後の森や、桑畑には、西に傾きはじめた夕陽が明るくさしつけていた。風もなく、物音もなく、まるで水の底にでもいるようなあたりの静かさだった。

「晴れていたら、向うのあの空に富士山が、ぎょっとするほど近く見えるのに」

案内してくれる人たちが口々にここから見える富士の美しさを話してくれる。私たちの頭上の空は青く晴れ渡っているのに、その方角は茜雲《あかねぐも》がたちこめていて空をさえぎっている。

金子家の庭先に引きかえしてくると、さっきの妻女と娘さんが首を長くした恰好《かっこう》で私たちをいそいそ迎えいれてくれた。天井の高い柱や梁《はり》の太い如何にも旧家らしい家構えは、座敷の広さもすべてゆったりしていて、せせこましい家並のごみごみ押し合っている都会から訪れた目には、それだけで気分が広やかにくつろいでくるのだった。

こたつとストーブを用意してたっぷりあたためておいてくれた奥の部屋は、家族の茶の間にあたるのだろう。いきなりそういうあたたかな心を開いたもてなしを受けて心がなごんでくる。大逆罪という名残りが、この家や親族たちにどんな影をひいているのか、それが最も気がかりの種だったが、のり子さんといい、かめよさんといい、今またこの金子家のこま江さんといい、文子について語る口調には何の後ろめたさも暗さもないのが何より嬉しかった。

「私も遠い縁つづきの者ですが、嫁に来ます時、ちらっと、そんな話が出ました。あそこにはそういうことで大逆罪の者を出したことがあるが、そんなことはもう遠い昔のことだし、いいだろうというような話が、家族の間で交されたのは覚えております。はい、私の嫁に参りましたのは戦争中のことでした。私はこの家へは仏祭りに来たのだと心得ていますので、毎日仏壇にお線香あげて供養するのですけれど、あの人のお位牌だけはないものですから気の毒で、何となく気にかかっておりました。この上の娘が先だって嫁ぎましたが、やっぱり、先方が聞きあわせた時、ちらっと、文子さんのことをいった村の人がいたとか聞きました。二十何年も前の私の時でさえ、そんなことは問題にならなかったのにと、びっくりしましたが……。はあ、そうですか、そんなえらい人だったのですか。いえ私ども何も知りません。くわしいことはわかりません。でもこの家から出た人が、お墓もお位牌も日本にないのは何だかお気の毒で」

見るからに健康そうに頰を光らせている次女の俊子さんは、最近、東京から帰ってきて、結婚の支度をしながらもう村に居つくのだという。

「私たちの世代は、そんな人がうちの家系にいたんだってなあくらいの気持です。でも、文子さんの本読みたいわ。何も知らないんだもの」

といたって明るい。時々新聞社の人が文子のことで訪ねてくることもあるが、もう逆臣の家というような見方をされることは一度もないといいきる。

「それでもうちの主人が小さい時、裏の神社のお祭りに行ったら、理由なくおみこしをかつがせてくれなかったのでくやしかったとかいうのを聞いたことがあります。まだその頃は、あの事件の影響がそんな形で残っていたのかもしれませんね」

こま江さんは落着いた聡明そうな口調でいう。

俊子さんに送ってもらって、私たちは金子家を辞した。

翌日、前日出迎えてくれた小島さんの御宅へ寄せてもらった。小島家の広さは、金子家の比ではなかった。映画のロケに使われたというだけあって、如何にもこの地方の豪農の邸らしい大きさと格式がある。どの部屋も十畳を越す広さばかりで、邸の裏ははるばると桃畑がひらけていた。

歌人だという小島夫人の小気味のいいテンポの早い会話に愉しまされながら、小島さんから昨日のつづきのきくのの話を聞く。

「うちへ嫁にくるまでにもう何べんも嫁入りしていた筈だ。四、五へんはいってただ。うちじゃおやじの外はみんなして気にいらん人だった。おらもおっかあとは一ぺんも呼んだことがなかっただ。なまけもんで、家のことは何もせんかった。この部屋のここで煙草吸って。あの、奥の部屋でよく、おとうといっしょに寝ていた姿を覚えてるなあ」

小島家へ嫁ぐ前、きくのは蚕種問屋の宮原幸太郎方に嫁いでおり、その前には雑貨商古屋庄平方にも嫁いでいた。どの家も一里と離れていない場所にあった。

きくのをめとった小島嘉七は、村の助役をしており、進取の気に富んでいて、干柿の大量輸出法を考えたり、養蚕の改良をしたりするなかなかの事業家だったという。夫以外の家族のすべてに気にいられていない嫁だったきくのは、弟の病気を理由に離縁話が出ると、さっさと小島家から去っている。

もうこの家へ来るまでに、さんざん苦労をつみ、男女の縁のはかなさを骨身に徹して感じとっていて、運命という力には、逆らってもどうしようもないのだというあきらめが身についてしまっていたのではないだろうか。

小島さんに案内してもらって、きくのが小島家を去った後、また縁づいていった宿沢家を見に行く。小島家とはまたちがった高い塀構えに植込みの見える堂々とした格調の高い邸だった。宿沢家は代々教育にたずさわっている名家だった。文子の事件のおこった時、きくのはこの宿沢家に収まっていた時だったので、家族に遠慮があって、すぐには死体引取りにも出かけられなかったらしい。夫の宿沢治作は道理のよくわかった男で文子の事件できくのに辛く当るようなことは全くなかったらしい。しかしきくのは、この場合は自分から遠慮して身をひいた形で事件後、宿沢家から去っている。

きくのは立松判事にも、

「只今私の居る宿沢治作方は、これまでにない宜《よ》い家でありますから、文子のことが宿沢の家に障らねばよいがと案じております」

といっている。

宿沢の方ではしきりに引きとめたらしいが、きくのがきかないので、相当な金を出して離縁してやり、それを資金にしてきくのは町へ出て文房具屋を営み、その後は結婚した形跡はない。

小島家に嫁ぐ前に縁づいた蚕種問屋といい、塩山の町の駅近くの雑貨商といい、みな相当な家だったが、宿沢家は資産家というだけでなく、名家でもあったので、きくのの縁付き先としては最高だったのではないだろうか。すべて内縁の妻で、一度として入籍されてはいないが、きくのは無頓着なところがあって、それを気にもせず、従って別れる時もいたって気軽に身ひとつで飛びだすようなところがあったらしい。

最初の結婚に破れて以来、きくのは自分の人生を投げやりに扱っていたようだが、気性のしっかりしたたかのとはちがって、流れに身をまかす木の葉のような軽い無抵抗な身の処し方に徹してしまったのだろう。

文一と恋に落ちた時は、私通を恥じてこっそり駈落までしたのに、せまい村の中やその付近の町で、あちこち性こりもなく嫁入りする恥ずかしさにはもう無感覚になっていたのか。そんなきくのも、陽のあるうちは恥ずかしくて村へ入れないといって、村の入口まで帰りついていながら、半日ぶらぶらあてもなく歩きまわり閑《ひま》つぶしをして、真暗に陽が落ちてから、こっそり村へ入り、わが家の敷居をまたいだような気の弱い時もあった。

それはきくのが文一とたかのに裏切られ捨てられ、三度めの夫と別れた直後のことであった。

文一とたかのは、かくれ家をきくのに発見された直後、また行方《ゆくえ》をくらましてしまった。浜松へ逃げたのだったが、きくのはふたりの行方の見当もつかなかった。

それまでいた家はたたみ、文子と賢俊をつれて、間借りに移り、自分は娘の頃そうしていたように紡績工場へ通い女工になって、ようやく親子三人の口をまかなった。文子は母の留守を小さな弟のお守りをしながら守っていた。賢俊が乳をほしがり泣きわめくと、もてあました文子もいっしょになって泣きだし、ふたりとも泣き疲れて眠るというようなあわれな日々がつづく。

もう学齢に達していたが、文子は無籍なので、正式に小学校に入学出来なかった。人一倍向学心のあった文子は、そのことが何より辛く、どうして自分だけが入学出来ないのかわからないまま、肩身がせまい思いにさいなまれていた。一時、寺子屋式の裏長屋の塾へ通ったこともあったが、砂糖二斤の謝礼さえ持っていけず、そのままやめてしまっていた。

父に逃げられたことより、母の留守の子守りより、もっと文子の心を貧しくさせたのは、他の子供のようにえび茶の袴をはいて学校に通えないということだった。後年、その原因が父が入籍をおこたったことにあると知って以来、文子の父への憎悪と怨恨は急速にいや増している。

父の文一に捨てられても母と弟の三人暮しの間はまだよかった。しかしきくのは淋しさに耐えられなかった。ある夜きくのはまだ幼い文子にむかって、目を伏せ思いあまったようにいった。

「あのねえ文ちゃん……。お前、おとうさんがいなくなって、淋しいだろう」

「うん……。でも、そのうち帰ってくるっておかあちゃんいったんじゃない」

「ああ、でもね、悪い叔母ちゃんがついてるからね。おとうさんをかえさないんだよ」

「おとうさんどこにいるの」

「知るもんか、あんな畜生たち……。でもね文ちゃん、家に男がいないと世間から馬鹿にされるからね。お前、中村のおじさんきらいかい？」

いつもとちがって、機嫌をとるようにいい、きくのは文子の顔色をうかがった。

「うん、大きらい」

文子はにべもなくいった。中村というのは一カ月ほど前から時々家に来るようになった鍛冶《かじ》職工だった。もう五十近い年頃で背は低く、頭は胡麻塩《ごましお》で、金壺眼《かなつぼまなこ》が意地悪らしく光り、ひどい猫背だった。人がふりかえるほど好男子で颯爽《さっそう》としていた文一とは比べものにならなかった。年もきくのとは親子ほどちがっていた。

「どうしてきらいなの、あの人はね、見かけは貧相だけど、しっかり者で男らしい人なんだよ。あの人が一緒に暮そうといってくれるんだけど……何しろ、腕があるから、ああみえても、なかなかいい日給取りなんだよ。一日一円五十銭もとるっていうよ。そしたらお前も学校へあげてもらえるし……」

きくのは文子に相談するというより、自分自身にいってきかせるようにつぶやきつづけた。

そんなことがあって間もなく、中村は風呂敷包みひとつ持って、文子たちの家へ転がりこんできた。文子はこの男に最初からなじまず、白眼をむけていた。何かいわれてもすぐは返事しないか、最後まで強情に押し黙るかだった。深いわけもわからないまま、母がこんな薄汚い卑しい男と一緒になったのが情けなく、ただ悲しくてならなかった。

中村もそんな文子を小憎らしく思うらしく、ことごとに辛く当るようになった。きくののいる時はそれでもお互い遠慮しているが、きくのの留守にたまたまふたりになると、中村は、おひつを棚にあげてしまってかくしたり、文子が口答えすると、蒲団巻きにして押入れに投げこんだり、ひどい時は麻縄でしばりあげ、近くの川の水ぎわの木にいも虫のように吊り下げたりした。

文子はますます中村を憎んだ。きくのは中村と文子が折合いが悪いのを見て心を痛めながら、ふたりの間にたちおろおろするだけでどうすることも出来なかった。

そのうち、駈落した文一とたかのが静岡にいることがわかって、文一から文子の弟の賢俊をひきとりたいといってきた。文子は泣いて弟をつれていかないでくれと頼んだが、大人たちの間の取りきめは破れなかった。

ある日、文子が学校から帰ったら、母と賢俊の姿はもう見えなかった。つれ去られた幼い弟を恋しがって泣き叫ぶ文子を、中村はうるさがってしばりあげ、またしても川のふちの木の枝に吊り下げて折檻《せっかん》するのだった。

母はひとりで静岡から帰ってきた。文子はもう、父や弟のことを母に訊く元気も失っていた。それでもその頃、文子はどうにか学校に通えるようになっていたのが、せめてもの慰めだった。これはきくのが近くの学校の校長に頼みこんで、無籍のまま、教室に置いてもらうようにしてくれたからだった。いつ、どう教えられたというわけでもないのに、文子はもう、小学校三年ぐらいの教科書はすらすら読めたし、算術は足し算引き算の暗算がそろばんのように正確に出来た。掛け算を覚えると四けたの掛け算が暗算ですらすら出来る頭を持っていた。

そのうち、中村ときくのは不和になり、まだ未練のある中村から身をかくすようにして、きくのは文子をつれて逃げだした。

嫌いな中村と別れ、淋しくても母と二人水入らずの暮しが出来るようになって、文子はようやく落着いてきた。しかしそれも束の間の喜びで、きくのはまた他愛なく別の男と同棲しはじめた。今度は中村とは反対で、きくのより七つも八つも年下の若い男だった。頭をのっぺりポマードで光らし、首に青い絹のハンカチをまきつけているようなおしゃれの小林というこの男は、きくのと一緒になる前も、年上の女の紐になっていた。一日中、ぶらぶら遊び歩いている小林を文子はよく町で見かけていた。

小林は沖仲仕だった。風采《ふうさい》の悪い中村とちがって、若くておしゃれの小林には、きくのの方からのぼせ上ってしまった。小林は病的なほどの怠け者で、一緒に暮してみると、ほとんど仕事には出ず、家でごろごろ寝てばかりいた。これまでもそうやって、何人か、年増の後家たちに可愛がられ、紐になって暮した癖は改めようがなかった。きくのの方まで、次第にそんな小林に感化されてしまい、仕事を休んで、終日小林と床の中で暮している。

学校から帰ってくる文子が、せまい家の中ではふたりの邪魔になった。丁度かつて文一がたかのとの情事にふけるため、小銭をくれてやって、文子を外へ追いだしたように、きくのも何かにつけて文子を外へ使いにだしたがる。昼間はともかく、冬の夜更けてから、森を越えた町へ焼芋買いに出されたことは、余程身にこたえたとみえて、文子は後に、調書の中でも、手記の中でも、しつこくそのことを訴えて怨じている。

真暗な森の大樹の下を脅えきって駈けぬけ、駈け帰ってみれば、きくのと小林は文子の足音にも気づかず、灯のついた座敷で獣のようにもつれあっていた。

父と叔母、母と中村、そしてまた母と小林、文子は幼い目に何度か目撃した大人たちの異様な姿を、子供心にも浅間《あさま》しく情けないものに感じとった。

働かないで、終日情事だけにただれきったそんな暮しをつづけているうち、家の中の物という物は売りつくしてしまった。

文子が八つの春だった。目が覚めると枕元に赤い梅の花簪《はなかんざし》が置いてあった。文子は夢を見ているのかと思って、すぐにはそれに手がのびなかった。それは町の大通りの小間物屋のウインドウにかざってあった花簪で、毎日、そこを通る度、思わず足をとめて見ないではいられないほど欲しかったものだった。食べるにも困っている家の貧しさがわかっている文子は、はじめからそれを買ってもらうことなど思いもつかず、ただウインドウにおでこを押しつけ眺めるだけで満足していた。それでも一度や二度は、母にその花簪のことを話したことがあっただろうか。

「文ちゃん、ほら、きれいだろう、さあ、早く顔を洗ってきて、その簪をつけてごらんな」

「ええっ、これ、文子の」

「そうよ、ほしがってたから買ってあげたのよ」

「誰が……、誰が買ってくれたの」

文子の瞼《まぶた》にとっさに父の文一の顔が浮んだ。

文一はきくのがまだ中村と暮している頃、一度ひょっこり訪ねてきたことがあった。行商でもしていたのか、背に荷物を背負って、横浜で暮していた頃とは別人のように見すぼらしくやつれていた。

中村と向いあって、何か長い話をした後で、文子だけをつれて夜店へ行った。家をはなれると昔よく肩車に乗せたように、文子を背負ってくれた。アセチレンの匂いのする夜店で、手鞠を買ってくれとせがむと、赤い模様のついた大きな手鞠を買ってくれた。その帰り道、文一は道端にしゃがみこみ、文子を抱きしめてしゃくりあげて泣いた。

「おとうさんが不量見なばっかりに……、小さいお前にこんな苦労をかけて……」

文子はその父にしがみついて、一緒に泣きじゃくった。

「文子、いい子になるから、おとうちゃんと一緒につれてって、賢ちゃんのところへいきたい。おばちゃんのいうこときくから……」

文一はいっそう文子を抱きしめて泣いた。

「今にきっと迎えに来てやるからね。何でもほしいものはみんな買ってあげるからね。でも今は文子がいてあげないとおかあさんがあんまり淋しくて可哀そうじゃないか」

その晩おそく、また荷物を背負って出ていったきり、文一は迎えに来るという約束をはたしてはくれなかった。

もう一度、きくのが中村と別れてまもない頃、まだ小林もあらわれていない時、ひょっこり文一が文子と母の前にあらわれたことがあった。その時も、前よりもっと落ちぶれた感じで、子供の目にも、父も大して幸せな暮しをしているとも見えなかった。その時はどういうわけか、文一ときくのは夫婦だった頃のように何日か睦まじく暮していた。文子は久しぶりにそんな仲のいい両親を見て、ここへ弟さえ帰ってくれればいいのにと思った。しかし、気がつくと、また父はいつのまにかいなくなっていて、母は前よりいっそう淋しそうに気が荒らくれ、まもなく小林を家へつれこむようになったのだ。

「今に何でもほしいものは買ってあげるからね」

文一のことばを思いだしながら、文子はその花簪にそっと手をのばした。

銀色のぴらぴらがびっしりさがっていて、それは手にとると、いっせいにしゃらしゃら音をたて、陽の光を集めてきらめいた。

うっとりしている文子にきくのがいった。

「それ、文子が寝ごとにまでほしがっていたから、おかあさんが買ってきてあげたんだよ。うちは貧乏なばっかりにいつでも文子にほしいものひとつ買ってやれなくて、ほんとうにすまないね」

いつになくしんみりした母の口調に目をあげると、きくのは目にいっぱい涙をあふれさせている。

「かあちゃん、泣くのはいや」

文子は母の膝にとりすがってゆさぶった。小林はその朝、珍しく、もう姿が見えない。

「あのね、文ちゃんがこれじゃああんまり可哀そうだから、これから、文ちゃんをほしいというお金持のところへつれていこうと思うんだよ。そこへいけば、学校にもあげてくれるし、いいべべもきせてくれるし、こんな簪の十本や二十本いつだって買ってくれるんだってさ、ね、文子、その方がいいだろう。それにそのうちで大きくなれば、玉の輿《こし》に乗れるかもしれないし」

「玉の輿ってなあに？」

「りっぱな家のお嫁さんになることさ」

文子の目の前に人力車に乗って大通りの薬屋へ来たお嫁さんの姿が浮んできた。とかした頭に簪をさし、たった一枚の着物に寝押しをして折目をつけたのを、いつもよりきちんと着せてくれ、帯もいつもよりは胸高にしっかりしめてくれた。きくのは文子の手をとって出かけ、見知らぬ町のある小粋な構えの家へ入っていった。そこは娼妓や芸者の世話をする口入屋だった。文子はそこから女郎屋へ売られることになっていた。ところがそこで文子の売られていく先が三島だと聞かされ、急にきくのは迷った。

「もっと外にないでしょうか。三島だと、あんまり遠すぎて、時々会いにもいけませんし

しかし三島以外には、今直《す》ぐ取引出来る家はないという。きくのはどうしても三島は遠すぎるといい、とうとうこの話はまとまらなかった。

危く女郎屋に売り飛ばされる運命から、辛うじて逃れたものの、文子はこの時のことを逐一《ちくいち》記憶していて、後年、自分を一時にもせよ売ろうと図った母をひどく恨んでいる。

鍋や釜さえ売り払ってしまい、床板をはがして暖をとるような生活をした後、小林ときくのは文子をつれ、夜逃げして、場末の木賃宿へ転がりこんでしまった。ここは日雇人夫、蝙蝠傘《こうもりがさ》直し、大道易者、手品師、叩き大工、香具師《やし》等の群が終日ごろごろして最小限の金を稼いで帰っては花札をひいたり、駄ぼらをふきあって日々を消している。

怠け者の小林はここまで落ちても相変らず働く気配は一向に見せず、来る日も来る日も飽きもせず、ごろごろ寝てばかりいた。

空腹のあまり文子は道端の芥《ごみ》だめの残飯を手づかみで口に運び、その美味しさにむせかえった。さすがにきくのもこの頃では小林の病的な怠惰には愛想をつかしはじめていた。時々涙ぐんで文子に苦労をかけてすまないといってため息をつく。

「あんな男とかあちゃんが一緒にいるからよ」

八歳の文子はそんなませた口をきくようになっていた。

「お前のいうとおりだよ。かあさんが馬鹿だったんだ。石にかじりついてもあの時、ひとりでやっていたらねえ」

しかしもう時がおそかった。きくのはその時小林の子を身籠っていたのだ。

八歳の秋、文子は小林の実家へ母と一緒につれられていった。小林も山梨県の北都留郡の村が郷里だった。きくのの実家よりまたはるかに山奥へ入った小さな村で、十四、五軒しか戸数がなかった。どの家もほとんど血縁で、炭焼きが生業だった。冬になれば雪で閉ざされてしまい、他の部落との交渉も全くとだえてしまう。

村は極度に貧しく、後年文子は、獄中で、その村の人々の食事は監獄飯よりもひどかったと述懐している。

小林の里では、突然帰郷した小林や年上の嫁や連れ子を素朴なあたたかさで迎えてくれた。

小林の嫂《あによめ》の実家の薪小屋が文子たちの棲家《すみか》としてあてがわれた。馬小屋と隣りあわせた納屋の隅の二畳が三人の住居で、あとは土間の物置だった。入口には戸もなく、真冬でもむしろを吊して風を防ぐだけだ。

小林は人が変ったように炭焼き仕事に精だし、きくのは近所の仕立物をしたので、野菜が礼に持ちこまれ、何とか食べるだけのものは入ってくる。

春になってきくのは女の子を産んだ。春子と名づけられた。貧しさは相変らずだったが、人里離れたこの秘境のような渓《たに》あいの村の暮しは、考え方によれば、この世の桃源郷でもあった。白い米など見たこともなかったが、山には木の実や草の実が食べきれぬほど実っていた。肉がほしければ野生の兎がいくらでもわなにかかった。郵便は五日か一週間に一度しか届かなかったし、学校は一里も離れたところにあった。それでも文子は生れてはじめて大自然の懐に抱かれて暮し、山の清らかな空気を吸い、新鮮な野生の木の実をたらふく食べ、いきいきと子供らしさをとり戻してきた。

しかしきくのはこの寒村の極貧の生活に耐えきれなかった。別人のように働きだしたものの、山に帰ってきた小林は、もう髪を光らせたり青い絹のハンカチを首にまきつけたりするおしゃれな男ではなく、真黒になってぼろをまとったみすぼらしい炭焼きでしかなかった。あれほど夢中になっていたことが夢のようで、きくのは今ではこんな小林のどこに惹かれたのかと忌々《いまいま》しくてならない。それだけしか快楽のない性愛も、またこの男の子供を産むのかと、おぞましさだけがおそうようになった。こんな非文明的な山奥の村で一生埋もれ、獣のように死んでいくのかと思うと、きくのは情けなさに気が狂いそうになった。文子の将来を思ってもこのままではどうしようもない。

きくのは秘かにこの村から脱出を図っていた。きくのが計画的に文子に書かせた年賀状を見て、きくのの実家では愕いた。たかのと文一が逃げてから後、行方不明になってしまったきくのの身の上を案じていたところだったので、早速、雪がとけるのを待ちかねて、きくのの弟が迎えにきた。

寝耳に水の別れ話で、小林の方では不承知だったが、今度ばかりはきくのの意志が固く、長い談判の末、まだ赤ん坊の春子だけは小林の方が引きとることにして、きくのときくのの生家に帰ることになる。この時以来、文子は妹の春子に逢っていない。文子は手記の中でこの縁の薄い妹との別離の模様を切々と書き残している。

――鶏《けり》がついた翌朝、私と母とは叔父につれられて村を出た。大家の末娘の雪さんがねんねこで春子をおぶって村はずれまでと言って送って来てくれた。情に脆《もろ》い雪さんは途々《みちみち》泣いて眼を紅くしていた。が、春子は何も知らずに、ねんねこにくるまって眠っていた。心地よさそうに、すやすやと。

村は夙《とう》に出はずれていた。けれど私達はまだ別れ得ない。小山の裾を繞《めぐ》って道が曲がるところでやっと私達は別れることが出来た。

が、母の足はどうしても進まなかった。別れて四五歩したかと思うと母はふらふらと後へ引きかえした。そして雪さんの背から子供をおろして、路傍の土手の芝生の上に腰をかけ、まだ眠っている子を揺り起して、しゃくり込むように泣きながら乳首を無理に子供の口に押込んだ。そうして母は、乳をのんでいる子の顔を撫でたり、頰ずりしたりしながら、側で泣きながら立っている雪さんに、「頼みますよ、雪さん、頼みますよ」と、今迄にもう幾度となく言った同じ言葉を繰返した。母は何時までも子供を離そうとはしなかった。それを叔父が一町もさきから、大きな声で呼びたてた。母はやっとの事で立ち上った。そして春子を雪さんの背におぶわせた。せきくる涙を止めもあえずに。母と私とは二足歩いては立ち止り、三足歩いては立止って、後を振りかえってみた。雪さんは何時までも元の道の曲りかどにじっと立っていた。――

文子自身の書いたこの文章を見ても、きくのが子供に冷淡な非情な女だとは思えない。しかし、きくのは、子供を産んだ小林との思い出は記憶の中から抹殺させたかったのか、性来の無頓着さのせいか、証人訊問で小林の里はどこかと訊かれた時も、

「村の名も降りた停車場の名も忘れてしまいました」

といい、そこに残してきた娘の春子のことも、

「その後便りがありませぬので、私は春子が生きているか死んでいるか存じません」

といいきっている。

文子はきくのがこの後、実家に帰り間もなく人のすすめに従って文子を残し嫁いだことで、母からも捨てられたという恨みを終生《しゅうせい》抱くようになっている。

父母には別れたが、叔父の家の幼い居候としてのこの頃の文子は、比較的幸福だった。叔父の子供たちはなついたし、祖父母も文子を可愛がってくれた。何より好きな学校にも毎日通うことが出来るのだった。たまには母の婚家に招かれて、泊ってくることもあった。

その年の冬、文子が九歳の時だった。

突然、杣口の金子家に、時ならぬ来客が訪れてきた。初老の貴婦人然とした女で、大島の被布など着こみ、見るからにもったいぶっている。目鼻立は美しく、皮膚など若い者のように艶々していた。

女客は迷わず金子家へ直行すると、自分は佐伯文一の母むつといい、文子の祖母だと名乗った。文一の妹のヒサシが朝鮮へ嫁いでいて、子供がないので、文子をひきとり育てたいというのが訪問の目的だった。

突然降ってわいた話で、文子はたちまちシンデレラのようになってしまった。金子家の方で異存のある筈もなかった。きくのも呼ばれてかけつけてきた。

むつは文子のために豪華な衣裳を持参していた。友禅縮緬《ちりめん》の長袖の着物、被布に袴、紋付や赤い繻珍《しゅちん》の丸帯、ショールも下駄もリボンまでとり揃えられている。

「この丸帯は三十五円もしたんですよ。子供のものでも馬鹿になりませんね。いえ、これは文子の衣裳のほんの一部で、まだそれはどっさり買ってあるんです。持ちきれないから、とにかくこれだけ持ってきましたけれど」

むつの話は一々、田舎の人たちの度胆を抜くようなことばかりだった。

むつは佐伯家へ嫁いで四人の子を産んだが夫に先だたれ、つづいて下二人の子も死なせてしまった。文一と、娘一人が残ったが、文一が早くから家出してしまったので、頼りになるのは娘のヒサシだけだった。ヒサシが朝鮮の芙江で官吏をしている岩下啓三郎という男に嫁いだ。むつは一人娘を岩下家へ嫁がせ、自分も娘夫婦と同居していた。文子はこの岩下家の養女になるというのであった。

「岩下は芙江でも、指折りの名家なんですよ。山林もたくさん持っていて鮮人に小作させている田畑もずいぶんと広いんです。それから朝鮮人相手に金も貸していますので、豊かに暮していいます。芙江へいけば、文子は岩下家のお嬢さまで、みんなから尊敬されてお姫様のような暮しが出来ますよ。もちろん、岩下では、女の子でも文子の頭さえよければ、女学校はおろか、女子大学へもあげていいと考えています。まあ、こんな幸運な道はないと思いますねえ」

銀ぎせるで煙草を吸いながら、むつは滔々《とうとう》とのべたてた。

田舎の人々はただもう呆然として、むつの話に気をのまれていた。

新しい着物を着せられ、リボンをつけてみると、文子は見ちがえるようになった。こんなやわらかな絹の手ざわりやあたたかさは、ほんとに小さい頃、父が可愛がってくれていた時代から絶えて味わったことのないものだった。

これがみんな自分のもの、これがわたし……。文子は鏡に映った令嬢然とした自分の姿が信じられなかった。むつにすすめられ、そのなりで文子は村中を軒毎に廻って、別れの挨拶をして歩いた。どの家でも文子の急変ぶりに目をみはり、ぞろぞろその後について金子家までできて、もう一度、文子の着物や持物を見せてほしいとひしめくのであった。

文子はみんなに見送られ、口々に羨ましがられて祝福を受け、杣口の家を出ていった。きくのも送ってきたが、はじめて幸福になるらしい文子の前途に泣いて喜んでいた。

期待と希望に胸をふくらませて渡った朝鮮で、文子を待っていたものは、およそむつの話とは雲泥《うんでい》の差の惨めな生活だった。

確かに岩下家は、むつの話通り、芙江での有力な家で、田畑も山もあり、高利貸をして金もためこんでいた。叔母は祖母に負けないくらい貴婦人然とした美人で才女だった。けれど祖母も叔母も野育ちで行儀もしこまれず、言葉づかいも知らない文子に愛情のかけらも抱かなかった。

文子は芙江の岩下家で足かけ七年暮している。その間一日として幸福だった日はなかった。文子の祖母も叔母も稀に見る心の冷たい非人間的な女たちだった。殊に祖母のむつは文子の一挙手一投足すべてが気にいらないとみえ、ことごとく辛く当った。養女にするといった約束など着いた日から忘れたように、他人には、

「田舎の知人の子で、あんまり貧乏で可哀そうだからつれてきてやったんですよ」

という紹介のし方をする。文子はその度、屈辱で自尊心が萎《な》えた。

学校へやってくれるだけがせめてもの幸いだったが、紙一枚、鉛筆一本余分に持たせ

ようとしない。

学校から帰ると、女中同様にこき使われた。小さな文子が重い鉄鍋を持ち扱いかねて、落してこわした時、その弁償をしろといってむつはきかない。朝鮮に来て以来、小遣銭といってはびた一文もらっていない文子は弁償の仕様もないと思った。ごめんなさい、ごめんなさいと、地べたに手をついてひたすら泣きあやまる文子にむつの冷たい声が飛ぶ。

「お金がないだって、お前が村を出る時、餞別にみんなからもらったお金が、十二、三円ある筈じゃないか、あの中から払えばいいだろう」

文子は鍋ひとつこわして、一円五十銭をとりあげられた。

あの美しい着物やリボンは、朝鮮へついて以来、一度も文子の目にはふれたことがない。あんなものが似合うお前ではないというのが祖母や叔母の考えだった。それでも岩下家の娘としての体面だけは辛うじて保つものを着せられていたが、それも他の親類の娘を養女にする計画が出来てからは、いっそう格下げになってきた。

いつのまにか岩下姓を名乗っていたのが金子姓にかえされていて、それからは部屋までとりあげられ、納屋のすみにつくった女中部屋になげこまれてしまった。教科書以外の本は一冊も買い与えられず、借りてきてもとりあげられてしまう。新聞を読むことも許されなかった。

ある正月などは、文子の用意したむつの祝い箸が真中から折れたということで、
「お前は私を呪い殺すつもりだろう」
と責められ、氷点下何度という戸外に一晩中投げだされて折檻をうけた。奴隷のようにこき使っている朝鮮人の下男たちと文子の待遇はほとんど同じだった。そのくせ、岩下家の娘は下等な家の子供とは遊んではならないといい、学校友達とのゆききさえとめられていた。

高等小学校まではどうにか出してくれたが、女学校だの女子大だのというあの口約束はみじんも祖母の口からは出なかった。

文子は朝鮮の生活を思いだす度、地獄だと人にも語り、書き残してもいる。

何度か、あまりの辛さに死ぬつもりになって、線路をさまよったり、川ぶちで袂に石を入れたりした。死にきれなかったものの、生きていることが、死んでいるより浅間しい毎日の連続なのだ。逃げてかえるには余りに遠い故郷であった。

手記の中で文子が朝鮮の悲惨な思い出に費しているページは全体の四分の一も占めている。その全ページがことごとく、祖母と叔母の虐待の例証で埋めつくされているのだ。

——思えば朝鮮に来てからの私は苛《いじ》められどおしであった。その間に私は一度だってやさしい愛を祖母たちから受けたことはなかった。

それは今までの私の記録によっても略々《ほぼ》諒解されると思う。が今まで私の記して来た

ことは私の受けた呵責《かしやく》の歴史の、ほんの一部分にすぎないのだ。それも最も代表的な、もっとも残酷な呵責の記録ではないのだ。私はわざとそれを書かなかった。そうした事を書くと、私が嘘をいっているのだとしか思われないだろうと思ったからである——と書いている。

朝鮮へ渡って七年め、突然文子は祖母と一緒に内地へ帰り、故郷へ戻るようにといい渡された。このまま置いてはやがて嫁入りさせなければならないから、その費用が惜しいと考えたのだろうと文子は祖母たちの内心を測っている。

何《いず》れにしろ、文子にとっては思いがけない解放だった。

着のみ着のまま、バスケットひとつ下げた文子は古行李《ふるごうり》に着ふるした着物をつめ、叔母と祖母から古着を一枚ずつもらい、それだけの荷物で塩山の駅へ一人下りたった。

祖母とは広島で別れていた。

塩山の駅には、金子家の裏の、円光寺の娘の千代が迎えに来てくれていた。文子よりは、二つ三つ年上の千代は、もう年頃の娘ざかりになって見ちがえるように成長していた。

山々も駅も、町も、駅前風景も、すべて七年前とほとんど変らない故郷の姿だった。

「よく帰ってきたわね」

「ありがとう、帰りたかったわ」

二人は手をとりあって涙ぐんだ。もう日が暮れかかっていたので、すぐ家にかえるのは大変だから、望月庵へよって一晩泊めてもらってから、明日、杣口へ帰ればいいと千代が提案した。

「金子のおじさんたちも、そういってたから……。文ちゃん、長旅で疲れてるでしょうから今晩は一晩ゆっくり休みなさい」

「ありがとう」

「今日行くことは話してあるから、元栄さんが待っているわ」

千代はどうしてか頬を染めてそれをいう。

望月庵というのは塩山の駅と杣口の丁度中程に位置している。武田信玄の菩提寺である恵林寺の門の脇にある小ぢんまりした僧坊だった。恵林寺の前管長が、隠居所として建てたもので、今では文子の一番若い叔父元栄が住職として守っている。

文子は朝鮮へ行く前、叔父が恵林寺にいることは聞いていたが、ほとんど逢ったこともなかったので、叔父の顔も記憶になかった。ただよく、祖母たちの間で話に出たので元栄のことは識っていた。

子供の時から器量がよく可愛らしかった元栄は、性質もおとなしく素直で誰からも可愛がられた。長男が百姓を嫌うので、行く行くは元栄に家を嗣がせようという祖父の考えであったが、十二、三歳になると、元栄はどうしても出家したいといいだし、隣村の恵林寺の小僧になって、寺から学校に通った。元栄はここでも和尚に殊の外可愛がられた。

しかし十六、七になって思春期を迎えると、自分で選んだ道に不安を覚え、ロマンティックなあてのない憧れから船乗りになりたいと思うようになった。そう思うと矢も楯もたまらなくなり、秘かに寺をぬけだし、叔母のたかのと文一がいる興津へ出奔してしまった。そこから横浜へ出て、たまたま船員を需《もと》めていた九州通いの汽船に乗りこんで海へ出ていった。約一カ月の海上生活を存分に愉しんだ揚句、船が横浜に帰ってくると、そこには実家の兄が待ちかまえていて、有無をいわさず山梨へ連れ戻されてしまった。

祖父や、円光寺の和尚からも手厳しく意見され、船乗りになるなど下らない、寺で辛抱すれば、末は本山の管長にでもなれる身分ではないかとそそのかされ、再び寺にわびを入れてもどったという、経歴の持主であった。

故郷での第一夜を文子はほとんど初対面の若い叔父の寺で迎えた。元栄は美しく色白で、目に艶な光のある僧だった。

愛嬌のある笑顔で文子にもやさしい口をきく。

「疲れたろう。ぐっすり休んでいけばいい。ここは静かなのと、気がねがないのだけが取柄だから」

千代がその間にも、わが家のように馴々《なれなれ》しい様子で、甲斐甲斐《かいがい》しく台所に立ち、茶の支度や夕飯の支度を整えてくれる。

やがて虫の音が望月庵を包みこんできた。

文子は朝鮮での七年間が悪夢のように思え、また今、こうして静かな故郷の土の上に坐っていることの方が夢なのではないかとも思い、うっとりと上りはじめた故郷の月の色を仰いでいた。

望月庵で帰郷第一夜を送った。

翌日の昼頃、ようやく文子は杣口の叔父の家へ帰りついた。七年ぶりで見る故郷の山も野も川も、春の陽にかげろうをなびかせ、何ひとつ変っていない。鶯《うぐいす》がさえずり、菜の花が火を灯したように明るい。

家の前の小川の水も、めだかの影をかすめながら、のどやかに流れつづけている。家の前の石仏も、円光寺の山門も昔のままだった。

叔父夫婦も、祖父母も突然帰ってきた文子を迎え、素朴に喜んでくれた。

「おお、文か、帰ってきたか」

「よう帰ったなあ、あんまり急で、嘘かと思っていただ」

「大きゅうなったなあ、便りがないんで心配してただよ」

朝鮮での非人間的な扱いに、心を凍らせきっていた文子には、肉親のこのあたたかさが心に沁みて嬉しかった。

きくのも報《しら》せを聞いて駈けつけてきた。文子の留守に、きくのはまた何軒かの婚家を出たり入ったり、男を転々と変え、今は塩山の駅の近くの蚕糸仲買人の後妻に収まっていた。きくのはさすがに誰よりも早く文子の手のひどい霜焼けの跡を発見した。

「まあ、この手……。お前、あっちで水仕事ばっかりさせられていたんだね」

きくのはそれだけいうと、ことばも出ず、文子を抱きよせて泣きむせぶ。勝気な文子はつとめてぐちはいうまいとしたが、誰もみな朝鮮での待遇は言わず語らずに察してしまい、国への宣伝とあまりにちがった岩下家の冷遇を口々に呪った。

落着いてみると、故郷は相変らず退屈なところだった。祖母や叔父との話はあわず、母はくれば、婚家のぐちばかりいいつづける。

文子は内心の押え難い憧れに動かされ、暇さえあれば、叔父のいる望月庵を訪れるようになった。若い元栄は、修行時代から女遊びを覚えたくらいの破戒僧《はかいそう》だったから、話相手として退屈しない。人あたりがよく相手の気持をそらせない会話術を心得ているし、何より、ここでは文子を一個の人格として、一人の若い娘として扱ってくれる。

文子がいけば、恵林寺からも若い僧が何人も遊びに来ることもある。彼等と喋っていると、他愛ない話でも時の経つのを忘れていた。

自分では気づかぬうちに十六歳の早熟な思春期に入っていた文子は、二十二歳の若い叔父やその友人に異性としての牽引を感じていた。

元栄と円光寺の千代とは、すでに許しあった恋人どうしで、円光寺でも、金子の家でもそのことに気づいていたが、結婚させるに丁度いい相手だくらいのことで放任してある。そのことを知らないのは文子ばかりであった。文子は若い叔父に対するなつかしさや好意を、恋とはまだ自覚していない。

その頃、浜松にいた父の文一も、文子の帰国を聞きつけ、逢いに訪ねてきた。文子は朝鮮での苦労が骨身にこたえていたため、あの冷酷な祖母や叔母の肉身であるという意味からも、父を前以上に憎悪する気持がつのっていた。

文一は文子に案内させ、元栄の寺を訪ねた。元栄が放浪しようとした時、興津で文一の世話になった関係から、二人はすぐ打ちとけあい酒宴がはじまった。文一の大言壮語に元栄は如才なく相槌《あいづち》を打ち、文子はただ横でふたりの話を聞いていた。

その晩、二人は文子をしりぞけて、何事か密談をこらしていたが、内容は文子に明かされなかった。

文一は文子を自分の手許《てもと》で躾《しつけ》したいといい浜松へ同道していくことになった。文子は退屈な田舎の居候生活よりはましかもしれないと考え父に従った。

下垂町の父の家は、一応小ぢんまりと落着き、長火鉢だの水屋だの一通りの家具も揃っていた。たかのは相変らずこざっぱりと美しく甲斐性者らしく一家をきり廻し、文一はつまらない赤新聞まがいの新聞を出していた。

父と文子が浜松の家に着いた夜、文子は父が叔母のたかのとひそひそ話しあっている声を襖《ふすま》ごしに聞いてしまった。

文一は、元栄の寺が金持なのを見込み、文子を元栄と結婚させようと思い、元栄の意向をただしたところ元栄も二つ返事で応じたというのであった。

文子は元栄の血のつながった姪であるばかりでなく、戸籍上では元栄の妹として祖父母の子に入籍している。こんな不都合な結婚は、当時でも非常識で違法であるのに、文一はそれを望み、元栄がそれに応じたという。文子はそのことを後年になって恨み、調書にも父と叔父の陰謀を手厳しく告発している。しかし、文子の「手記」を読むと、この間の文子の態度は実に曖昧《あいまい》である。これほど聡明な文子なら、父と叔母の内緒話から、自分と元栄の婚約を知ったら、その時、はっきりと父に向って拒否するなり抗議しそうなものである。ところが文子は「手記」の中で、

――何といっても、この事は比類のない穢濁《わいだく》でなければならない。啻《ただ》に私にとってのみならず、父にとっても、人類にとっても……――

と憤っていながら、

――その時、私は何も感じなかった――とけろりといってのける。

――父は私を望月庵の財産のために、そしてその財産から自分が受け得るであろう利益のために私を一つの物質として私の叔父に売ろうとしたのだ。そして叔父はまた叔父

で、処女の肉を貪《むさぼ》ろうという獣欲のために、そうだ、ただその獣欲のために、私を買おうとしたのだ。

父の心事の陋劣《ろうれつ》さは余りにも明白である。だが、叔父について何故こういうのであるか。いうまでもなくそれは、姪を妻としようと約束した不義不徳のためではあるが、ただそればかりではないのだ。彼は恐るべきまた驚くべき色魔なのだ。一切の穢濁を断じて聖浄の楽土に住む得道出家の身でありながら、徒《いたずら》にただ肉を追う餓鬼畜生の類なのだ

——


と、弾劾しながら、元栄との交際は断とうとしないばかりか、むしろ、文子の方から積極的にその友交関係をつづけている。

文一は文子を花嫁修業をさせるつもりで浜松の実科女学校の裁縫専科に入れたが、文子は裁縫は苦手だったし習う気もなかった。文一は何かにつけ自分流に文子の躾をはじめようとするが、そのことごとくが文子には気に喰わない。

佐伯家系図の前で、毎朝家族揃ってする礼拝なども、文子は父の空疎な形式主義だと軽蔑しきっていた。

その間も文子は元栄あてにしきりに手紙を書き送っている。元栄からもまめに返事がきた。元栄との文通が、その頃の文子にとっては唯一の、心を解放する窓になっていた。

嫌々《いやいや》通っている学校が夏休みになるのを待ちかねて、文子は塩山に帰り、毎日、元栄

の寺に入りびたった。既に、父と元栄の間で自分の婚約が取りきめられているのを承知していながら、元栄の許に入りびたるという心境については、文子は何も書き残してはいないが、自分では気づかず、文子は既に元栄の魅力に惹かれ初恋におちいっていたといえよう。

円光寺の千代と元栄の関係は相変らずつづいていて、千代の方は文子と元栄の内密の婚約など夢にも知らず、何かと文子を相手に元栄との恋の不如意《ふにょい》を訴えたりする。千代に新しい縁談がおこっていることが苦の種なのだった。まだ望月庵の住職にもなっていない若い元栄に比べ、千代の縁談の相手は金持の医者なので、千代の家では乗気《のりき》になっていた。元栄はもう千代との恋に飽きがきていたから、自分の恋をトラブルをおこしてまで貫こうという意志は失っている。浮気で多情な元栄は、千代以外にも情事の相手に不自由しているわけではない。

千代が自分の恋の苦しさを打ちあける一方、元栄は文子を、自分の浮気の打ちあけ話の相手にした。自分のところに来る恋文などもすべて文子に見せ、女たちの器量の品定めなどぬけぬけする。文子にはそういう元栄を軽蔑したり批判したりする前にそんな話が結構面白い。

元栄と千代が文子をだしにして逢引を重ねるのを見ながら、この当時の文子は千代にも友情を感じていて、嫉妬を抱いたふうもない。文子の元栄への心の傾斜は、思春期の恋を恋する漠然とした本能の情緒で、相手はたまたま手近に元栄がいたからというにすぎなかったのだろう。その証拠に、文子はその夏休みも終ろうとする頃、映画館で話しかけられた中学生の瀬川という不良少年と知りあい、さして心が動かされたわけでもないのに、文通をはじめてもいる。

この夏休みの間の元栄と文子の親交ぶりは、杣口の家でも目に余ったとみえ、元栄に縁談を持ちこんだりもした。相手はきくのの婚家先の娘だった。これは元栄が不承知で流れた。

杣口の金子家では、叔父と姪の結婚など頭から反対だったのだ。

この夏休みが終って再び父の家に帰り学校に通いはじめた文子は、一学期以上にがまんがならなくなった。夏休みの間の刺戟的な経験のすべてが、文子を更に性的に目覚めさせてもいた。

この頃から、文子は真剣に上京を考え、もっと本気で自分に知識を得たいと切望するようになった。文一に相談したが頭からどなりつけられ、やけになった文子は、独断で裁縫学校を中退してしまい、杣口の家にさっさと引きあげてしまった。

郷里の家でも今度はもう夏休みのような自由は許してもらえない。元栄との仲が外へもれ噂になっては、元栄の出世のさまたげになるという怖れをもって、文子は親類の家にあずけられ、そこから町の裁縫学校へ入れられた。これでは浜松と何のちがいがあるだろう。文子は自由のきかない何の力もない自分を呪って、いっそう自棄的になっていった。

瀬川は中学を中退し、上京して簿記学校に通っていた。唯一の心の晴らし所である元栄の寺に相変らず足繁く通いながら、文子は一方、東京の瀬川にせっせと手紙を書きつづけた。恋文めいた手紙を書いていさえすれば、現実の何のぬけ道もない憂鬱な生活に、窓が開くような錯覚があった。瀬川から来る女名前のとき色の封筒の手紙のかくし場所に困り、それらを、文子は元栄の寺の押入れに預けてある自分の行李の中にしまいこんだ。千代の結婚話はまだ長びいていたが、もう逃れられない土壇場まで追いつめられていた。そんな中でも千代はまだ秘かに元栄に逢いに来ては泊っていく。

元栄と文子が肉体的な交渉を持ったのは、こんな背景の中であった。

——元栄は真実私と結婚する意思を持っていませんでした。処女性を弄《もてあそ》ぶ事を考えていた外何物もなかったのであります。それで私は叔父と婚約したまま父に伴《つ》れられて浜松市下垂町七十番地の父方に行きその地の裁縫学校に入れられましたが、その年の秋退校して郷里に帰りますと、当時元栄には別に愛人がありながら同人は私の処女性を破った上、私の父に対し私がお転婆であるがため寺に向かない事、他の男から私に宛てて手紙が来た等の事を口実に破談を申込んで来ました——

調書で文子がこう述べている以外、「手記」にも、元栄と事実上肉体交渉を持った時のことは一切書かれていない。

瀬川とは、夜の二時三時まで一つマントにくるまって歩き廻ったとか、神社の祠でキッスしたとか抱擁したとか、無造作に書いてあるのに、元栄との情事の具体的な描写には一切触れていないのは、文子がそれについて語るのを屈辱と思うほど、元栄には気を惹かれていたのではなかっただろうか。

文子は官費で勉強するには師範の試験を受けるしかないと考えた。先ず経済的独立をすること、その上で自分のやりたい学問を選んでやること。その第一段階としては師範に入学し教員の資格をとることであった。官費でまかないきれぬ学資は、元栄に出してもらおう。文子は自分の志を元栄に打ちあけ、学資の援助を請うている。おそらく肉体関係が生じた後での頼みであっただろう。しかし、根が浮気で女は飽きるまでの花だとしか思っていない元栄が、自分の行為にそれほど重い責任をとる筈がなかった。もう十六歳になっていた文子にとっても、元栄との肉体交渉は奪われたとか犯されたとかいえる問題でもない。

肉体を許しあったからには自分の成長のため学資ぐらい元栄が出すのは当然だと計算した文子は、まだ甘かった。

元栄は文子が取り寄せた入試の願書に判を押してくれというと、急に曖昧な態度になり、理由もいわず文子を父の許に送りかえした。自分も後から乗りこんできて、文子の不身持を理由に婚約破棄を申し渡した。今度もまた結ばれる時と同様、文子は別室に追いやられ、文一と元栄だけの話しあいで終っている。

「いいんだよ、叔父と姪の結婚なんて、人道にもとることしない方がいいに決ってるさ。お父さんが望月庵の財産に目がくらんだから、こんなこと考えついたんで、あたしゃ、はじめっから反対だった。杣口の家でもみんな大反対さ。これでいいんだよ、文ちゃん」

叔母のたかのは、文子を慰めるためこう説明したが、文一は、恥をかかされたというので、元栄が帰るなり文子の髪を摑んで引きずり廻し、手がつけられないほど荒れ狂って打擲《ちょうちゃく》した。

文子は元栄の裏切りに煮湯《にえゆ》を呑まされたが、幼い時から期待や希望はふみにじられるものという経験をつんでいるため、普通の娘のように、この事件では取り乱していない。むしろ、

「ちっとは自分のことを考えてみるがいいんだ」

と元栄に対しては毒づいただけで、その事件を忘れようとつとめている。自分が選んだわけではないが、自分に生れてはじめて親切にしてくれ、青春の虹色の夢を、ほんの切れ端にしろのぞかせてくれた元栄に対して、文子は両親に対するほど執念のこもった恨みは抱いていないようだ。

——私にはもうすべてが明白であった。私はもう、何を訊く必要もなく、何を語る必要もなかった。四つ五つの時分から、だらしない性生活の教育をうけて来た私である。不自然な性の目覚めに誘《おび》き出された私である。その私が、もう十六にも七にもなって、自分にもわからぬある不思議な力にひかされて、何ものかを憧れもとめた事に、何か重大な罪悪でも潜んでいたと、父や叔父は言うのであるが、だが、少しは自分たちのした事を省みるがいいと私は言いたい。私が父や叔父のしたと同じことを、いや、ほんのそのかすり位の事をしたというので、叔父は私をいい加減おもちゃにし、父は私を道具に使った揚句、彼等から私は弊履《へいり》の如く捨てられ、踏まれ、蹴られたのである——

文子はどう考えてもこの事件で責められるべきは彼等であって、恥しらずは彼等だと考える。瀬川との疑似恋愛など、この事件の騒ぎの間に、自然に立ち消えになった。

この事件を境に、文子と父の間は一層険悪になった。文子は文一にことごとく反抗するし、文一は文子が従順でないことに苛立ち、何かにつけて暴力を振う。それをとりなだめるのはいつでも叔母のたかのであった。文子はかつてあれほど自分たち母子を苦境におとし入れた張本人で、あれほど憎んでいたこの叔母に対しては、浜松に来て以来、父よりずっとよくなついていた。

「姉さんにすまない、せめてあんたたちの面倒でもみなければ」

そういうのがたかのの口癖で、事実、たかのは心からそう考えているらしく、文子の弟の賢俊に対しては実の親以上の気のくばり方で愛情をそそいだし、文子に対しても文一よりはるかによい理解者であろうとつとめた。文子もたかのの真心には心をやわらげられていて、何かと父の悪口やぐちをたかのにつげて気を晴らしている。

仲の悪い父と娘の間を義理のあるたかのが何とかしてとりなそうとしても、二人の仲は手のつけようのない状態だった。

文子は愈々《いよいよ》父の家を出る時が来たと思った。

東京へ行こう。東京へいって勉強し、自分の足でしっかりと立ち、自分のほんとうの生活を切り開くのだ。もっともっと勉強したい。とはいっても、何のあてもない出京。

しかし浜松にこのままいて、およそ自分にふさわしくない生活の中で腐るよりは、需めて火の中に飛びこんでも、自分らしい生活をして、餓死したって、その方がましだ。

父や叔母に話したって許してくれる筈もない。二言めには出て行けという文一にしても、本当に文子を追い出す気などはなかったのだ。

文子は秘かに自分の着物を洗い張りしたり仕立直したりして出京の用意をした。何ひとつ買ってもらうわけにもいかないので、すべてある物で用だてることにする。ようやく古い柳行李ひとつにつめこんだものだけが、全財産だった。貯金は汽車賃に使ったらいくらも残らない。

文子のここまで固まった出京の意志を見て、もう文一もたかのも止めようとはしなかった。

十七歳の四月、文子は遂に憧れの東京へ出発した。

東京には文子の祖父の弟の窪田亀太郎が、下谷の三ノ輪で洋服屋を開業し、どうにかやっている。文子はこの大叔父に逢った記憶もほとんどない上、文通も全くしていない。しかし、この場合頼りになるのはこの大叔父ひとりだった。

幸い、亀太郎は、初対面に近い文子を快く迎えてくれた。

亀太郎は文子を居候扱いにせず、自分の娘とわけへだてなく扱ってくれるが、文子が勉強して、とにかく先生になりたいというのを頭から問題にしなかった。

「文ちゃん、女は嫁にいかなきゃ幸福になんかなれないよ、先生になって、たかが四十円か五十円もらってどうなる、子供でも出来てみろ、大きな腹をかかえてチイチイパッパでもなかろうじゃないか。ま、うちでのんびり東京見物でもして、少し東京になれたら、手伝いでもしてみな、そのうち、おれが腕のいい仕立職人でもみつけてやるからな」

晩酌に酔って機嫌がよくなると亀太郎は同じことを繰りかえす。

文子はこの家にも長くは居つけないと考えた。とにかく、一日も早く、職を需めなければならない。

その日も、文子は何か働く手がかりはないものかと、思い悩みながらあてどもなく町を歩いていた。ふと見ると、行手の電信柱に白い紙がはってある。墨で書きなぐった文字が読めた。

「苦学奮闘の士よ来れ。蛍雪舎」

文子は躍り上りそうになった。まるで自分ひとりに呼びかけているようだ。蛍雪舎というのもなかなかいい。これほど自分の今の心境にぴったり来ることばがあるだろうか。

文子はそのビラにある蛍雪舎の住所に、その足で出かけていった。

上野広小路に近い路地の奥にある蛍雪舎を訪ねあてると、そこは「降旗新聞店」という看板をかかげている。

中へ入って見ると新聞販売店で、苦学生を売子に使っているので、あの電柱広告を出していることがわかった。

「女は無理だよ。辛抱が足りないでこれまでだって長つづきしたことないし、すぐ男の問題をおこすし、こりてるんだ」

降旗新聞店の主人は気のすすまない応対だったが、文子は無理にも勤めたいと嘆願した。実際、どんなに苦しくても必ずこの仕事をやりとげて学校に通ってみせなければ、何のため上京したのかわからない。

「とにかく使って下さい。私はもうさんざん苦労してきているから、大ていのことは辛抱出来ます。それに私はこんなふうにみるからに男のようですから、異性問題なんかおこりっこありません」

文子はその頃本気でそう思っていた。元来おしゃれではなく、またおしゃれ気があっても、育った境遇から自分を美しく装うことなど不可能だったので、文子はその頃男の書生のように無造作な薄汚い風体をしていた。

降旗は、文子の熱意にほだされたのか、使ってもいいと承諾した。

既に十人ほどの売子が住みこんでいたが、彼等は降旗の店の向いの家に寝泊りして、学校に通いながら新聞を売っている。

女の売子は文子ひとりなので、そこに泊るわけにもいかず降旗の家に泊めてもらうことに決った。とにかくこれで居候生活に別れをつげ、独立出来ることになったのだ。文子は希望ではちきれそうになった。どんなに苦しくても人の家へ居候になっているよりはいい。今に見ていろ、私は私のやりたいように勉強して必ず自分の運命を切り開いてみせるから。

「何だって？　新聞売りをする？　娘っ子がすることじゃないぜ、あんなこと。それに人の家に住みこみなんて、ここにいるようなのとはわけがちがうよ。どえらい苦労するに決ってる。やめとけ、やめとけ」

最初はあきれて引きとめていた亀太郎も、文子の決意の固さに業を煮やし手をひいてしまって、もう引きとめなくなった。

店主は苦学生を扱いつけているので、文子の希望をのみこんで、入学金の前借もさせてくれた上、一番場所がいいといわれている浅草の三橋の売場を与えてもくれた。

文子は引越した翌日から、もう九種類の新聞を肩にして、三橋の売場に立った。そこは鈴を鳴らすことは禁じられているので声をあげなければならない。ゆうかあん、ゆうかあんと叫ぶ声が最初は全く出なかったが、やがてそれにもようやく馴れた。

これまでの経験で、文子は女ばかりの女学校が如何に程度の低いものか身にしみて知っている。師範を出て学校の先生になろうと思っていたが、今ではも少し望みが大きくなっている。検定試験を受けて、その上で医専に進み、医者になろうという考えに変っていた。そのためには先ず、英語と数学と漢文を、勉強しなければならない。英語は神田の正則《せいそく》英語学校に、数学は研数学館に、漢文は二松学舎にと決めて、願書を出し、月謝を納めた。

朝七時に起き、掃除や食事の支度をする。八時から正則の授業が始まる。午後から三時まで研数学館にゆく。四時からは夕刊売りの仕事で、これは夜の十二時まで、八時間労働だった。家に帰っても、店主の家族の食器の洗い物や、翌朝の食事のあらごしらえをしておかなければならない。どんなに手をぬいても一時に眠れることはなかった。

それでも文子は最初の間ははりきっていたので、それらが苦とも思わなかった。二松学舎はどうしても時間を捻出出来ないのであきらめた。正則でも研数でも、女の生徒は文子ただひとりだった。それは文子の自尊心を大いにくすぐってくれる。男子と机を並べ同じ勉強をしていると、自分だけは女の中でも優秀な者だという感じがしてくる。まるで乾いた砂が水を吸いこむようにあらゆる新知識が文子にしみとおっていく。この調子でいけば、望みの検定がとれるのも、すぐ間近のような高揚した気分になってくる。しかしそんな緊張は長くはつづかなかった。最初の無我夢中の日々が過ぎ去ると、文子はもう精も根もつきはて、疲労しきっている自分を見出した。学校に行っても机に坐るとたちまち居眠りが出てしまう。いくら手や脚をつねっても、瞼はたちまちくっついてしまうのだ。夜の睡眠が足りないばかりでなく、夕方四時から十二時までの新聞売りが、想像以上の重労働なのだった。ただ立って、声をあげていればいいと思って、楽な仕事だと思ったがとんでもない間違いだ。八時間、一所《ひとつところ》に立ちん坊でいることがどんなに辛いことか、たちまち思い知らされた。九時をすぎると、足が棒のようになり、血が下ってむくみ、だるくてたまらなくなる。売れても売れなくても十二時までは立っていないと、早く帰ればまた売場へ追いかえされるだけだった。その上に雨でも降ろうものなら、濡らすまいという心づかいだけでも大変なのに、番傘を持つ重さが加わるから肩も腕もしまいには感覚がなくなってしまう。

それでも店へ帰れば、まだ洗い物の山が流しの上で文子を待っていた。

文子の売場の三橋の袂には、色々な団体が集ってきて自分たちの主義主張を演説し、思想を普及しようと伝道する。文子は新聞を売りながら、自然に聞くともなく彼等の演説を耳にいれ、彼等の行動を観察していた。

特に三つの団体が目立っていた。一つは紋付に袴のいでたちで頭には角帽をかぶっている。「仏教済世《さいせい》軍」と書いた高張提灯《たかはりぢょうちん》を振りたてた一団で、歌を歌ったり説教をはじめたりもする。すると、負けまいというように、制服姿の救世軍の一団が、太鼓やタンバリンを賑やかに鳴りとどろかして、威勢よく讃美歌を歌って対抗する。かと思うと、長髪族の社会主義者の一団もやってきて、泣くような声をふりしぼり、自分たちの主義以外に人類の救われる道はないと演説する。

たまたま三つがかちあうと卍《まんじ》ともえになって、たちまち修羅場が展開する。文子はまず、社会主義者の連中にパンフレットを売りつけられた。彼等のいうことはあまりわからなかったが、彼等がすぐ同志扱いしてくれるのは悪い気持ではなかった。

しかし、そのうち、救世軍の一人が文子に近づいてきた。斎藤音松という青年で、文子と同じ研数学館の代数科と、麻布の獣医学校に通いながら、他の時間に俥夫をして苦学していた。ある日、路傍説教で、文子を見かけ話しかけてきたのだった。

自分も苦学しているだけに音松は文子の立場に同情して、親身な心配をしていたわっていてくれた。

「こんな仕事じゃ疲れるし、勉強も出来ない。あなたがいつでも教室で居眠りしているのも、この仕事が無理な証拠なんですよ。早く他のもっと楽で割のいい仕事に変らなきゃ」

「そんな仕事があるかしら」

「ぼくも非力だけど、何とか心がけてさがしてあげますよ」

文子は淋しくて苦しく、一人で悩んでいた場合だけに音松のやさしさは骨身に沁みて有難かった。とはいっても音松にも何の智慧も浮ばず、おいそれと、割のいい楽な仕事など見つかるわけはない。

それなのに、文子が新聞売りをやめたがって秘かに画策していることを店主にいち早くかぎつけられてしまった。

「だからはじめっから女は駄目だっていったんだよ。ま、やめるならやめていいさ。その替り、こっちも都合があらあな。明日出ていってもらおうじゃないか」

そう開き直られ一方的に店を追い出されてしまった。入店して僅《わず》か二カ月だった。最初はずいぶん物わかりのいい男のように見えたが、一緒に暮してみると、降旗は貧しい苦学生を安く使って恩をきせた形で借金でしばり、彼等の労働力を搾取しているだけだった。その上、馴染んだ芸者を家にいれ、本妻を子供といっしょに追いだし、別の長屋に住まわせ、新聞売りの内職をさせていた。

その他にもまだもう一人の女がいて、家中は年柄年中《ねんがらねんじゅう》そのことでもめぬいている。いやでも目に見え、耳に入ってくるそれらの事情が、文子にはすべて不愉快だった。まるで、自分の昔の家庭を見ているような気がしてくる。降旗に対する尊敬や感謝の気持などとっくに消え失せていた。まだ出る準備の整っていないところを追い出されたのだから、文子はその晩から泊るところがなかった。大きな口をきいて出ただけに、亀太郎の家へはいくら何でもおめおめ帰っていけない。

折から雨までどしゃ降りに降ってきて、文子を立往生させる。思案の末、文子は斎藤音松から紹介されたことのある救世軍小隊長の家を訪ねることにした。人を救うのが商売なのだから、迷える小羊の自分を扶《たす》けてくれないこともないだろう。傘もないので人の家の軒下伝いに、ようやく黒門町の心覚えのその家へ行ってみると、たまたまその夜は特別講演会の集会とかで、信者たちが多勢集っていた。

斎藤音松もいて、濡れ鼠になった文子がおずおず入っていったのをいち早く見つけてくれた。讃美歌と聖書を渡され、婦人席に無理に坐らせられてしまうと、講演会はすすみ、人々の祈りや、あかしや讃美歌が、いつはてるともなくつづく。文子はそれどころではないと苛々しながら坐っていたのに、いつのまにか讃美歌の波に押しあげられ、不思議に自分も感情が迫ってきて、何かに背を突かれたように席を立ち、小隊長の前にふらふら出ていった。他の信者たちのように祈り方もしらない文子は、その場に跪《ひざまず》いて、わけもわからず興奮し、ただひたすら泣きじゃくった。文子のその姿に感動して、場内の人たちの中から同情のすすり泣きがわきあがる。

小隊長にきかれるまま、文子は我しらず懺悔《ざんげ》や、あかしをしていた。音松がそんな文子の方をじっと見守り、励ますように時々うなずいている。小隊長はじめ、主だった信者たちが次々立って、文子のために熱烈な祈りを捧げてくれた。文子は自分がどうなっているのか考えることが出来ず、次第に場内の熱気と熱烈な祈りのことばに酔ったようになり、自分もアーメンと称えつづけていた。一夜のうちに、文子は救われた彼等の姉妹と呼ばれる身の上になり、その宵まで思いもかけなかったクリスチャンにいつのまにともなく仕立てられていた。文子はもう音松の信仰上の兄妹だった。

音松は文子のため、湯島の新花町に部屋を見つけてくれ、粉石鹸を仕入れてきて、夜店でそれを売る手筈まで整えてくれた。

場所は神田の錦町であった。古本屋、古着屋、とうもろこし屋、オットセイの黒焼を売る男、万年筆屋、植木屋……、どこの夜店にも見られる似たような店がそれぞれの持場をしっかりと確保している。もちろん、文子の場所も音松がそういう人々に何分《なんぶ》かの挨拶をいれて確保してくれたものであった。

文子は台もないので地べたに新聞紙を並べ、その上に三十ばかりの粉石鹸の袋を並べた。洗面器にいれた蠟燭のとぼしい火がその商品を陰気に照らしている。

学校から帰ると、四時から十一時まで、そうして坐りこむのだけれど、粉石鹸は一向に売れない。よほど売れて一円が最高で、口銭は三割だから、新聞売りの時より、もっとみじめな暮しになっていた。

質に物をいれようとしても、証明書がないため、質屋で受けとってくれない。売れる物といっては教科書くらいになってしまった。

そんな文子を精神的に支えてくれるのは音松の友情だけだった。音松は自分も夜だけ俥夫をしているような暮しだから、文子とおっつかっつの貧しさだったが、稀に収入が多いと、すぐ文子を誘って、簡易食堂でたべさせてくれる。逢うとすぐ、

「信仰はどうなっていますか。祈っていますか。祈れば必ず神はこたえてくれます」

という話になる。元栄や瀬川に比べてみると、音松はまるで男でないようだった。

文子は音松の潔癖さに心から信頼しながら、一方、何となく物足りない。何か相談でもしかけると、すぐ道ばたででも跪いて、

「さあ、一緒に祈りましょう」

というのだ。文子は内心音松のいうように神を信じているわけではなかった。本当に神さまがあるなら、こんなひどい目にあわせるだろうか。私はともかく、音松のような熱烈な信者を、こんな貧しさの中にすてておけるだろうか。世の中がもっと根底から変らないかぎり一人間の幸せなんか訪れっこないのではないか。文子はそういう懐疑を音松に向っては一度もいわなかった。彼を失望させまいというより、彼に気にいられたいと

思う心が強く、音松が喜びそうに祈り、聖書も読み、人の嫌がる便所掃除もつとめてした。

しかし、音松のいうようには、一向に神は応えてくれない。文子はもう、キリスト教から逃げだしたかったが、音松への未練から、思いきってそれを告げる決心はつきかねていた。

そんな間も学校だけは音松にすすめられて辛うじてつづけていた。丁度夏休みの夏期講習なので、正則の授業には女も三、四人聴講していた。文子は月謝がつづかないので今は正則だけが唯一の学校で、知識の仕入れ所になっている。三、四人の女子学生のうち、一人だけ、河田という少女が文子に近づいてきた。社会主義者の妹だとかいうことだが、なぜか文子に興味を示し、文子が食事もろくに食べられないことが多いのを知ると、それからはお弁当を毎日余分にひとつ持ってきてくれるようになった。河田の親切は有難かったが、そんなことで文子の境遇がよくなる望みもない。

もう、粉石鹼を売る気力もなくなった時、文子は精も根もつきはてた想いで、救世軍でちらと聞いていた女中奉公に行った方がましだと考えるようになった。音松に調べてもらうと、それは浅草聖天町の砂糖屋鈴木錠三郎という家で、鈴木は、熱心なクリスチャンで人格者だという。家庭もなごやかだからきっと勤め先としては上々だろうという。ただし、学校は一応休まなければならない。住み込み女中に、そんなぜいたくな我儘は許されない。とにかく、食べていくためには、仕事の選り好みをしている場合ではなくなった。

　鈴木の家に入ってみると、人格者の家らしくもなく、十一人家族のそれぞれが、各自勝手なことをして、全く心の離れている家だった。ここでも文子は妾《めかけ》を持ってほとんど帰らない男と、ヒステリイの老妻を見なければならなかった。

　ここへ移っても、音松はよく訪ねてきた。この家には店員にもクリスチャンがいたので、音松はやってくると、宗教の話ばかりしていった。音松と文子が親しいとはわかっていたが、家人は音松の真面目さを信用していて、ふたりの仲を変な目で見ようともしない。音松とならいつでも外へ出る暇を快くくれる。

　文子は、自分が学校へ行けなくなったので、その淋しさと空虚さのうめ合せのように、少しでも金が入ると音松に無理にまわして扶けるようになっていた。

「私の分まで勉強してよ」

　そうした晩秋のある夜、何時になくふさぎこんだ顔付の音松が訪れ、仕事の終った文子を外へ誘いだした。どうしてか家を出て以来、ずっと黙りつづけていた音松が暗い通りに入ると、ふと立ちどまっていった。

「金子さん。ぼくはあやまらなければならない。懺悔します」

　文子は呆気にとられて音松の次の言葉を待った。

「あなたは人のいうような不良少女なんかじゃなかった。あなたほど心のあたたかな愛にあふれた人を知らない……、ぼくは、湯島の時からあなたに対する気持をずっと押えていた……、しかし……、今は……」

文子は漸《ようや》く待っていたことばを聞けたと思った。しかし、音松のつづくことばは意外なものだった。

「ああ、主よ、心弱き罪の僕《しもべ》に勇気を与え給え、アーメン」

斎藤音松は天を仰いで呻《うめ》くように声をあげると、その場で地べたに跪いてしまい、目を閉じ胸に手を組みあわせて、一心に祈りはじめた。

これまでも、文子は音松と歩いていて、よくそんな場面には出くわしていた。何か話が難しくなると、音松は他人の軒下でも往来でも即座に跪いて、

「さあ一緒に祈りましょう、文子さん」

というのだった。しかし、今夜のように、明らかに愛の告白をはじめようという時にまで、往来で神に祈りだすとは。文子はいささか興ざめながらも、音松の気分が落着くのを待っていた。

十一月も末の夜風はひしひしと冷たく、漸く人通りも跡絶えきった道路のどこかで犬の遠吠えが冬の訪れを知らせるように聞えている。

音松はしばらくそうして祈りつづけていたが、立ち上ると、黙ってまた歩きだした。

文子もその横にくっついて黙々と歩きはじめた。

いつでもこうして、ふたりの短い逢引きの時間は、ひたすら歩くことでついやされていた。

別れの時間が近づくと、もうあと五分、あの電信柱まで、といって、少しずつ時間をひきのばそうとするのは、いつでも文子の方であった。音松はそんな文子に引きずられながらも、早く帰らなければと、文子をなだめたりすかしたりして、鈴木の門口まで送りかえしていく。今夜はいつになく、音松の方が先へ先へと歩いて行き、帰ろうとはいいださない。雷門はとうにすぎ、気がつくと、すでに菊屋橋まできていた。停留所の柱時計はもう十一時をすぎている。

「あら、もう十一時すぎよ。あたりの家もみんなしまいだしたわ。そろそろ帰らなくちゃ」

文子は愕いて音松にいった。

「ええ、大分おそくなりましたね」

そうはいいながら、今夜の音松はまだ帰ろうとはいわない。

「ぼくはも少し歩きたい。悪いけどつきあって下さい。帰りは電車に乗ればいいでしょう。送っていきますから」

「ええ、いいわ」

文子はむしろ弾んだ声でいった。もしかしたらという期待が文子の内部で暖かくふくれ上ってくる。音松と、たった一度だけわけあった淡い性愛の記憶が、文子の歩き疲れた軀の奥によみがえってきた。

湯島に音松が下宿をみつけてくれて間もない頃だった。

夜店をたたむのがたいてい十時すぎになってしまう。夜店を出している神田の錦町から湯島新花町の下宿までは歩いて帰ると大方一時間近くかかった。十一時すぎて下宿に帰りつくと、もう下宿の家人は寝静まっていて、雨戸はおろされている。文子は重い荷物を下げたまま、疲れきった軀で、

「おかみさん、おかみさん」

と、雨戸をゆさぶって下宿の主婦を呼び起し、ようやく家へ入れてもらうが、度重なると、気がねでそれも遠慮がちになってしまった。

文子は音松が様子を見にきてくれたある夜、錦町から肩を並べて歩きながらそんな話をした。

「それでわたし、いい方法を思いついて、此頃よく外泊するのよ」

「えっ、外泊って、どこへ泊るんです」

音松が思わず足をとめて、ぎょっとした顔付になる。文子はそれを見てさもおかしそうに笑った。

「笑いごとじゃない。あなたのような少女が無闇に外泊などするものじゃありません」

「そんなに気になるなら、私の宿へつれてってあげましょう、ついていらっしゃい」

文子は得意気にいって、まだ顔色のおさまらない音松の先に立って歩きだした。

文子が案内していったのは神田明神の暗い境内だった。

夜目にもこんもり葉を茂らせた藤棚の下に文子はずんずん入っていった。

「いらっしゃい、こっちよ」

あっけにとられて立ちすくんでいる音松に文子ははしゃいだ声をかけた。時間が時間なので境内には二人のほか犬の子一匹いない。

漆黒の高い夜空には夏の星座がゆっくり静かに廻っているだけだった。その星の光も藤棚の下まではとどかない。

昼間はサイダーやかき氷を売っている店の、見晴し台の床几《しょうぎ》が藤棚の下に並んでいる。

文子はそれを二つあわせて、その上に長々と寝そべった。

「どう？　いいホテルでしょ。これがあたしの外泊先よ」

文子の笑い声が上ずって響くと、音松が妙にゆっくりした足どりで藤棚の下へ入ってきた。

「こんなところで、夜を明かすんですか」

「ええ、ここなら、どんなむし暑い夜でもとても涼しいのよ。ただし、藪蚊《やぶか》の襲撃が凄いから、ほら、こうやって眠るの」

文子は夜店の商品を包んだ風呂敷をとって、自分の顔の上にふわっと掛け、帯の下からずるずると着物のおはしょりをひき下げ、足の爪先までひきのばし、すっぽりと袋に入ったような形にしてみせた。

「芋虫のようでしょ」

文子は風呂敷の中からいう。

「おまわりさんに見つかって交番につれていかれたこともあったわ。急に雨に降られたこともあったし」

「文子さん……、あなたという人は……」

音松の声が鼻声になったと思ったら、急に文子は自分の胴に重いものを感じた。音松が祈る時のような形で、文子の上に顔を伏せて震えている。文子は腹に伝ってくる音松の息の熱さが、内臓に灼きつくように思えてきた。思わず両手をのばし、音松の髪に指をさし入れ、ゆっくりかき乱していた。音松の震えがいっそうひどくなってくる。

「好きよ」

文子はかすれた声でいった。

「私は処女じゃないわ、だから……、いいのよ」

文子は掌で音松の頭をはさみ、自分の胸にひきよせた。着物をひっぱった時、ゆるんだ帯がとけ、衿元が開き、人より豊かな乳房があふれていた。

音松と性的な交渉を持ったのはあの夜一度だけだった。あの時も自分が積極的にリードしなかったら、音松は一晩中でも震えていた上、また地べたに跪いて神に祈りはじめたのが関の山だろうと、文子は思いだす。

音松も童貞ではなかったが、まるで拙《つたな》く、遊び人の元栄や不良青年の瀬川との経験がある文子にとっては、音松のその夜の行為は滑稽なほどのあっけなさに終った。その上音松はその後、死ぬほど後悔して、二度とそういう過ちはくりかえすまいと神に誓うし、文子にも誓わせるのだった。

今夜、音松の態度の中には、あの真夏の夜に似た人間臭さがあえいでいる。音松の需《もと》めているものが自分の肉体だと察しられてくると、文子の気持はかえってゆとりをみせ、音松の性愛をなだめてやりたいような優しさにあふれてきた。

あの夜のように、きっかけさえつくってやればいいのだ。

気がつくと、いつのまにかふたりは上野まで歩きつづけていた。不忍池《しのばずのいけ》の畔《ほとり》に来ると、ようやく音松は足を止めた。池には無数の枯蓮の茎がS字型にくねり、どこまでもつづいている。人影は全くなく、どこかで魚のはねる水の音がする。雲を破って細い月が寒々と照らしてきた。

糸を垂れたような枯柳の木の下で音松はうずくまり、低い声で囁きだした。

「さっきもいったように……、ぼくは、湯島の頃からあなたが好きになっていたのです。その気持はつのる一方で、もうこの頃ではどうしても押えられなくなってしまった……、あなたを信仰に誘い善導しようと思ったぼくが、この頃ではあなたに一日逢わないと淋しくて仕様がない。本を読んでいてもいつのまにかあなたのことしか考えていない。祈っても祈ってもあなたのことが心を離れない。隣人としてあなたとつきあうだけではおさまらなくなったのです。あなたのことを性愛ぬきでは考えられなくなったのです。ぼくはこんな自分が怖ろしい。信仰がぐらつきはじめて死ぬほど辛い」

音松は両手で頭をかかえこみ、太いため息を吐きだした。文子は遂に音松が信仰より恋を、神より自分を選ぶ時が来たと思って心をときめかせた。

「ぼくは真剣に考えぬいた。必死に活路を需めようとした。そしてとうとう決心したのです。こんなことをしていては二人とも破滅におちいってしまう。結婚出来るあてもないのに、肉欲におちてはお終《しま》いです。ね、そうでしょう」

文子は呆《あき》れてことばがなかった。何という意気地《いくじ》なしだろう。音松は文子の内心など気づかず、自分を励ますように語を強めてつづけた。

「やっぱり別れましょう。ぼくは今夜限り、もうあなたを訪ねない。あなたを見もしなければ考えもしないようにします。今日は十一月の最後の日だ。この日がぼくたちのお別れの日です。わかってくれますね。もうぼくは決してあなたに逢わない。幸福でいて下さい。さようなら……」

　音松は、それだけ言い終ると、文子の顔を見るのも怖ろしいように、急に背をむけて駈け去ってしまった。

　文子は「手記」の中ではその時の自分の気持を、

　――寂しい、悲しい、それで居て、何となく微笑ましい、そんな気持で私はしばらく、彼の後姿を見まもった。彼の姿が見えなくなるまで……――

とやや、感傷的に綴っているが、大正十三年一月二十二日の東京地裁の訊問調書には、ちがった表現をしている。

　――同人(音松)に対して何等の感情を持っていなかった私はそれはお邪魔しましたと申して同人と別れましたが其の後で私は愛を旗印として路傍に宣伝する「クリスチャン」が偽らざる愛の実行を阻まれるということは何という矛盾であろうか、彼等は自分で造りあげた神という名称の前に自ら縛られ臆病である。信仰の奴隷である。人間には外力に左右されない裸体で生きる処に人性としての善美があるに相違ない。其善美に背く愛を説くキリストに親しむ必要はないと思って所謂キリスト教を捨ててしまいました。

――

　両親に対する感想や批判などは、「手記」も調書もほとんど一致した激越な調子で攻撃的なのに対して、斎藤音松に対してのこの使いわけには、文子の音松に対する微妙な感情のかげりが反映しているのだろう。

この後もふたりは全く絶縁したわけではなく、文子は時たま、音松には逢っていた形跡がある。しかし、音松の方は、このことを否定している。

大正十四年八月十九日、斎藤音松は文子の裁判の証人として東京地裁に出頭を命じられ立松判事から訊問を受けた。その時音松は二十六歳になっていて、まだ救世軍に籍を置きながら、鉄工場に勤め職工をしていた。

「証人は金子文子を知って居るか」

「承知しております」

「どういう関係から金子文子を知ったか」

「大正九年中のことですが、当時私は救世軍の兵士として信仰戦に従事する傍ら人力俥夫をして麻布の獣医学校に通い苦学しておりました。其頃私は上野三橋に於て夕刊売りをしていた当時十六、七歳の少女から新聞を買い、不図同人から苦学して居ると聞いて、私は同人の境遇が自分の境遇に似ていることに同情心を起して社会の誘惑から互に助け合おうと話合せて知ったのが金子文子でありました」

「其後証人は金子文子と交通していたか」

「交通というほどではありませんが、時々出会っておりました」

「当時金子文子はどの様に苦学していたか」

「何でも其頃金子は新聞売高の歩合金で研数学館などに通っていた模様でありました」

「其頃金子はどんな思想を懐《いだ》いていたか」

「当時金子は別段特殊の思想に囚われている様には見受けませんでした。只其頃金子は私に同人が夕刊売りをしている間に三橋にて宣伝をしていた思想団体の者から書籍を買受けたと申したことがありましたので私は信仰に入ることを勧めて彼女を善導することに努めました。併し其後程経て金子は私に聖書を破り棄てたと申しましたので、私は其後同人に信仰に入る様に勧めることを断念したのでありました」

「当時証人は金子に対して恋したことがあったか」

「一時其様な考えを持ったことがありました」

「当時証人は金子に対して『私は貴女《あなた》に対して隣人の愛の域に止っていることが出来ない、いくら抑えても性愛になってしまう、私の信仰がふらつくから今日限り貴女と会わぬ』と申して同人と別れたことがあったか」

「左様でありました。私は私の信仰をきずつけるものが恐ろしくて金子と別れました」

「当時金子と性交でもあったか」

「左様であります。只一回神田明神の境内で金子と性交しました。私は今も深く之を懺悔しております」

音松は、その後文子に下宿の世話や職業の面倒を見たことも申し立てた後、

「私はさらに知人を通して金子を浅草聖天町の鈴木錠三郎方の女中に世話しましたが、ただいま申上げた通りの次第にて、その後、金子と往復しませぬから同人の消息も知りませんでした」

と申し立てている。

文子は鈴木方をその年の十二月の晦日で暇をとった。

鈴木錠三郎の長男の鈴木金三郎がやはり老父の代人として証人台に立たされているが、金三郎の証言は好意的であった。

「金子文子は其頃救世軍に入っていたとかでありますが、救世軍に入っている人は物堅いというので元私方に奉公していた矢張り救世軍の元木勇吉の世話で金子を雇ったのであります」

「金子文子の奉公振りはどうであったか」

「其頃私方では二人の女中を使っておりましたが金子は片方の女中とはまるで違い、てきぱきよく勤めてくれました。夜は暇さえあれば本を熱心に読んで勉強していました」

といい、自分たちの方ではもっといてほしかったのだが、どうしたわけか、文子が是非暇をくれというので止むなくやめてもらったと惜しんでいる。

文子の勤めぶりがそれほど気にいっていたにもかかわらず、鈴木家では最後に給金を二十円しかやらなかった。文子はのしをつけた紙袋をあけてみて五円札四枚しか出て来なかった時、三カ月と一週間、わずか四、五時間の睡眠で働いた報酬がこれだけかと、自嘲して、鈴木家のけちぶりを「手記」の中で罵倒している。給金を決めなかったのは、救世軍の方で、お金のことをいうのは卑しい、まかしておけば鈴木家は決してひどいことはしないといったからだった。

この事件で、ますます文子はクリスチャンの言動にも神にも信をおかなくなってしまった。

文子はそれから河田家を訪ね、大正十年の正月を迎えてから、二月末まで本郷追分町の印刷屋堀清俊の家に住み込んだ。

堀は社会主義者だったので、文子は大いに堀の人格や生活に期待をかけていた。キリスト教に絶望した反動で、専ら社会主義の本を読みあさるようになっていたせいもあった。

三橋で新聞を売っていた頃、斎藤音松より早く文子に働きかけたのは長髪の社会主義者の青年たちで、そのひとりの原沢武之助からパンフレットや本を買わされた。社会主義の手ほどきは受けていたのである。

堀の家に暮してみて、文子はたちまち堀にも失望した。堀はこれまでの雇主同様、芸者上りの内縁の妻があり、その女に生ませた子を私生子にしていて、堀を兄さんと呼ばせていた。この事実が世間に知られたら出世のさまたげになるといっておびえている。その上、活字工には冷たい仕事場で夜遅くまで働かせ、自分は二階の炬燵《こたつ》にぬくぬくあたって寝そべって、時たま校正するくらいだった。文子の見た社会主義者の実体は、およそ文子の描いていた理想像とはほど遠いものであった。

その頃、また女闘士として聞えていた社会主義者に近づいたが、彼女の生活の実体も堀と大同小異で、

「演説会なんてものは、壇に立つなり、要するに現在の社会を破壊するにあると、一言いいさえすればいいのよ。するとすぐ、立会警官から演説中止命令が出て、翌日の新聞には、私の名が大きく出て、過激な演説をして会の解散を受けたと報道されるという寸法なのよ」

と得意そうにいうのを聞いて、ますます主義者に失望してしまった。その上、彼女は文子の着物を借りて質入れし、それを無断で流してしまった。文子は自分を失望させた彼等を憎んだ。

その頃の文子の気持を調書は伝えている。

「私の想像していた所謂社会主義者とは、社会のくだらぬ因襲とか道徳とかを好い意味に於て超越し世間のあらゆる名誉とか批判とか言うものを眼中に置かない処の勇敢なる闘士であり現在のいびつの社会制度を壊しつつ理想の社会を建設する為に奮闘努力す

る戦士であると思っておりました。然るに彼等は口に社会の不合理や虚偽を罵《ののし》り社会の批判とか名声とかを全然度外《どがい》視《し》している振りをし乍《なが》ら実は世俗の眼を標準とし顧慮して世俗的に自己を装飾し値づけようとしている。いわば彼等に取っては陸軍大将の胸間に輝く勲章と彼等がパンを得る唯一の条件として誇とする前科何犯と少しも差異なく価値付けられている事を知って私は彼等に愛想を尽かせました」

文子の愛想づかしは社会主義者だけに止まらず、これまで自分の仲間と思っていた労働者たちにもおよんでいく。

「次で私は、苦痛の中に立って苦痛を感ぜずに睡っている農民やまた骨までしゃぶられて、せっせと働いている労働者達の余りに無知なるに呆れました。彼等は縛られたる鎖を断ち切られたなら重ねて縛ってくれとて鎖を権力資本の前に差出すでありましょう。睡れる無知のままに放って置く事が寧《むし》ろ彼等自身の為に幸福であるかもしれません。

私はその様に総ての思想に呆れて大正十一年春頃より今日の虚無主義の思想を堅める様になったのであります」

ここに文子のいう大正十一年春とは、朴烈にめぐりあった大正十一年二月から同棲にふみきった四月頃をさす。

堀印刷所を大正十年二月に出てから、文子は万策尽き、仕方なく三ノ輪の大叔父の家へ帰っていった。

亀太郎は、降旗新聞店の主人が二人挽きの車で乗りこんできて、さんざん文子の悪口をいった末、文子が残したという借金を取り立てていったという話をした。口ではそれ見たことか、いわぬことではないと、一応吐言《こごと》を並べたものの、人のいい亀太郎は内心文子の行方を案じていたので、再び家に置くことにした。この時も亀太郎は、学問など思いきれと口うるさくいったが文子が一向にきかないのであきらめて家事手伝いをさせ、傍ら正則に通うことを許可した。

文子は五時起きして働いたが、一カ月小遣銭として五円貰い、月謝にあてて通学する。学校で文子は、徐という朝鮮人と、大野という日本人の友人を持った。二人とも社会主義者ぶっていたが、大した運動をしているわけでもない。しかしパンフレットや本も貸してくれるので、文子は社会主義の知識は前より正確に得ることが出来るようになった。それは文子がこれまで漠然と抱いていた権力者や有産階級に対する憎悪と反抗に油をそそぎ、火をつける結果になったが、文子には、そのはけ口が需められず、ただ日一日と叛逆心だけをつのらせ鬱々として暮していた。

そんなある日、文子は学校の帰りに、窪田家への曲り角で男に呼びとめられた。

「文ちゃん」

親しそうな声に愕いてふりむくと、山梨で別れっぱなしになっている瀬川がにやにやしながら立っている。

「まあ、瀬川さん、どうしたの」

「ずいぶん待ったぜ、このあたりで」

「待ったって？　私がここにいることがどうしてわかったのよ」

「天網恢々《てんもうかいかい》さ。本当はね、恋仇に教えてもらったのさ」

「恋仇？」

「望月庵の美男人だよ」

「へえ、元栄と？　どこで、どうして？」

「偶然、大学の夜学の講習会でぱったり逢ったのさ。そしたら、向うから声をかけてきたんだ。まあ、こっちへおいでよ」

瀬川は文子を人通りのない道の板塀の前へつれていってはやくも引きよせようとする。一別以来の話をして、どんなに文子を探していたかというようなことをくどくどと話し、今は役所勤めをして何とかやっているという。文子は上京してからも、瀬川のことなど全く思いだすこともなかったのに、こうして逢ってみると、やはり他人ではない特別な懐しさがよみがえってくる。

下宿へ来いという瀬川に約束して、その日は一まず瀬川をひきとらせた。

間もなく、文子は約束通り春日町の電車の停留所の近くの瀬川の下宿を訪ねていった。瀬川はそれだけが目的のように文子の軀を性急に需めてくる。文子も無造作に自分を瀬川に投げ出していた。この日頃、もやもやと体内に鬱屈していたものが、その時だけは発散しつくしたような一種の爽快さがあった。瀬川の話は塩山時代と同じで一向に進歩も発展もない。目下手軽な性欲のはけ口に文子が恰好だったというにすぎない。そうとわかっていて、文子もまた瀬川との肉欲だけの快楽にずるずるひきずられていった。

浜松の文一から、何と思ったか、五円ばかり送って来て、夏休みに帰るようにといってきたのはその年の七月はじめだった。文子は文一の家には魅力も懐しさも感じなかったが、泥沼のような瀬川との交渉にも飽きていたし、東京での生活にも漸く疲れを覚えてきたので一まず文一のすすめに従うことにした。

浜松へ帰ってみると、文一の態度は相変らずだった。文子はほとんど家に居ず、朝早くから海辺に出て、散歩したり、町を歩きまわったりして心身の疲れを休める。一週間もいたら、文一と文子の口論は昔通りにくりかえされるようになった。いたたまれなくなって、文子は浜松を飛びだすと、久しぶりで塩山へ帰っていった。

ここではきくのはまた婚家を出てひとりになり、製糸工場に逆戻りしている。

祖母たちは、文子が東京で勉強しているというから、早く師範でも卒業して小学校の先生になって、母を養ってやれなどと、くどくどという。ここでも安らがず、文子は毎日、山をひとりで歩きまわった末、八月の末になって東京へ引きあげてきた。その間、瀬川には一枚の葉書も出していなかった。

離れてしまえば、軽薄な瀬川には何のみれんも懐しさも湧いて来ない。結局、瀬川との肉欲の交歓などは自分の空虚さを忘れさせてくれる一種の麻酔薬のようなものにすぎないとわかってくる。

それでいて、文子は帰京すると間もなく、またしてもふらふら瀬川の下宿を訪れている。

もう馴れきって勝手知った瀬川の下宿の階段を駈け上ると、ずかずか瀬川の部屋に入っていく。愕いてふりかえった瀬川は、

「何だ文ちゃんか、ひどいねえ、梨のつぶてじゃないか」

と相変らずの調子だった。

その晩、同じ家の下宿人の二人の朝鮮人が瀬川の部屋に遊びに来た。元鐘麟と鄭又影だと文子には紹介された。二人とも口数が少なく、文子のいたせいか早々に引きあげていった。

「あれで、尾行がいつでも二人もついてるんだからな、なかなか大物らしいよ」

瀬川が元のことを文子に説明したが、文子にはロイドめがねの白皙《はくせき》の青年が、それほどの人物とも思えない。当然のように、その夜はまた久しぶりの瀬川の部屋に過してしまった。

朝、ふたたび欲望をうちつけてくる瀬川を迎えながら、文子は試すようにいってみた。

「ね、こんなことつづけていて、子供が出来たらどうするの」

文子は瀬川を愛しているとは思っていないのに、やがて抱くかもしれない自分の子供に対しては、空想しただけで胸があたたかくふくらんでくるようであった。

「子供？　そんなこと、知らないよ、ぼく」

瀬川はあっけにとられたようにいい、急に興ざめたのか、文子の軀からのいてしまう。

文子は予期していたくせにやはり、その瀬川のことばに血が逆流するように腹が立った。

急に、起き出すと、階段下の洗面所に行って、じゃぶじゃぶ顔を洗った。洗面所の近くに、昨夜紹介された元の部屋があった。元は窓際で本を読んでいた。文子は元に気づいてもらいたく、いたずらに水を出したり、部屋の前をうろうろした。元がようやく文子を認めた。

「入りませんか」

「おじゃまじゃないかしら」

一応口先ではいいながら、文子はさっさと元の部屋へ入っていく。

壁には、外国の革命家の肖像画や写真がはってあり、宣伝ビラなどもべたべたはられている。文子はそれらを一つずつ見て廻りながら、一枚の写真の前で立ちどまった。

「あら、この人たちあたし知っているわ」

文子が一人一人を指さして名前をあげると、元は一々うなずきながら顔を近づけてきて、頬もふれんばかりにして一緒に写真を覗きこむ。

「やっぱり、あなたは同志だったのですね。どうも一目見た時からそうじゃないかと思ったけれど」

元は自分は京城の相当な地位と財産のある家の一人息子で、東洋大学の哲学科に籍をおいている等ということを話した。文子は自分も朝鮮に長く暮した話をした。文子ははじめて話しあったのに、何を話しても通じる元に、長い友人のような親愛感を抱いた。

「文ちゃん、だめじゃないか、そう無闇に人の部屋へ押し入っては」

いつのまにか、入口に瀬川が来て、血相を変えている。如何にも文子は自分の女だと、元に思わせたがっているその口調が、文子の腹に据えかねた。さっきあんな冷酷な放言をした癖にと思うと、また怒りがこみあげてくる。

「大きなお世話だわ。あたしの勝手じゃないの、あんたなんかにつべこべいわれる筋はないわ」

瀬川は文子の権幕にたじろいだが、虚勢を張って尚もいいつのろうとした。

「だって元さんが迷惑だよ。朝っぱらから」

「何いってんのさ。元さんは承知で私をいれてくれたのよ。嫉《や》きもちなんか嫉かないで、さっさと弁当下げて勤めに行けばいいじゃないの。あんたなんかそれが似合ってるのよ」

「畜生、図に乗りやがって、いいな、覚えてろ」

瀬川は怒りのあまり、どもりながら、それだけ辛うじていうと、足をふみならしながら離れていった。

文子はそれからまだ一時間余りもその部屋で喋りこみ、果ては元とつれだって洋食を食べにいった。背広にボヘミアンネクタイを結んだ元は、文子が日頃行ったこともないような高級なレストランへ行くのだった。

その翌日、元からの速達で文子は上野で逢引《あいびき》し、その日のうちに肉体関係を結んでしまった。

元は文子に、ふたりで家を持とうといい、家探しをすると約束した。瀬川の時とちがって、文子は元に次第にのぼせていった。一日逢わないと不安でたまらなくなってくる。毎日のように元と逢い、彼の友人たちともつきあった。彼等はほとんど学校には行かず、主義だ何だといいながらも、何もせず毎日、それぞれの下宿を廻って集り、トランプをしたり、無駄話をしたりして日を消している。元はいつでもやさしく文子を扱うけれど、はじめ約束したふたりの愛の巣さがしは一向に実行しない。そのうち、亀太郎の家族たちも文子の行動に気がつき、毎夜のような外出や、度重なる外泊に次第に口やかましく叱言や嫌味をいうようになった。

亀太郎はこの頃文子をもてあまし、文一に手紙をやった。こんな状態なので、もう監督して行けない。これ以上は預った責任が果せそうもないから、早々に浜松に引きとってくれというのであった。

文一はその返事に、どうせ文子は稀にみる強情な娘で親のいうこともきかないのだから、どうなっても亀太郎を恨む筋はない。これ以上、いうことをきかず、勝手な行動をつづけるなら、どうか遠慮なく追い出してくれ、と冷たくいい放っている。

こんな時も、文子は自分を冷静に見る客観性は失っていない。

元の友人の下宿で、元と泊った朝、元から金を貰うためにひとり待っている文子を、その下宿の女中が二人覗きこんで、廊下の外で聞えよがしに囁いていた。

「ね、あの女、いったい何さ」

「大かた、下宿屋廻りの淫売なんじゃない？」

文子は「手記」の中に、この屈辱の場面をまるで人ごとのように淡々と書き流している。この場面を削っても文子以外誰も知らないのに敢《あ》えて、この屈辱を書き記した文子は、すでに一人の作家の目を持っていたといえよう。

元はそのうち、ドイツへ留学するとかいって、それとなく別れをほのめかしていたが、ある日、突然、京城の母が危篤になったからという置手紙ひとつ残して日本を去っていった。すべてが予定の行動だと推察出来、文子はもう、泣きもしなかった。

元との恋愛で夜昼かまわず出歩き、すっかり亀太郎の家に居辛くなってしまった文子は、再び窪田家を出て、有楽町の岩崎おでんやへ住み込みで入った。

主人の岩崎善衛門は、社会主義者のシンパ顔をしていたので、それが呼び物となって、新聞記者、社会主義者、サラリーマン、文士などのインテリ連中が集ってくる名物的な店であった。岩崎は、四十歳近くで「社会主義おでんや」の名で売っている変り者だった。

善衛門は、文子の事件で証人台に立ったとき、

「証人方は岩崎おでんやというて、社会主義者の集るので有名なのか」

と訊かれて、答えている。

「そうです。私は働かざる者は食うべからずという主義の下に社会の改善を志し、人道主義に基く運動をしております。其関係からして所謂社会主義者と呼ばれる左傾団体に属する者はもとより右傾団体に属する者も私方に出入りします」

「証人方に金子文子が居たことがあるか」

「さようであります。大正十年の中頃から大正十一年にかけて約十カ月間金子が私方で働いておりました」

「どういう関係から証人は金子を雇入れたか」

「当時暁民会に入っていた主義者原沢武之助が、私に苦学生をしている金子文子を雇ってやってくれと申して紹介したのが動機となって同人を雇入れたのであります」

「金子の証人方における勤め振りはどうであったか」

「金子が私方に来た初めの間は同人は実に真面目でまめまめしく働き、夜は正則英語学校に通って相当に成績を挙げて居り、一点非難する余地のない立派な女でありましたが、暫く経って金子には、私が不在になると何かと思想上の問題を喧《かし》ましく議論して外の女中を煙に巻いて居り、表裏があるという噂が立ちましたが、金子が私方から暇を取る一、二カ月前頃、朴烈という朝鮮人が私方に飯を食べにくるようになってから、金子の風は速《すみやか》に変り、学校に行くというて夜私方を出掛けながらその実は学校に行かず各種の思想団体の会合に出入し、朴烈と往復関係していた模様でありました」

「当時金子はどんな思想を懐いていたか」

「私の前だけであったかもしれませぬが、当時金子は私の主義に共鳴しているように申しておりましたから私はそれを信じておりました」

「その頃朴烈が屢々《しばしば》証人方に出入したのか」

「さようです。朴烈は度々私方に来ましたが、ただ飯を喰って帰るだけですから私は一向に気を止めていませんでした。ところが後になって、私は家内から金子と朴とが関係していたことを聞いて意外に思ったのでありました」

「金子はその後どうして証人方を出たか」

「理由なしに金子は暇を呉れと申出ましたので出してやったのです」

「その後金子は証人方に出入したか」

「さようです。金子は其後朴と一緒に私方に来たことも度々ありました。又新聞とか雑誌とかを発行していて金に困っていると申しましたので、私方に十日間程働かせて給料を渡してやったこともありました」

「証人は金子の性格をどんなふうに観ているか」

「私は大して憎む女ではないと思っております。ただ金子は腰が軽く、ものに厭《あ》き易くて、環境に支配され易い女であるようでした」

朴烈が、「岩崎おでんや」へ来るようになったのは、文子の強い懇望を受けたからだとは、善衛門は知らなくて、自分の店で、ふたりが知りあったと思っていたようである。

元鐘麟に去られた後も、文子は元を通じて知りあった鄭又影やその仲間とはつきあっていた。

大正十一年の二月のはじめ、夜学に行くまでの時間が少し浮いたので、文子は鄭の下宿を覗いてみた。

「ああ、よかった。この間からあなたが来るのを待っていたのですよ、いいものをあげようと思って」

鄭は子供にほしがっていた玩具を与えるような表情で、ちょっとじらしながら、机の引出しから一通の手紙をとりだした。元鐘麟からきた文子あてのものだった。

文子は今更、何の手紙だろうと内心思いながら乱暴に封をきった。中には母の危篤の電報で、あなたに別れもつげず帰ってしまった、どうか許してほしいというような空々しい文字が並んでいた。文子は読み終るなり、その手紙をいくつにも引き裂いて、部屋の隅のちり箱に投げ捨ててしまった。

「どうしたんです」

鄭がさすがに気まずそうな表情でいった。

「あんまり人をなめているからよ」

「…………」

「おかあさんが危篤だとか何とか、子供だましの嘘をついて、どうせ、私を捨てて朝鮮に帰るってことは、とっくにあの人の中では決っていた予定の行動じゃないの、鄭さん、あなただってそれを知ってた筈よ」

「いや、ぼくは……」

「いいのよもう、あたしが馬鹿だったんだから。ただ、男らしくない態度が癪に障《さわ》るのよ。郊外にふたりの家を持って暮そうなどさんざん甘いことをいって、私を釣っておいて、最初からあの人は何ひとつそんなことを考えてもいなかったんだ。ただ体のいい性欲のはけ口に使われただけなのよ。もう終り頃は私は何もかもわかってたんだ。あんな男、信じてなんかいやしなかったんだから。それなのにまだ、私をだましおおせてるつもりで、こんな空々しいこと書いてくるから馬鹿馬鹿しいのよ」

鄭ももう、それにはいいわけもせず黙ってしまった。文子の気持をなだめるように、今度は机の下から別の印刷物をとりだして見せた。

「あら、もう出来たの」

文子は急に明るい表情になっていった。菊判八頁の雑誌の校正刷だった。鄭が以前から計画していた自分の雑誌で、文子はもうその内容は度々鄭から聞かされていたし、原稿もほとんど読まされていた。『青年朝鮮』という雑誌の名も、すでに何十遍となく聞かされている。

「よかったわね、やっぱり印刷になるとちがうじゃない」

文子は鄭の喜びを汲みとり、自分も晴々とその頁を繰っていった。その時、頁の片隅に載っている一篇の詩が目に入った。短い数行の詩で「犬コロ」という題がついている。それを読み終った時、その詩の力強さに打たれて、恍惚《こうこつ》としていた。いったいどんな人の作なのだろう。文子は作者名を改めて見直した。

「朴烈」

はじめて見る朝鮮人の名が強く目に灼きついてきた。

「これ誰？　朴烈って」

「それはね、ぼくの友だちだけれど、まだあまり知られていない、プーアな男ですよ」

鄭はこともなげに片づける。

「そう、でもこの人、すばらしいわ。私、こんな力強い叛逆気分のみなぎっている詩、見たことがないわ」

文子は熱情をこめていった。鄭はいくらか面白くない表情でいう。

「へえ、いやにお気に召したんだな。いったいこの詩のどこがそんなにいいんです」

「どこって、全部いいのよ。一句一句、心に打ちこまれるような気がするわ、こういう詩を私はずっと探し求めていたような気がするわ」

「こいつはまた、えらく傾倒したな。じゃ、ひとつ、逢ってみますか、この男に」

鄭はかなりの嫉妬を見せてからかうようにいう。

「えっ、逢わしてくれる？　きっとよ、きっとね」

雪が降って来たという声が廊下の方でしている。窓を見ると、いつのまにか二月の雪が白く降りしきっていた。もう学校の始まる時間はとうにすぎていた。

「文子さん、学校は」

鄭が思いだしたように訊いた。

「もういいわ、エスケープしてしまおう」

「どうして？　あなたはあんなに学校に熱心だったのに、おかしいなあ」

「そうよ、昔はね、三度の御飯を一度にしても、学校には行きたかったわ。でももう今はつまらないの」

「どうして」

「何だか、今の社会で、しっかり勉強して偉くなってやろうなんて気持がすっかりなくなったのよ」

「勉強するのは、偉くなるためのものでもないでしょう」

「ええ、でもね、私、この頃、自分でもよくわからないのよ。何かしきりに、心がさわいでいるんだけれど、自分が何をしていいのかわからない。このままじゃだめだけれど、それは苦労することなんかじゃないような気がするのよ。私、何かやりたい。やらなければならない。でもそれじゃ何をすればいいかというと、漠然としてわからないの。本当に今、私は何をやるべきなのか、それを必死に考えあぐねている状態よ」

「も少し説明してくれないとわからないな」

「私はこれまで自分の若さのありったけをかけて、苦労して、何としてでも偉い人間になりたかった。それを目標にして上京以来がむしゃらに生きてきたわ。でもこの頃、つくづくわかったのよ。今の世の中では、苦学なんかしたって偉い人間になれるはずがないということを。いえ、それよりも、偉い人間なんていう者ほどくだらない者はないということが。人に偉いといわれたって何になるかしら。私は人のために生きているのではないのだもの、私は私自身の真の自由と満足を得るために生きているのじゃないかと思ってきたわ。私は私自身であればいいのよ、私は……」

文子はふいに両眼に涙が盛り上るのを感じ絶句した。

私はあまりにも多く、他人の奴隷になりすぎてきた。あまりに多く男のおもちゃにされてきた。こんな私が、真の私であるはずがない。私は私自身を発見し、確立しなければならない。真の私とは何なのだろう。私の青春のすべてを賭《か》けてしたい仕事はどこにあるのか。

感情が激してくると、文子の早口はいっそう早口になり、やがて、どもり、絶句する。たいてい自分のことばに刺戟され、激情がつのり自分で自分を制御出来なくなるのであった。

「よくわかった。正直いって、文子さんがそこまで真剣に自分や、生き方を考えている人とは思わなかったなあ」

鄭はことばに真実味をあふれさせていう。

「前から、そういう思想だったんですか、それとも、何かの影響ですか」

「そうね、そういわれてみると、もしかしたらあの人の影響かもしれない」

「あの人って誰です」

「女の友だちよ。正則の夜学に通うようになってからつきあいだした人なの、新山初代さんていう人よ。タイピストをしながら、正則に通ってる人だけれど、若いのにそれはしっかりしているんです。私より二つ年上だっていうけれど、五つも六つも年上に感じるくらいしっかりしているし、勉強しているんです」

新山初代のことを話しだすと、文子はまたいきいきしていた。そしてそのうち、今夜、美土代町《みとしろちょう》の「青年会館」で「社会思想講演会」が開かれることを思いだした。初代とそれを聞きにゆく約束をしていたのだ。やっぱり学校に行って、初代と落ちあわなければならない。文子は鄭にそそくさと別れをつげ立ち上った。部屋を出しなにもう一度、ふりかえって念を押した。

「朴烈さんのこと、忘れないでね、逢わせてよ」

鄭に語ったように、その頃文子を学校に引きつけるものは新山初代の魅力だった。新山初代は、美人というのではないが、文子などに比べると、はるかに女らしい感じがした。しかし、外国商社のタイピストをしているわりには身なりにかまわないほうなので、文子はその点もつきあい易かった。

学校で初代をはじめて見かけた時から、文子は何となく彼女に惹かれた。初代には他の女のように男に媚びるところが全くなく、さっぱりしていて、頭が明晰だった。四、五人はいる女学生の中では群を抜いて英語が出来た。教室で質問もよくするし、しっかり勉強していた。女に珍しく自我がはっきりしていて、男の友だちと議論しても決して自説をまげず堂々と論陣をはった。男の学生たちも何となく初代には一目置いている。

ある日、文子は初代と男の学生たちが教室で盛んに議論しているのを横で聞いていた。

みんなは死について論じあっていた。

こんな時、いつでもそうだが、初代は自分の意見が一番正しいのだというような、確信を持ったいい方をする。

「私はもともと肺病なんですからね、女学校二年の時、肺病で一度は死ぬことを覚悟したのよ。去年も病気がぶりかえした。新潟の田舎に行って養生したんだけれど、その時はまだ幼かったし、ずいぶん悩んだわ。仏教を本気で勉強したのもその頃よ。でも、幸い治ってこうして生きたからいえるんだけれど、私は、人間が死を怖れるのは、死そのものが怖いのではなくて、生から死に移る瞬間の苦痛を怖がるんだと思うの。なぜって、人は睡眠を怖れないでしょう。睡眠だって意識を喪失する点については、死と同じものだというのに」

それまでがやがや意見をのべていた男たちも黙ってしまった。みんな抽象的に死の問題を弄《もてあそ》んでいたのだから、初代のような体験をふまえた意見には恐れいるよりない。

文子はみんなの背後で聞くともなく耳をかたむけていたが、この時、思わず口を出さずにはいられなくなった。自分のあの芙江の苦いおぞましい経験が胸中をよぎっていった。しらじらと光っていた芙江の町外れの川、川辺に立ち並んだポプラの並木、楊柳の芽ぶき、そして袂につめこんだ石の重さ……。

「あの、私は新山さんの説とちょっとちがうと思うんです」

みんなが文子をふりかえった。文子はそれまで初代とは親しい口をきいたことがなかった。

「私は新山さんのようには死を思わないいんです。私もある体験があって断言出来るんです。人が死を怖れるのは、自分が永遠にこの地上から去るということが悲しいんです。ことばをかえていえば、人は地上のあらゆる現象をふだんは何とも感じていないのに、実は自分そのものの内容を失ってしまうことが悲しいし、怖いのです。睡眠は一時的に死のように見えるけれど、死とはちがいます。なぜなら、睡眠は決して内容を失っていません。ただ忘れているだけです」

新山初代は一々うなずいて聞いていたが、授業が始まったのでその話はそこで打ちきりになった。

その日の放課後、初代の方から文子を誘って一緒に帰った。

「あなたは死の体験があるの」

初代は単刀直入に訊いてきた。

「ええ、あります」

文子は初代に訊かれるままに、歩きながら自分の芙江時代の体験を語った。その日以来、初代は文子にとって無二の親友になった。

初代は読書家で、本を沢山持っていた。本に飢えながら、貧しくて本の買えなかった文子は、初代から次々本を借りだしてむさぼり読んだ。乾いた砂漠が水を吸いこむように、それらの書物は文子をうるおしてくれた。『労働者セイリヨフ』も『死の前夜』も初代が是非読むようにとすすめてくれた。ベルグソン、スペンサー、ヘーゲルなどの名を教えてくれたのも初代だった。スチルネル(シュティルナー)、アルツィバーセフ、ニーチェなどの本の面白さを覚えたのも初代の本からだった。

そのどれらの書物よりも、文子は初代の中に根をおろしているニヒリスティックな思想に感化されていくのを感じた。

ふたりは親しみを増すにつれ、自分たちの過去の経験や生いたちを打ちあけあった。

初代の家は本郷菊坂二十五番地にささやかな荒物屋を開いていた。父は三井物産の守衛として勤めていたが、酒好きで、子供のことなどあまりかまわないまま、大正六年の年の瀬に肺病で他界した。初代が府立第一高女の二年の時だった。後には初代を頭《かしら》に小さな妹二人が残された。

当時、同じ菊坂で初代の家に近く育った坂部房さんが、ある夜、「余白の春」の参考までにと電話をかけてきてくれた。

「あたしはすぐ初代さんの隣に住んでいたもんですから、あの人を知っているんです。うちの父も三井に勤めていましたから、あっちのお父さんも一緒だし、よけい覚えています。あたしの方が年が一つ下ですから、よく遊んでもらいました。たしか、とりよ、すえよという妹さんがいましたよ。バケツや、おなべや、たわし、ちり紙なんぞ日用のそんなこまごましたものをおかあさんが商っていましたね。

初代さんは小さい時は前歯が三角に欠けていて、青洟《あおばな》たらしたあんまり目立たない子だったんです。よくままごとなんか一緒にしましてね、初代さんもあたしも真砂小学校へ上りました。初代さんが急に勉強が出来だしたのは、五、六年になってからでしたよ。その頃は前髪をたらして、長いおさげを三つ編みにしてリボンをつけていましたね。勉強がよく出来たんで女学校へ上りましてね、たしか府立第一だったと覚えています。ええその頃、女が女学校へ上るなんて町内にもいくたりもいやしませんでした。三井でやってくれたなんてもいっていましたがね、くわしいことは知りません。女学校ではとても頭がよくて成績がよかったそうですよ。でも娘としてはみなりをかまわない人で、なりふりかまわず勉強しているって感じでした。お初っちゃんがタイピストになってからも正則へ通っていましたからね。ええ、タイピストになったのも三井物産の中にあった貿易会社へいれてもらったからと聞いていますよ。たしか、その頃、それまでの家の裏の方の新しい二階屋に移ってました。

その頃、若い男がたくさん出入りするようになって、近所でも評判していたんです。あの事件の時は、怖かったですねえ。お初っちゃんが警察につれていかれた時、震災のあとで、町内でみんなが集って自警していたら、そこへ誰かが知らせてき、警察で何か聞きに来ても、皆黙ってろなんて話しあってました。

お初っちゃんがいなくなった後、おかあさんが夜店を出したりして、細々家を守っていましたが、取調べの間にお初っちゃんが死んでしまって、その着物を取りにいった時、あんまりひどいめにあわされていたとおかあさんが、泣いて、あたしたちに話したのを覚えています」

房さんの話では初代はそう美しい娘という印象はなかったらしい。栗原一男氏も韓晛相氏も文子の方が魅力的だという。しかしまた大正七年から震災の時まで、初代の家に同居していた初代の母方の従兄にあたる、現在新潟に健在の古川三利氏の証言によれば、美人だったというし、韓国にいる陸洪均氏もまた、初代の方が文子よりははるかに美人で魅力的だったといってゆずらない。しかし結局は栗原氏のいうように、当時は彼等若きアナキスト仲間の中に女は、初代と文子の二人しかいなかったのだから、二人とも魅力的にみられたこともあっただろうと想像出来る。

古川氏の説では、初代が肺病になって新潟へ帰ったのは、タイピストになって一年くらいしてからで、そのため、勤めも半年ほど休んでいるという。その時の病気は割合早く恢復したので、上京後再び職場に復帰し、その頃から正則に通い文子とめぐりあったのだという。しかし大正十一年の末頃から病気再発の気配があったので勤めもやめ、蓬莱町に一戸を借り、初代ひとり移って駄菓子屋を開き、二階は貸し間にして生活をたてるようにしていた。しかしその家には初代がつきあいだしたアナキストの若者たちがいつでもたむろするようになり、商売用の菓子を食べちらかしていくので、たちまち破産しかかってきて、結局、暮しむきは、古川三利や、その母、つまり初代の叔母から援助を仰ぎ、辛うじて食べつないでいた。

初代は震災の後検挙され、市ケ谷未決監に収容されて取調べを受けた。

震災の数日後、一応郷里の新潟へ引きあげた古川三利は郷里で初代が検束されたことを聞いた。

十一月中旬頃、再び上京した時は、獄中で病勢が悪化した初代は、数日前、芝の共済病院へ移されていた。三利が病院へ駈けつけた時はすでに、落命直後だった。

初代の調書は大正十二年十月二十七日、東京地方裁判所で、治安警察法違犯被告事件として、予審判事立松懐清に訊問されたものしか残っていない。

文子のように手記を書く暇もなく、無残な死を急いだ初代が生きて残したことばの証しは、この唯一回の調書だけなのである。

「氏名、年齢、族称、職業、住所、本籍及出生地は如何」
「氏名は、新山初代
年齢は、二十二歳
族称は、平民
職業は、雑貨商
住所は、東京市本郷区駒込蓬莱町十八番地
本籍は、同区菊坂町二十五番地
出生地は、東京市小石川区富坂町番地不詳」
「位記、勲章、従軍徽章、年金、恩給又は公職を有せざるや」
「有りませぬ」
「刑罰に処せられたることなきや」
「有りませぬ」
「被告は不逞社の会員か」
「左様で有ります」
「被告は何時不逞社に加入したか」
「私は大正十年十二月頃より大正十一年九月頃迄の間東京市神田区正則英語学校に通

学して居りましたが、大正十一年一、二月頃同校に通って居た金子フミと知り合いに成りましたので、本年五月十五日頃私は金子方に同人を訪ねました処不在でありましたが、其の後金子から遊びに来て呉れと手紙が参りましたので、私は同月二十日府下中渋谷富ケ谷の金子方に同人を訪ねました処、当時同人は朝鮮人朴烈と同棲して居て私に同人を紹介して呉れました。それで私は朴烈から同人の思想が無政府主義というよりも虚無主義に傾いて居ると云う事を聞き同人等と雑談をして帰宅しました。其翌二十一日、朴は私を訪ねて参り同人の組織して居る不逞社に入会せよと申しました。私は其不逞社と云うは叛逆的団体だと思って居りましたが別に入会するともせんとも挨拶しませぬでした。すると其の翌二十二日、重ねて朴と金子とが私方に来て朴が私に頻りに不逞社に入社せよと申し勧めましたが、其の際金子は今俄に私に入会せよと申しても勝手が判るまいから今度の日曜日の例会に来て見て仲間の人にも会い社の様子も知ってから入会したら好かろうと申しました。

其れで私は同月二十七日の日曜日に金子方に行き朴烈から当時居合わせた、金重漢、陸洪均、崔圭悰等に紹介して貰いましたが、其の後二、三日過ぎ私は入会するに就いては血判するのかと朴に尋ねました処朴は夫れには及ばぬと申しました。

其の様な次第にて何時と云う事なしに私は当時不逞社に加入したので有ります」

「不逞社の成立は何時か」

「不逞社は私が朴烈を知り不逞社に入会する以前より成立していたので有りますから私は誰が発起して何時成立したか詳しい事を存じませぬ」
「不逞社の目的は」
「別段其の目的を之れと言う程明確に定めては居りませんでしたが、夫れ夫れ同志が直接行動に出ると云う意味で集って居たので有ります」
「不逞社の会員は誰か」
「不逞社で会員名簿を作って居た訳で有りませぬが、崔圭悰、張祥重、洪鎮裕、金重漢、野口品二、栗原一男、朴烈、韓晛相、金子フミ、陸洪均等が始終例会に出席して居りました故同人等は会員で有った訳で有ります」

文子は「手記」の中で初代との友情について書いている。
――初代さんは恐らく私の一生を通じて私が見出し得たただ一人の女性であったろう。私は初代さんによって多くのものを教えられた。ただ教えられたばかりではない。初代さんによって私は真の友情の温みと力とを得た。今度、検挙されてから、警視庁のお役人が初代さんに「女の友だちで誰が一番好きか」と訊かれたとき、初代さんは一も二もなく私を名指したそうであるが、私も亦、初代さんが一番好きだと云い度い。初代さんはしかし、もう此の世の人ではない。私は今ここまで書いて来て、初代さんに私の手を差し伸べたい衝動に強く動かされる。けれど、今はもう私ののべる手を受けてくれる手がない——

ここには文子の、初代を悼む心情が哀切にあふれている。

文子と初代は社会主義の講演会などあると、たいてい誘いあわせて一緒に出かけていった。初代から借りた書物で急速に啓蒙されてきた文子は、社会主義の説く思想も理解することが出来たが、全面的には共感出来ないものがあった。文子は自分の感想をかくさず初代に語らずにはいられない。

「そりゃ、この資本主義社会がひっくりかえらないかぎり、私たち貧乏人はいつまでたっても貧乏人で、勉強したくても出来ないし、偉くもなれない仕組みだってことはわかるのよ。それにひきかえ金持は益々坐っている間に富が増え、権力者は何だってやれる。

それなら社会主義者のいうように、民衆のためにといって、彼等が動乱をおこすとするでしょう。もちろん、貧乏な民衆は彼等について、いっせいに立ち上って闘うでしょうよ。そして革命が成って、一応社会に大変革がおこるとするでしょう。その時、いったいどうなると思って？　革命の指導者はきっと新しい社会で権力を握るでしょうよ。その権力者は新しい秩序をたてるでしょう。さて、気がついてみたら、民衆は再び権力者の支配下で奴隷になっている自分を発見するとすればいったい、革命って何なのかしら。それは唯《ただ》、一つの権力が他の権力に移るということだけじゃないのかしらね」

初代は文子にいいたいだけいいわせると、いつもの断定的な口調でぴしっととどめを刺すようにいう。

「そうよ。だから、あたしは、はじめっから、こんな人間の社会に愛想をつかしているのよ。こういう社会に理想なんか持つ方がぬかに釘よ。あたしはこの世の中は、気の合った仲間ばかり集って、気の合った生活をする。誰にも干渉されない、誰をも干渉しないそんな生き方。それがまだ一番可能性のある方法じゃないかしら」

「ええ、あなたのいうことは実によくわかる。私も本当にこの社会に何の期待ももてないのは同じよ。でも私、まだ社会を見限っても、自分を見限ることは出来ない。私にはまだ自分自身の仕事があると思うの。でもそれが何なのか漠然として、はっきり摑みきれないのが私の悩みなのよ」

初代とそういう話はしても、ふたりの間で男友だちや恋人についての打ちあけ話などはあまりしなかった。

文子と初代が親しくなったそんな二月のある日、その日も寒さが厳しく、ものみなが凍えあがるような夜であった。

文子はまた学校がさぼりたくなって、何という目的もなく、鄭又影の下宿へ遊びに行ってみた。いつものようにおとないもせず、ずかずか鄭の部屋の障子をあけて、今晩はと首をつっこんだ。

「いらっしゃい」

と鄭がふりむいた。部屋の中では鄭の他にもうひとり見知らぬ男が火鉢にしがみついていた。小柄で痩せぎすな男は猫背に、真黒な、妙にそこだけ豊かな長髪を肩までのばしていた。二十三、四だろうか。青い小倉《こくら》の洗いざらしの職工服の上に、茶色のオーバーを羽織っている。オーバーのボタンはちぎれかかってぶらぶらしているし、袖口も裾もぼろぼろにすりきれ、肘のあたりは薄くなって穴があきかかっている。

男は文子をちらっと見ると、艶のない青白い顔をすぐ火鉢の方に伏せていった。文子はその横顔にどこかで見憶えがあるように思った。

「ずいぶん寒いわねえ」

文子はつかつか部屋に入って、二人の横に坐り、火鉢に手をかざした。

「二、三日見えなかったね、どうかしてましたか」

「いいえ」

その時、文子は思いだして、勢いこんで男に声をかけた。

「思いだした、ねえ、あなた、せんだって、中華青年会館のロシア飢饉救済音楽会の時、たしかステージの脇に立っていらっしゃらなかった？　ね、そうでしょう」

「そうでしたか？」

客はぶすっと愛想のない声でいい、すっと物静かに立ち上った。

「あら、まあいいじゃありませんか」

文子はあわてて男をひきとめようとした。

「もっとお話しなさいな、私は別に用はないんですもの」

男は答えず、樹が生えたように、軀に似合わず妙にずしりとした重量感で座敷につっ立ったまま、文子を見下した。濃い秀でた眉の下の黒いセルロイド縁の眼鏡ごしの男の目は細く切れ長で冷たかった。文子は何となくその視線がまぶしく伏目になった。文子にはひどく長い間のように思われたが、それは一瞬だったのかもしれない。重い沈黙を破って、男の声がずしりとひびいた。

「失礼します」

部屋を出て行く男の後を鄭があわてて廊下へ追っていった。

「あ、君、君、今晩、どこに泊るの、ぼくの所に泊っていいんですよ」

「ありがとう、今晩は駒込の友だちの所へ泊めてもらうから」

落着いた沈んだ声が答えている。文子は妙にその声を聞くと物悲しい気分になった。

帰ってきた鄭に、文子はすぐ訊いた。

「あの人、だあれ」

「ああ、彼はほら、いつかあなたがひどく感心してほめちぎった犬コロの作者ですよ」

「ええ？　じゃあの人が朴烈？」

文子は思わず腰を浮かせて叫んだ。それから、文子は矢つぎ早に朴烈について鄭に質問を浴びせかけた。

朴烈はこれまで、人力車夫、立ちん坊、郵便配達夫などしていたが、今は失業中で、一晩一晩、友人の所を泊り歩いているという。

「それなら宿なし犬じゃないの、でも不思議ね、あの人の態度や雰囲気は、まるで王者のように堂々としていたわ」

「まあ、ああやって、友人の間を廻ってどうにか食いつなげる間はいいけどねえ」

鄭のその口調には、軽蔑的な匂いがあった。文子は何故かむっとして不機嫌な顔をした。鄭は文子の機嫌をとるようにしばらくしていった。

「でもまあ、偉い奴ですよ。あの男ほど真剣に考えて、本気で行動している奴は、われわれ仲間の間にもそうざらにはいない」

「そうでしょうね、そう思うわ」

文子はその時、自分の心の中に不思議な光がさしこむのを感じ、全身が熱くなってきた。

何が彼をあれほど自信ありげにさせているのか。彼を充たしているあの充実感は何なのか。彼の内なるものを自分のものにしたい。そこまで考えた時、文子は急に去った男を追いかけていきたい衝動を感じた。

「あたし、用を忘れていたわ、また来ます」

びっくりしている鄭にいい捨て、文子はそそくさと立って、鄭の部屋をとびだしていった。

もちろん、もう暗い寒い夜の道のどこにも朴烈の姿のあるはずはなかった。木枯しが吹きつのってきて、真向から文子の軀を包みこんでくる。文子は風にさからって小走りに歩きながら、ふところ手をして、しっかりと自分の乳房を握っていた。

――あの人こそ、私の探していた人だ。あの人の中にあるものこそ、私に生きる目的を与えているものだ。私には絶対彼が必要だ、必ずあの人を捕えなければならない――

文子は高鳴ってくる胸の鼓動がやがて、体内でみなぎりあふれ、自分の全身が粉々になるような感じがした。うおうっと、獣のような声を風の中に放ってみて、文子はひとりけらけら笑いだした。笑いながらなおも風にさからって走りつづけていった。

翌日、朝早く、文子はふたたび鄭の下宿へ駈けこんでいった。昨夜、興奮してほとんど眠っていないので文子の目は血走っていた。

「どうしたんです、いったい」

あわてて、蒲団をまるめながら、鄭は呆れたように文子を迎えた。

「鄭さん、お願いがあって来たのよ。私どうしてもあの朴烈さんとつきあってみたいの、逢わして下さいな」

「へえ、また熱心なんだなあ。それはいいけど、昨日もいったように彼は宿なしですからね、捕まえるのが骨ですよ」

「ね、私の店に来るように伝えてくれない？　あなたが逢った時、そういっておいてくれればいいわ」

「それならお安い御用だ」

その日から、文子は毎日朴の訪れを心待ちにしておでんやで働いていた。客が入って来るたび、もしやと思って首をあげるが、朴ではなかった。
四、五日して、文子は待ちきれず、また鄭の所へ催促に出かけた。
「あなた、話してくれたの」

「ええ、二、三日前逢ったから、ちゃんと伝えましたよ」

「で何といって？　あの人」

「そうかって、いっただけです。大して気のりしているふうでもなかったな」

「そう……、いいわ」

文子はがっかりしたが、どうしてもそれであきらめる気持にはならない。こんなに烈しく待ちこがれる気持ははじめての経験だった。いったい何がおこったのだろう。たった一度逢ったきりで、ろくに話もしていないあの貧相な男の、何にこうまで惹かれるのか。

——でも、何だかあの人は来るような気がする——

期待と願望がいりまじり、しかもそれが充たされない欲求不満から、文子は食事も咽喉《のど》に通らなくなってきた。

一週間たった。十日すぎた。二十日も越えた。

しかし朴は一向に現れない。文子は次第に自信を失い絶望的になってきた。

朴の目に自分が何の値打もない不良少女にしか映らなかったのだろうかと思うと、無性に淋しくやるせなかった。こんな店で好きでもない客の相手などしてちゃらちゃらしているのは止めてしまおう。今からもっと心をいれかえて、しっかり勉強し、初代さんのようにタイピストにでもなろうか。

文子がもうほとんど朴の訪れをあきらめきってしまった三月のはじめ、あの寒い夜からおよそ一カ月もすぎたある夜のことであった。ふと、新しい客の入ってきた気配に顔をあげると、入口に朴烈がぼんやり立っていた。二組ばかりの客が店にいた。文子は相手をしていた客のテーブルから飛び上ると、朴烈の方へ駈けよった。

「とうとう……、とうとう来て下さったのね」

朴はだまって無表情に店を見廻している。

「ちょうどいいわ、私ももう出られますから、ちょっと待ってて下さいね」

店の隅のテーブルに朴を坐らせると、文子は手早く、丼に煮込み豆腐や大根を山盛りにし朴の前に並べた。

「さあ、あがって。いいのよ、あたしのおごりですから」

朴がはじめて文子を見て照れたように笑った。思いがけないほど白い歯が光った。文子はその笑顔を見ると、あやうく涙がこぼれそうになった。力強い手にいきなり自分の心臓を摑まれたような戦慄《せんりつ》が身うちをつらぬいて走った。

六月のはじめ、私は単身ソウルへ向った。「余白の春」を書きはじめる前から、一度は朴烈の故郷と、あれほど文子が深い思い出を持つ芙江という町を訪れてみたいという念願があった。

大東亜戦争に突入する以前、すでに三十年もの昔、私ははじめての朝鮮旅行をした。日本の田舎町の女学校の修学旅行が鮮満の旅であったので、船で釜山へ上り、そこから大田、京城、平壌、新義州と通って、満州へ入ったのを思いだす。

釜山へ上ったとたん、白衣の朝鮮服に、白髯をのばした老人が身長の半分もありそうな長煙管《ながギセル》で煙草を吸いながら、三々五々道端にたむろし、悠長にうずくまっていたのを思いだす。そういう老人の姿は朝鮮の旅の間じゅうどこの町にも村にも、いつでも見うけられた。老人ばかりか壮年の男でも、のんびりと道端に坐りこんで、何を考えているのか、ぼんやり時をすごしている姿が多かった。目につく山のすべてが赤土の山で、樹のない禿山《はげやま》というのは聞いていたものの、自分の目でそれを見た時の異様な感じは忘れられない。

三十年も昔の記憶は、すべて歳月の煙霞の彼方に霞んでしまっていて、わずかに、京城の町の写真館で、旅行者用に備えつけの白い朝鮮服を着て記念写真を撮ったことや、李某という貴族の邸を見学させてもらったことや、平壌の川に竜頭鷁首《りゅうとうげきしゅ》の船が浮び、柳《りゅう》絮《じょ》の舞う柳の下で、美しい妓生《キーセン》が立っていたことなどくらいが、きれぎれに記憶の底からよみがえってくる。

戦前、田舎町の女学生の修学旅行の出来た朝鮮へ、今は海外旅行の面倒な手続をして渡らなければならない。

しかし羽田から、いざ飛行機に乗りこんでみると、後は三時間たらずで、早くも金浦の空港に着いていた。東京、京都間の新幹線よりも近いそのあっけなさに、かつて朴烈や文子のいた朝鮮と、私の踏んでいるこの韓国の土は同じものだろうかとふととまどってしまう。

訪韓の準備というものを私はおよそしていなかった。旅行会社のとってくれたホテルの場所と名前さえわかっていれば、誰の出迎えを受けなくても一応はホテルにたどりつけるだろうくらいのんきにかまえていた。

東京では往年の不逞社の仲間だった韓晛相氏が親切に私の訪韓についての面倒をみて下さった。韓氏は、栗原氏と共に東京にいる不逞社時代の生残りの一人で、今日東京で在日韓国人の結婚相談など受けていられる。

「ソウルには、われわれの仲間だった陸洪均がまだ健在だから、逢うといいでしょう。連絡しておいてあげますから。陸洪均は、あの頃、朴烈や文子といっしょに、下駄屋の二階に住んでいたことがあったから、文子のこともよく知っているはずだし、朴のことも内側から聞けるかもしれない」

そんな耳よりなことを話してくれ、陸氏に私をすでに紹介してくれてあるはずであった。もしかしたら、空港に陸洪均氏が迎えてくれているかもしれない。しかし、私たちは初対面なのだから、どうやって認めあうことが出来よう。韓晛相氏は私の写真ののった雑誌を送ってあるから大丈夫だという。

私はその懸念もあって、出来るだけ、向うから目立ってみつけてもらい易いよう、和服を着ていった。

空港でまず、私は日本語がほとんど通じないことに愕かされた。どことなくアメリカ二世のような物腰態度の空港の係官は、入国しようとする私の和服姿をじろじろみて、英語で話しかけるのだった。あきらかに年齢からいって、日本語の教育をうけて育ったと見えるのに、彼は日本語を一つも使わない。他の人はどんどん通過させているのに、私には、はじめてきたのかとか、目的は何だとか、知人はいるのかと訊く。親切で訊くのではなく、表情や口調で明らかに敵意をもって、厭がらせているにすぎない。私が日本語で答えると、英語は話せないのかという。英語も韓国語もだめだというと、ふんといった表情で、漸く入国してもいいと顎をしゃくりあげる。

韓国の第一印象があんまり芳しくないので、私はいささか心細くなりながら、とぼとぼ空港の表玄関へ出ていった。出迎えの人たちが多勢いるが、私に声をかけてくる人もいない。やはり陸洪均氏は出迎えてくれていないのかもしれない。さて、どっちへいったものかと、ぼんやり立ちどまった時、若い男の人が近づいてきて私の名を呼びかけた。東京の新聞社の特派員の菱木氏だと名乗り、出版社からの連絡で私を待っていてくれたのだという。菱木氏自身まだソウル特派員として入韓して三カ月しかたっていないのだそうだ。

「日本語はだめですよ、知ってても使いたがりませんから」

菱木氏も初対面だったが、私の和服ですぐわかったという。タクシーでソウル市中へ向う間に、これはまた日本人同様に日本語を操る運転手がしきりに話しかけてくる。ホテルはどこだ。ドルは持っているか。自分はドルをいい値で交換出来るつてがある。あなたの予約したホテルは、高いばかりで大してよくない。日本人は知らないから、みんな高いつまらないホテルに泊らされる等々、のべつまくなしに喋りつづける。

窓外には次第に赤煉瓦をつみかさねた朝鮮風の建物が見えはじめた。晴れ渡った六月の空の青さの下に、赤煉瓦の丹色《にいろ》が映えて美しく、漸く異国に来たという旅情が湧く。道の両側の歩道に次第に人の姿があらわれる。白やピンクや、黄や緑の、薄い朝鮮服の裳裾《もすそ》を風にふくらませて歩く女たちの姿勢が正しい。子供の手をひいている女、パラソルをかかげた女、頭上に荷物をのせ片手でそれを支え、音もなくすいすいと歩いていく女、立話をする女……、道には男より女が目立つのは、その華やかな服装のせいだろうか。


朝鮮服の美しさとそれを着た女の優雅さに目を奪われてしばらく気がつかなかったが、そんな姿の女の数より、もっとたくさんの洋装の女がいる。彼女たちの服は、超ミニか、パンタロンだ。色彩が豊かで日本の女たちよりはるかに大胆だし、着こなしてもいる。

都心に入るにつれ、歩道の人の数は急速に激増していく。繁華街などは、新宿や銀座界隈《かいわい》なみの人出であった。

建築中のビルが目立つ。韓国は地震がないため、高層建築をするにも日本よりはるかに土台づくりが簡単なのだと聞かされる。

大通りと、そこから少しそれた横町の道幅の差が目立つ。せまい道は片側から向いの家に声がとどきそうだし、車が二台通るのが困難なほどだ。その道は迷路のように複雑に曲りくねっている。どの大道にもどの横町にも人があふれひしめいている。六月の正午すぎという時間のせいもあるのだろうか。都心の大道では、東京でもまだ目をひくホットパンツ姿の少女が颯爽と闊歩しているのが目立っていた。

町が生きて激しく呼吸しているというなまなましい実感がせまる。東京より、大阪の繁華街に似た感じをうける賑やかさであった。看板の文字はハングルがほとんどだが、漢字のものもまだたくさん残っていた。藍《あい》でふちどった赤いのぼりや、青や黄の目立つ立派な漢字の看板を見ていると、私は終戦の翌年まで足かけ四年暮した北京の町を歩いているような気分になってきた。

それにしても町を歩いている人々の顔の何と美しいことか。女は特に端正で、上品な、そして妖艶な顔をしている人が多かった。男たちは上背があり、腰がしまり、脚が長い。日本人と同じ坐る生活様式なのに、スタイルは男も女も日本人よりはるかに欧米人に近い均整を保っている。韓国人が、東洋人の中では自分たちが最も美しい容姿を持っていると自負しているのもうなずけるのであった。

ホテルに着き、部屋を決めて、ほっとするまもなく、来客だという案内がある。ロビーに降りてみると、四人の韓国の紳士がいっせいに立ち上って出迎えてくれた。

「空港まで四人で出迎えて、スピーカーで呼び出してもらったのに、あなたがいち早く出てしまっていられたらしく無駄でした。気がきかないことで本当に申しわけありませんでした」

四人の中で一番老齢に見える背の高い人がいんぎんに断わり、陸洪均だと名乗った。私はこみあげてくる感動を押え難く陸氏と堅い握手をかわした。私が「余白の春」を書いていることは東京から韓晛相氏が手紙で報告してくれてあって、私の旅の目的に少しでも役立つ援助をしようと申し出てくれるのであった。同行の梁、張、朴氏は始終にこやかに笑って、陸氏の弁舌にうなずいている。

「この花をわざわざあなたにさしあげようと歓迎のしるしに持っていったのに残念でした」

陸氏は大きな掌の中に入ってしまいそうな、小さな小さな赤い野薔薇を二輪、うやうやしく私に捧げてくれるのであった。

不思議なほど、初対面という印象がしない。私のそういう感じは伝わるのか、相手の方でも、最初から全く打ちとけきった物腰で、私たちの話はたちまち核心に入っていく。

私の目的は、ソウル見物より、陸氏に、当時の話を聞きたいこと、芙江及び、朴烈の故郷の村を見たいことだとつげると、陸氏は、二泊三日という私の予定があまりに無謀だといいながら、それでもその強行軍の予定を即座に綿密に立ててくれるのであった。

一番若い張氏は現役の政治家で、陸氏に私淑しているらしく、晩餐《ばんさん》の準備や人集めにこれから出かけてくれるといい、きびきびと立ち去っていった。

朴烔来《ぼくけいらい》氏は、朴烈の長兄の長男で、文子の死の報を受けた時、朝鮮から、父に伴われて、はるばる上京し、文子の遺骨を、朴烈の生家に持ち帰った人であった。当時、十三歳だったという朴烔来氏は、見るからに温厚そうな表情の、中肉中背の人であった。写真で見る朴烈に、面長で端正な顔立がどこか似通っているが、朴烈のような目の烈しさはうかがえず、なるべく人に目立つまいとするような平凡でつつましい庶民的な印象を受ける。

朴氏も勤めの途中でぬけだしてきたからといって、明日は朴烈の故郷へ案内してくださると約束して、中座して行かれた。

梁熙錫《りょうきせき》氏は、默堂と号し、友石大学、文理科大学の史学科の教授で、社会哲学を専攻していられる学者であった。梁氏は戦前、日本に留学し、京大に籍をおかれた関係から、京都に思い出が多いとなつかしそうに話される。眉目秀麗な梁氏の留学当時は、どんなにかういういしい美少年だったろうかと想像される。

夕餐《ゆうさん》までの午後いっぱい、梁氏が案内役で、ソウル市中の見学をさせてくれることになった。

梁氏まかせのこの見学の方法は実にはっきりした意図に貫かれていた。普通の観光客のまず訪れそうな場所はほとんどす通りしていく。

それでも壬辰の乱に加藤清正と小西行長が一番乗りを争ったという有名な東大門では、

古代中国から伝わって、韓国に今も受けつがれている風水説によって、東方の山、即ち風水説による青竜《せいりゅう》の弱さを人為的に補った構造をとって、現在の形になっているのだとか、大闕内の海駝の像も、海神を象徴したもので、風水説によれば火気を鎮圧する目的でつくられているなどと説明してくれる。

韓国人が、家を建て、墓所を選ぶのに、旧く風水説に頼っていたのは、日本でも建築や家移《やうつ》りに方角を占って選び、方違《かたたが》えの習慣が今なお一部の人たちの間では信じて行われているのと似ているが、ソウルの地形や旧王宮の構えを、南山から見下し、梁氏の説明を聞いていると、風水説がどれほど深く韓国人の生活を左右しているかがより一層うなずけてくるのであった。

「風水説では、北方に位置する山を玄武《げんぶ》、東方にあるのを青竜、西方のものを白虎《びゃっこ》、南方を朱雀《すざく》と呼びます。都や、家の場所を定める中心地を局といい、局のすぐ前を明堂《めいどう》と呼びます。玄武は山が高く、山脈が力強くのびているのが良く、青竜と白虎が、局を深く囲んでいれば理想的、局は、前方に広い明堂をひかえ、水が流れていなければいけない。明堂の向うには案山といって、低い山がある方がいい。この風水説の理想にかなったのが、ソウルの地形だといわれています。北に漢山が聳《そび》えているのが玄武にあたるでしょう。ほら、あの東の駱山が青竜、西の仁旺山が白虎です。この南山は案山に当ります。その真中に広い明堂にあたるソウルの町がつくられていて、漢江が東南に流れているでしょう」

梁氏の説明は、まばゆく晴れ渡った青空のあちこちを指さしながらつづいている。私たちの立つ南山の麓にはモダンな近代建築の音楽堂やこどもの劇場や遊園地がつくられているのだった。

徳寿宮、景福宮、昌徳宮、秘苑などの古宮の周囲に、高層建築の近代ビルが林立している。それは東京などとは比較にならないまばらさだけれど、白金色の六月の陽光を真上から受けて、白い炎をふきあげているように見え、その間を縫い広い漢江の流れが、青い帯のように光っている。

「見て下さい。ソウルの町は変ったでしょう。あなたの三十年前の記憶の京城がここにありますか。まだまだビルは建つでしょう。河もうがたれるでしょう。この近代都市に生れかわったソウルをよくみて下さい。日本が占領していた頃、われわれ韓国人にこれだけのことが出来ると誰が思ったでしょう。人間に自由を与えよ。いいですか。人間に自由を与えたら、自力で、二十年間に、これだけのことが出来るのです。日本は我々からこんな素晴しい力をすべて奪っていたのです」

梁氏の声がふととぎれ、その大きな目に光るものがあった。

「失礼しました。日本を憎んでいても、あなたを憎んでいるのではないのです。誤解なさらないで下さい。つい興奮してしまって。あなたは同志です。朋《とも》あり遠方より来《きた》るです。どうも大人気なくて失礼しました」

礼儀正しく頭をさげられ、梁氏はそろそろ行きましょうかと、先にたたれた。

「このあたりが日本人のつけた地名で、本町四丁目というあたりです」

梁氏が車をとめさせる。繁華街をいくつも通りぬけたあと、やや、裏に入った、静かな通りだった。私は氏にならって車を降りた。緑色の洋館が目の前に建っている。南総韓府の建物だという。

「これが昔の本町警察署の跡です。ここは当時は思想犯が入れられたところです。ほら、あの右手に木造のペンキ塗りの旧い棟がひとつ残っているでしょう。あれは昔のままですよ。あの地下に拷問室があって、ここを通ると、拷問にあっている人間の悲鳴がよく道まで聞えてきて、怖かったものですよ。私ですか？　ええ、時々、入っています。今でも、このあたりを通る時、反射的に軀がひきしまって、鳥肌が立つんですよ。不思議ですね。二十年、三十年たっても、そういう骨にしみこんだ恐怖感や嫌悪感というのはぬけないんですね。ここの拷問のひどさは有名でした。あんまり苦しいので、いっそ一思いに早く殺してくれと朝鮮人が頼むのです。しかし、警察官の方じゃ、お前のような叛逆者はそう易々《やすやす》と楽に成仏させてやれるものかというんですからね。気絶させても、殺すまでは責めない。気絶したら水をぶっかけて生きかえらせて、また責めるんです。それの繰りかえしだから、やられている方は死んだ方がましだとつくづく思います」

梁氏の思い出話を聞いていると、日本が韓国に対して犯した残虐の数々は決して、一代や二代では韓国民から忘れ去られることはないだろうという気がしてくる。

それにしても朝鮮という国土は何という悲運を背負っているのだろうか。朝鮮時代に入ってからでも、日本の侵攻だけではなく、フランス、ロシア、アメリカ、イギリス等の絶え間ない洋擾《ようじょう》に脅やかされつづけているうえに、清の勢力にも常に脅迫されつづけている。あげくの果が日本に侵略されつくし、一介の植民地にされてしまうのだ。

日本が朝鮮を侵略していった過程は、両国の間に次々結ばれていった条約の内容の変化を歴史的に追うだけで、日本の陰謀と暴力の歴然とした足跡を見ることができる。それにしてもそのすべての危機に、朝鮮は、何という非力さで無為に侵されつづけていたものか。日本の謀略の成功をこうまでたやすく助長させたのは、いつの場合も李朝政府のひとにぎりの要人たちの売国行為であったことは見逃せない。

まず最初の「日朝修好条規」、いわゆる江華島条約なるものは一八七六年(明治九年)二月二十七日に黒田清隆と井上馨が派遣されて調印している。通商修好条約という名分の通った表向きの看板であった。日本の軍艦雲揚が、漢江支流の塩河をさかのぼっている際、江華府草芝鎮の砲撃をうけたことを楯にとり、日本側は強力な海軍力の威力を示して、軍艦を派遣して圧力を加え、調印にふみきらせたものであった。その時も朝鮮側の世論は鎖国攘夷《じょうい》、排日に傾いていたが、朴珪寿、呉慶錫等重臣の意見で条約は難なく日本の思い通りに締結していた。

全文十二カ条あるが、その主要なものだけでも、明らかな不平等条約で、後の朝鮮植民地化への芽は、すでにこの時ありありと生じていた。

第四条、第五条(大要) 二〇カ月以内に、朝鮮は、釜山のほかに二港を開いて、日本商人の居住や貿易の便宜を提供する。

第七条(大要) 日本は、朝鮮の沿海、島、岩礁などを自由に測量して図誌を作成する。

第八条〜一〇条(大要) 日本は、朝鮮が指定した港に領事を派遣して、朝鮮に居住する日本人の犯罪は、日本官員が審判する。

これだけ見ても、如何に朝鮮が国辱的条約を結んだか知れる。この条約の第一条には、朝鮮は自主国家で、日本と同等の権利を保有する、というのがあるが、これは、朝鮮の独立を認めるという名目を用いて、朝鮮における清の勢力を排除しようというのが真の目的であることは疑えない。江華島条約によってはじめて外国に門戸を開放した朝鮮は、日本の維新に見習って、西洋の文物制度と新思潮を取り入れる政策にふみきった。

軍制にも大改革をめざし、日本から堀本礼造将校を軍事顧問として招き、軍隊にも最新式の訓練を施した。こうした趨勢が旧軍官や軍卒の反感を買い、一八八二年、七月、旧軍卒への糧穀の不当遅配から火がつき、暴動が起された。乱軍は武器庫を破って宮中へなだれこみ、時の為政者、閔《びん》氏一派を襲い、堀本礼造を殺し、日本公使館も襲撃した。これを壬午《じんご》軍乱と呼んでいる。日本の公使花房義質は、いち早く日本へ逃げ帰った。朝鮮は清に援助を需め、清はこの乱を鎮圧したため、朝鮮に於ける支配権を確立した。

花房義質も改めて軍艦をひきいて仁川に攻め上り、乱の責任を糾弾して、仁川で済物《さいもつ》浦《ほ》条約を結んだ。内容は、軍乱責任者の厳罰、賠償、謝罪、公使館保護の駐兵、開港場一カ所の増加といった条件より成っていた。

しかしこの乱で、日本は朝鮮から勢力後退し、かわりに、清の進出という結果を招いたので、以後、日、清両国が朝鮮に於ける経済的利権をめぐって激しい対立を示すようになり、それがやがて、日清戦争の直接の原因となっていく。

開国後の朝鮮の政治は外国の経済的侵略をほしいままにさせ、政府は無為無策で、腐敗堕落していた。貿易の輸入超過の支出のすべては農民の肩に過重な税金として転嫁される。その上日本の商人は、朝鮮の土地にまだ所有権が確立されていないのにつけこみ、非常識に安い値でそれを片っ端から買収し、高利の金を貸しつけて土地をとりあげていった。

その頃、民衆の不安を救うために創始された朝鮮独自の宗教である東学《とうがく》は、政府の苛酷な迫害を受けながらも次第に確実に、教徒を増やしつづけていた。単なる宗教団体から発展して、政治意識を持つようになり、李朝政治の腐敗堕落に苦しめられていた民衆は、こぞって東学にはせ参じるようになっていた。やがて貪官汚吏の代表といわれた悪徳郡守、趙秉甲《ちょうへいこう》を襲うことに端を発した東学乱(甲午《こうご》農民戦争)が、農民によって起され、それはたちまち野火のように南鮮にひろがり、京城まで進攻してくる勢いだった。

閔氏の政府はあわてて、清に東学反乱軍の鎮圧を依頼した。その報を察知した日本は清軍の到着前に、すでに京城に軍隊五千名を入城させていた。天津条約をたてにとり居留民保護がその口実であった。数千の清軍が応援に来た時は、日本も軍隊を仁川に上陸させ、京城、仁川間に布陣している。東学は京城で日本軍と官軍に迎え討たれ、大敗し、主領の全琫準《ぜんほうじゅん》は死刑に処せられた。ひとまず東学乱を鎮圧した後も、日本軍と清軍は一向に朝鮮から撤退しようとはせず、激しい対立を見せて牽制しあっていたが、日本側が朝鮮の内政に干渉し、宮中に押し入り、閔氏を追いだし、開化党内閣を組織し侵略意図を露骨にしたことから、ついに日清両国の戦争に火がついてしまった。

自力で国土を守る能力のない哀れな朝鮮の利権をめぐっての、二つの侵略国の争いは、八月一日の宣戦布告から翌二月まで、わずか半年で勝負が決し、日清戦争は日本の勝利に帰した。

一八九五年(明治二十八年)四月、下関で伊藤博文と李鴻章によって、下関条約が締結されたが、この条文の中に、またしても朝鮮が完全な自主独立国であるとあげられている。しかし、これもまた、江華島条約の時と同様、朝鮮から清の勢力を掃蕩《そうとう》し、独占的に朝鮮を支配するに必要な野望の擬装とみられている。

下関条約は、締結後一週間もたたないうちに、ロシア、フランス、ドイツの三国干渉の憂目に逢い、せっかく得た遼東半島もみすみす清に還付してしまった。この事実を、日本がまだ、世界の列強の前には無力な存在である証しとみてとった朝鮮は、たちまち勇気づき、度をこした日本の内政干渉に、強く反抗を示しはじめた。しかし相変らず自主独立の自信のない朝鮮は、この時もまた、後楯にロシアという虎の威を借りなければならなかった。

日本側はこうした朝鮮の態度にいらだち、日本の公司三浦梧楼は、一八九五年十月、宮中へ軍隊を乱入させ、閔妃を殺害、死体に石油をまいて焼き、松山に埋めた上、親日派内閣をつくり断髪令を発した。このクーデターは内攻していた国民の激憤と抗日気分をいやが上にもあおりたてた。排日思想はいよいよ露骨になり、逆比例して国民は親露的になっていく。日本にとってはせっかく追い払った清にとってかわって、更に強力なロシアを敵に、朝鮮の利権争いをしなければならなくなったのである。

日露戦争の直接の原因は、中国におこった義和団事件の時、ロシアが大軍を発して満州を占領したことに端を発しているが、源は日、露の朝鮮に於ける利権争いが遠因になっていたのは日清戦争の時と同様であった。

日露の開戦を見るなり、韓国政府はあわてて局外中立を宣言したが、実力のない国の中立など許される筈もない。日本は開戦と同時に、韓国の土地を軍用地として占領し、一九〇四年二月には、韓国政府に日韓議定書の調印をさせている。

この条約は、韓国は、自国の政治に対する日本の発言権および、軍用地としての韓国土地使用権を認めること。韓国は、日本の承認なくしては、第三国と自由に条約を結ぶことが出来ない。といったような国辱的な内容のものであった。

同年八月には、更に第一次日韓協約を結び、財政顧問に目賀田種太郎、外交顧問に、日本政府が推薦した米国人スティーブンを送りこみ、朝鮮の財政共に、直接支配しようとする体制を整えた。

日露戦争は日本の勝利に帰し、その結果、ポーツマス講和条約において、第一に、ロシアは、韓国における日本の政治、軍事、経済上の特権を承認するということが定められ、ついに日本が韓国の独占的支配を掌中に収めることになった。

これまでの議定書や度重なる条約で、韓国はすでに日本の完全な被保護国となっていたが、日本はそれだけではあきたらず、更に徹底的に韓国を自国の支配下に屈伏させずにはおかなかった。

一九〇五年(明治三十八年)十一月、伊藤博文が派韓され、第二次日韓協約(乙巳保護条

約)を締結している。物々しく武装した日本軍に包囲された王宮の中で強圧的にその調印は行われ、首相の韓圭卨《かんけいか》と、度支部大臣閔泳綺だけが反対し、他の閣僚はすべて伊藤博文の強圧に屈伏し唯々諾々と賛成した。その時国王高宗は病気で欠席、首相は激憤の余り途中で倒れ、二人の欠席のまま調印された。

第一条(大要)　日本政府は在東京外務省を通して、今後韓国の外交関係および事務を監理、指導し、日本の外交代表および領事は、外国在留の韓国臣民およびその利益を保護する。

第二条(大要)　日本政府は、韓国と他国との間に現存する条約の実行を完遂する任務があり、韓国政府は、今後日本政府の仲介を経ない、国際的性質をおびたいかなる条約あるいは約束を、締結しない。

第三条(大要)　日本政府は、その代表者として、皇帝の闕下《けっか》に一名の統監をおき、統監は外交に関する事務を管理するために、京城に駐在して、自由に皇帝に内謁する権利をもつ。日本政府の必要とする地におかれた理事官は統監の指揮をうけて、従来、在韓国日本領事に属していた一切の職権を執行するとともに、本協約の条款《じょうかん》を完全に実行するための、必要な一切の事務を管理する。

第四条(大要)　日本と韓国との間に現存する条約および約束は、本協約の条款に牴《てい》触《しょく》しない限り、すべてその効力を継続するものとする。

第五条(大要)　日本政府は、韓国皇室の安寧と尊厳を維持することを保証する。

この屈辱的な協約によって韓国は事実上、日本の属国となり下った。この協約が寝耳に水の国民に発表されると、国民の憤激は押える所を知らず、こんな売国的調印をした朴斉純の家は、その日のうちに焼き払われ、商店街は一せいに大戸をおろし、民衆は街頭に集結した。

日を逐《お》うにつれ、旧廷臣が王宮の前で自決するとか、国を売った大臣たちを次々個人テロで襲撃するとかの形で、不満と怒りが表現され、抵抗の根深さが示される。その外、各地で義兵がおこり武装蜂起して日本および売国内閣打倒を叫んで暴動を起した。

一方知識階級から民族意識に目覚め、国民の啓蒙運動に力をそそぎ、外侵を防ぎ、民権と国家の独立を目ざす抗日愛国運動が起ってきた。

一九〇七年(明治四十年)五月、統監府は、朴斉純内閣をつぶし、李完用内閣を組織させた。李完用は乙巳保護条約の時、率先して賛成し学部大臣の席を得た人間で、閣僚中でも最たる親日派であり売国奴であった。高宗は李完用が総理大臣になることに反対だったが、伊藤博文は高宗の意志を無視し通した。

同年六月、オランダのハーグで第二回万国平和会議が開催されたが、高宗はその席に、李儁《りしゅん》、李相卨《りそうか》、李琦鐘《りきしょう》の三人の密使を派遣し、日本の朝鮮における圧政ぶりを告発し、韓国の苦境を訴え、国際的な援助をあおごうとした。しかし、会議側は、韓国はすでに日本の保護国であるという観点に立ち、この悲痛な駈込訴えはとりあげられなかった。李儁は憤激のあまり発病し、ハーグで憤死している。

この事件を知るなり、伊藤博文はただちに軍隊を動員して王宮を包囲し、高宗に退位を迫った。高宗は止むなく次男の純宗に譲位して身をひかざるをえなかった。

七月十八日、譲位が決定された夜は反日の民衆が鐘路の大通りを埋めつくし、二千名の示威行進が行われ、李完用の家は焼き払われた。民衆はまた慶運宮の大漢門前に集合し、高宗譲位反対を絶叫しつづけた。鐘路の交番も火を放たれた。

伊藤博文は危険を感じ、日本人街の倭城倶楽部に身をかくしている李完用に、またしても新しい条約の公文書を手渡した。高宗譲位後わずか四日しか経ていない七月二十四日のことである。その翌日、李完用は一字の訂正もなく、その条約に調印した。

第三次日韓協約(丁未七条約)(大要)

第一条　韓国政府は施政改善に関して統監の指導を受けること。

第二条　韓国政府の法令制定および重要な行政上の処分は、あらかじめ統監の承認を受けること。

第三条　韓国の司法事務は、普通行政事務とこれを区別すること。
第四条　韓国の高等官吏の任免は、統監の同意をえなければならないこと。
第五条　韓国政府は、統監の推薦する日本人を韓国の官吏に任命すること。
第六条　韓国政府は、統監の同意なしには外国の官吏を招聘しないこと。
第七条　一九〇四年八月二十二日調印の日韓協約第一項は、これを廃止すること。

この外に、韓国軍隊の解散、司法権の委任、各部次官の日本人採用、警察権の委任などの秘密措置書もあった。

一八七六年の江華島条約以来、条約を結ぶ度に、その条件は、日本の侵略意図を露骨にあらわしてきている。ここに至っては、もう韓国は、事実上の日本の植民地と化している。

軍隊を失い、司法権を奪われ、羽も足もむしりとられた瀕死の窮鳥韓国に日本は最後のとどめを刺すことをおこたらなかった。即ち一九一〇年八月二十二日、日韓併合の条約が結ばれ、二十九日、それが発表された。ここに至って李朝五百年の歴史は幕をとじたのであった。

しかし、これほどの侵略を受けて、国民が抗日意識と復仇の念を燃やさずにいる筈はない。

軍隊解散の日に、大隊長朴性煥は、拳銃自殺で売国奴たちに抗議し、それがのろしになって、京城や各地方の軍隊が反乱をおこし抗戦した。海外でも、抗日活動は活発になっていった。

日韓併合に先だって一九〇八年には、韓国政府の外交顧問であったスティーブンが、サンフランシスコで、日本の保護政治を弁護したことから、田明雲と張仁煥に殺害され、その翌年、一九〇九年十月二十六日には、伊藤博文がハルビン駅のプラットフォームで安重根に射殺されている。伊藤博文はこの時、すでに統監は辞し、曽禰荒助にその地位をゆずっていたが、韓国人にとっては、博文こそ、韓国をここまで貶《おとし》めた元凶と考えるのは当然であった。韓国民は安重根に義士の名を冠してその挙を語り伝えている。

併合後の日本の統治が、韓国にとって如何に苛酷を極めたかは、これまでの日本のやり口から見ても想像に余るものがある。事実、曽禰にかわって、併合時から統監になった寺内正毅は、憲兵制度と警察制度を強化し、朝鮮総督府を設置して、韓国からあらゆる民族的なものはすべて抹殺する方針をとった。新聞や一般出版物にも、苛酷な言論統制政策をとり、教育にも、私立学校で反日の民族意識を教えることを怖れ、教科書使用に法的制裁を加え、植民地教育の露骨な政策は日を逐うて顕著になっていった。

経済方面でも、東洋拓殖株式会社という農業国策会社をつくり、韓国の全土地をほしいままに管理させ、強奪させた。

一、土地所有者は、朝鮮総督府が定めた期限内に、土地調査局へ申告することを要す。
二、土地所有者または賃借人、その他の管理人は、朝鮮総督府が定めた期限内に、その土地の四囲の境界に民有地は所有者の姓名、国有地は保管庁名を記載した標識をせねばならぬ。
三、土地所有者の権利は、査定あるいは裁判で確定する。
大体、こんな順序で、土地調査を推しすすめていく。当時、韓国では、土地所有権が法的にあいまいだったので、収租権を持つ両班《ヤンバン》(貴族金持層)には有利であったが、字もろくに書けない上、面倒な手続などにいたって不得手な農民たちは、うろうろしている間にたちまち、期限がすぎている。それに申告したら多額な税金を課されるという流言がまことしやかに流されていた。気がついたら、すでに土地は没収されていて、後は泣いてもわめいても手に戻ることはないのだった。こうして、土地はどしどし日本人の名義になっていき、名義人が所有するという法律によって、全国的に朝鮮人の手から奪われていった。また禿山を没収するという法律をつくり、日本人に植林を奨励し、一定の期限内に一定の植林をした日本人に、その山を下付してしまった。

一方、日本人は高利貸をする者が多く、朝鮮人に金を貸しつけ、無学なのに乗じ、土地や家を担保にとり、わずかの貸金に、莫大な利子を設け、期限がきれると情容赦なく、土地、家屋を没収していった。

土地を没収された農民が憲兵隊に訴えても無駄であった。かえって袋叩きの目にあって半死半生で放り出されるのがおちである。

あの手、この手で土地を奪われつくした農民たちは、日本人の小作人におちぶれるか、住む家も失い、故郷を後に流浪の旅に出ていくしかなかった。朝鮮人労働者が、日本へ流入してきたのは、こうして追いつめられた流浪の農民たちが多かった。

一九一六年には東洋拓殖株式会社の所有土地は、一〇万四、二八〇町歩に及び、農耕地を奪われ、日本人の小作人に転落した農民は三三万一、七四八名に及んでいた。

一九一九年(大正八年)三月一日に起った所謂、三・一運動と呼ばれる全国的な独立運動蜂起の背景には、こういう日本の言語に絶した弾圧政治の黒い歴史の頁が開かれていたのであった。

たまたま、第一次世界大戦の講和会議で、米大統領ウィルソンが民族自決、民族解放、非賠償、非併合等、十四条を提唱した。それを聞いた韓国の民衆たちは強い刺戟を受け、将《まさ》に民族独立の機は熟したと勇躍した。

またその頃東京留学生たちが二月八日、神田猿楽町の朝鮮キリスト教青年会館に約六百名集合し、その席で独立宣言書を発表し、独立万歳を高らかに叫んだ。このことが韓国にも伝わり、韓国の志士を発憤させ激励した。

更に一月二十二日、突如急逝した高宗の死因をめぐって、自殺だとか、他殺だとかの黒い噂が飛びはじめた。かつて閔妃を殺害した日本だから、高宗殺しもやりかねないといという見解もなりたつし、死体に赤斑がみられた等、まことしやかに流布する噂があった。高宗の急死は熟しきっていた独立革命の導火線につける火の役目をした。

天道教首孫秉熙《そんへいき》をはじめ天道教徒十五、キリスト教徒十六、仏教徒二、合計三十三人の同志が図り、独立宣言文を用意し、高宗の国葬のある三月一日に、京城に民衆が集る機を捉え、宣言文を発表、日本政府、総督府、米国大統領、講和会議に、意見書や請願書を送ることを決議した。

宣言文の発表は、三月一日午後二時、パゴダ公園で行い、民衆に示威行進をうながすという予定であった。しかし、この案は二月二十八日の最終打合せ会で改訂され、パゴダ公園をとりやめ、明月館支店で宣言し、宣言後は一同国士として、無抵抗に縛《ばく》に就《つ》こうという計画に変更した。

在京の学生たちも、独立宣言の準備をしていたが、指導者たちの秘密の連絡を受け、孫秉熙たちの行動に合流しようという計画をたてていた。

愈々《いよいよ》三月一日、高宗国葬の日は訪れ、午後二時には、パゴダ公園はどこから集るともしれぬ人々で立錐の余地がないほど群衆でみちあふれていた。京城中の中学程度以上の官私立学校の生徒はほとんど全部同盟休校して公園に集結していたのである。学生たちは学校でそれぞれ、今日はじめて独立宣言のあることを聞かされて、示威運動に参加するつもりで駈けつけたのだから、誰も皆、頬を紅潮させ、瞳は緊張と決意と期待と一抹の不安で灯をともしたように輝いていた。明月館支店楼上で、三十三名の代表者の宣言が予定通り厳粛に行われた同時刻、パゴダ公園の群衆の中から一人の青年が、小高い壇上にかけ上った。それまで口々に何か騒ぎあった群衆は一瞬風がおちたように静かになった。

青年は一葉の印刷物をとりだし、胸の前に高くかかげた。群衆は固唾《かたず》をのみ、青年の行動を見守った。

その時青年の声が凜々《りんりん》と人々の頭上にひびいた。

「朝鮮独立宣言書

我が朝鮮民族は民族の独立を宣言し、民族の自由を宣言し、民族の正義を宣言し、民族の人道を宣言する……」

群衆はあまりの感動にしわぶきひとつ洩らさなかった。天日の下に、かくも大胆な宣言文が読みあげられている。これは夢か、夢ならば悪夢か。正夢か。

朗読のすすむにつれ、独立宣言は「最も光栄ある吾人の権利である。世界の大勢と正義に基づく要求、何ものも之を阻止することを許さないものだ」と力強いことばで宣せられていく。

群衆は、そうだ、我々は今こそ確かに独立したのだ。日本の手から解放されるのだと信じるようになっていた。

宣言文を読み終ると、青年は更に声を大にして叫んだ。

「我国は、只今ここに独立国となったのである。我等同胞は双手をあげて独立万歳を高らかに唱えよう」

つげるなり宣言文を片手にしたまま、青年は両手を天にむかってあげ、高らかな声をはりあげた。

「大韓国独立万歳！」

それにおくれまいと群衆はいっせいに双手をのばし口々に絶叫した。

「朝鮮独立万歳」

「万歳」

「万歳」

声はパゴダ公園の塀にこだまし、天にとどろき、公園の外の道路まで天雷のようにひびきわたる。

興奮に包まれた群衆はそこから誰の指導ということなく、学生を先頭にして、市街にデモ行進へと繰りだしていった。彼等は歓喜に顔を輝かせ、目に涙を光らせながら、熱狂的に「朝鮮独立万歳」を叫びつづけていた。

叫びながら、何ごとかと立ち止って眺める同胞にむかって、口々に、

「朝鮮は独立したんだよ。たった今、宣言したんだ。さあ、一緒に万歳を叫んで、歩こう」

と呼びかける。最初は意味がわからず、もじもじしたり、きょとんとしていた市民も、次第に独立万歳の嵐にまきこまれ、思わず知らず、そのことばを口にしていた。一度口にすると、それは何という喜びにあふれることばだっただろう。こんなことを、こんな大声で誰はばからずこの青天の大道で力いっぱい叫べるとは。これこそ、朝鮮が独立したという何よりの証しではないか。

人々は次第に一人加わり、二人加わりして、行列の数は、たちまちふくれあがっていく。川が流れるにつれ肥り、川幅を拡げるように人波はふくれあがっていく。

東大門から西大門に、鐘路から南大門にと、今は老人も女も、子供もその渦の中にまきこまれていた。人々は家々の中からはだしでとびだしてきて、若者と腕を組んだ。腰の曲った老婆も、泣きながら手を振り、足をあげ絶叫する。

「大韓独立万歳！」

デモ隊の一群は、高宗の柩《ひつぎ》が安置されている徳寿宮に向い、他の一群は各国領事館に向けて行進し、第三群は総督府めざして進んでいった。午後三時から四時にかけては、大群衆の数は何万か何十万かもはや数えることが出来なかった。

日本側はこの事態に急遽、歩兵三中隊、騎兵一小隊を出して鎮圧の挙に出た。午後七時になって、人々は街路から消え漸く京城は静かになった。

朝鮮の各地でもこの日を期して独立宣言がされ、平安道、南北道、咸鏡南道等で、京城と同時に人民が蜂起した。指導者の方針が徹底していたせいであった。


梁氏は私を最後にパゴダ公園に案内してくれた。

大道に面してすぐ門があり、門の左右にさほど高くない塀がのびてめぐっている。たまたま晴れた日曜日の午後であったせいか、一歩門内に入ると、三々五々群れつどっている人々が公園を愉しそうに逍遥している。子供たちはボールを持って疳高《かんだか》い声をあげ走り廻っている。

老人はベンチで煙管《キセル》をつかい、赤ん坊は乳母車の中に眠っている。女は編物に余念がなく、若者たちは腕を組み、肩をよせ、恋を語っているカップルもあれば、車座になって歌を歌っている仲間もある。花壇には花々があふれ、泉の水は陽にきらめいている。樹も草も燃えるような緑につつまれて、それらの人々の上にやわらかな緑陰を送っていた。

「のどかですねえ」

私は思わず感慨をこめていった。パゴダ公園をぜひみたいと梁氏に頼んだ時から、私はそこに立って先ず何を感じるかやや緊張していたからであった。

「せまいんですねえ」

私はつづいていった。梁氏はけげんそうな顔で私をふりむいた。

「私、パゴダ公園って、もっともっと、広い公園、たとえば日比谷公園くらいを想像していたんです。そこにあふれる群衆を想い描いていたんです」

この小ぢんまりした中庭のような公園ではせいぜい千人も入ればいっぱいになりそうな気がした。公園の真中には、独立宣言の銅像が建っている。その公園で和服の人間は私一人であった。人々の目が物珍しそうに私の和服に注がれているのを感じる。それは執拗すぎるほど、ねばっこく私を追ってくる。

公園をめぐっている塀の壁は、いっぱいに彫刻がほどこされていて、それがすべて独立運動を弾圧する日本人の暴虐ぶりをあらわしたものなのであった。騎兵が馬上から銃剣で老人を突き殺しているのや、女をなぐりつけているのや、馬に蹴り倒されてうめいている人間や、日本兵に刃向っていく決死の形相の韓国の学生等、どのひとつを見ても日本人の暴虐ぶりが描かれていないものはない。目をおおいたくなるような残酷図ばかりであった。

私たちは公園をゆっくり一廻りして外に出た。再び車に乗るとすぐ梁氏がちょっとためらった声でいわれた。

「公園でみんながあなたの着物を見ていたでしょう。あれは口々に何とかかとか悪口いってたのですよ。やっぱり、まだ着物を見るとすぐ、日本を思い、日本というと、昔の弾圧された記憶がよみがえってくるんでしょうね。しかし、着物にあれほど悪意を抱いているとは私もしらなかった」

「若い人たちは、どうですか」

「いや、若い人たちは珍しがってみていたですよ。おそらく、和服の女の人をまぢかではみたことがなかったでしょうから」

「失敗しましたね。実は、洋服で来ようと思ったんですけど、ふと、出発まぎわに、朝鮮は今や、外国なんだからと思って国際的な敬意を払うつもりで民族服を着て来ようという気になったんですよ」

「気にしないで下さい、失礼なことといってしまって。あなたは朝鮮語がわからないのだから、黙っていたらよかったのかな」

梁氏は考えこむように黙りこんでしまった。

しばらく車が走りつづけた時、梁氏がふと窓外を指さした。

「ほら、あの道の角の、白い塀の邸が見えますでしょう。あれが私の生れた邸でした。町中で便利で広くてよかったんですが、朝鮮戦争の時、すっかり貧乏してしまって、祖先から伝わったあの家を売ってしまったのです。あの邸にいた時、朴烈がよく来ました。共産軍が入ってきて、人民裁判が至るところの広場で行われていた頃です。私はその頃も、表だっては何もしていなかったので大丈夫だったんですが、朴烈は現役の政治家でしたから、とても危険だったのです。捕まったら殺されるだろうというので、私たちはみんな逃そうとしたがきかない。とにかく、家族のことを頼むといって帰っていったんです。その時が見おさめでした。その晩か、翌日、彼は共産軍に捕まったらしいのです。どうやら北鮮では軟禁されながらもまだ生きているらしいですがね。ええ、もう全く、何の消息もわかりません。朴烈の二度めの奥さんが、立派に朴烈の子供を育てて、その頃は小さかったのに、もう長男は陸軍士官学校を出て、韓国の軍人になって相当い い地位におかれているのですよ」

朝鮮戦争の後で、朝鮮が二つに分れて以来、親子、夫婦が、それぞれ別れ別れになって北部と南部で音信不通のまま暮しているのは数知れないと、梁氏は暗い口調で語るのだった。

あれほど呪った日本の三十六年という長い支配をようやく逃れたと思ったのも束の間、またしても二つの外国勢力の干渉を受け、国を二つにひきさかれ、肉親と敵味方に別れ、悲劇的な運命をたどらねばならない朝鮮とは何という国なのか。

その夜私は陸氏や梁氏の心づくしの晩餐の席に招待されていった。

土塀で囲まれた、瓦屋根の低い平屋の純朝鮮風建物の料理屋は、けばけばしいところがなく、まるで、しもたやのような感じの家構えであった。

門を入ると三つの棟がせまい中庭を囲んで向いあっていた。そこには昼間出迎えてくれた人たちの外に、生涯のほとんどを外国に亡命ばかりして暮してきたという老革命家と、慶応に学んだという詩人と、二人の女流作家がいて私を歓迎してくれるのだった。テーブルの上いっぱいにあふれるほど皿数の並ぶ朝鮮料理を御馳走になりながら、私は不思議な感慨にひきこまれずにはいられなかった。外国暮しの多かった老革命家を除いて他の人たちはすべて日本語が話せる。つまりは日本の支配下で育った人たちなのだ。一座の中では若い女流作家の朴順女さんは、民族意識にめざめたのは、女学校へ上った頃からだと話してくれる。

順女さんより更に若い朴基媛さんは、家族はすべて北鮮にいて音信不通という悲劇的な人だが、小学校の時、解放を迎えたので、反日抗争のことは話で聞いたり、本で読んだりして歴史として理解しているがさほど実感がないという。

今、二人が最も熱をこめて嫌悪と憎悪の表情を浮べて語るのは共産軍のソウル侵攻の後の恐怖の思い出であった。

二人ともそれぞれに美しく知的で魅力的な人妻であった。朴順女さんは母でさえあった。私はこの異国人である二人の同業の女性の容姿を見ながら、どうしても二人が自分と異なる人種の人であるとは思えなくなってきた。皮膚の色も髪の色も、顔立も、そして軀つきも、日本人と朝鮮人はどうしてよくもこうまで似ているのだろうか。それは戦争中、北京で何年か暮した時も感じたことであったが、これよりいっそう朝鮮人と日本人の酷似を痛感せずにはいられなかった。

金子文子が、朝鮮人に対して、何等軽蔑の念も抱かないと同様尊敬もしないといい、全くその言動に差別感がなかったのを思い出さずにはいられなかった。

私は十年の知己のように打ちとけきって、談笑してくれるこの一座の人々が、私が朴烈と文子について書いているというだけで私にこれほどの信頼と親愛を抱いて接してくれることが不思議に思われてきた。人と人との結びつきはただ縁と呼ぶしかない気持に捕えられてきた。

朴烈の甥の朴炯来氏は一座の中で最も無口でおとなしい。陸洪均氏が一番愉快で快活でユーモラスだった。

「文子さんはね、あれは女じゃなかったなあ」

突然、陸氏が大きな声をはりあげる。

「たとえばね、あんたたち三人は、とにかく女に見えるでしょう、まだ男の気持をそそるところがなきにしもあらずだ」

私たち女三人は声を出して笑った。

「しかしだね、金子文子という人は一緒にざこ寝《ね》しても全く女を感じないたぐいの人物だよ。ぼくはあの夫婦としばらく一緒に暮したんだから実感だ。ぼくの知るかぎり、あの夫婦はおよそ夫婦らしい睦言《むつごと》なんぞなかったね。実にさっぱりあっけらかんとした仲だった。あれで一緒に寝てたかと思うね、少なくとも朴烈は大して惚れていなかったようだ。何しろ、文子さんの料理ときたら、よくもあんな不味《まず》いものがつくれると思われるほど天才的に下手くそだったよ。彼女のつくるカレーライスなんぞときたら……」

陸氏がその不味さを剽軽《ひょうきん》な表情であらわそうとするので、私たちはお腹をよじって笑いころげてしまった。

「でも栗原さんは、魅力的だったとおっしゃいましたよ。新山初代よりいいって」

「何の、栗原が。おかしいよ。絶対、そんな魅力などということばには無縁の人だった。掃除もしないし、料理もだめ、裁縫もだめ、とりえなし」

「陸さん、文子さんをくどいてふられたんではないの、悪口に情熱がこもりすぎてるよ」

梁氏がやんわりと水をさす。

「いや絶対、あんなのこっちから願い下げだ」

顔の前で手を振りながら、しかし陸氏は、文子の話がこうして多勢に向って出来ることが嬉しくてたまらないように、好々爺然《こうこうやぜん》とした表情に相好を崩しきっていた。

その翌朝、午前八時に、もう陸氏の一行がホテルのロビーに集ってくれていた。陸洪均氏、梁熙錫氏、朴炯来氏の三人に、金さんという中年の婦人が一緒だった。陸氏が、金さんを私に紹介して、自分の知人で、今日、車を貸してくれる人だという。金さんは、車だけを貸すつもりでホテルへ来たが、皆の話を聞いていたら、自分も、今日の一行に加わっていきたくなったという。芙江まで列車で行って、そこから車を雇うことは出来ないかといってみたが、とても芙江では車にありつけないというので、金さんのお世話になることになった。

金さんの御主人は運送会社を経営している若い実業家だということだった。何でも、昔、陸氏が、金さんのために何か面倒をみたことがあるとかで、そのことを恩に感じ、金夫妻は今でも、陸氏のためなら、献身的に奉仕してはばからないのだと、梁氏がそっと説明してくれた。韓国人のそういう義理堅さは、中国人にも共通のものがあった。おそらく、東洋の儒教的道徳からきている義理だろうけれど、日本でも昔はそういう恩義に感じるのを美徳とされていたが、現在では、全くそんな古風な恩返しの風習などはすたれきっているので、私は非常に珍しい爽やかなものを見るような想いがした。

車に六人すしづめに乗りこみ、早速ソウルを出発した。まだ朝が早いので、ラッシュとまではいかないが、そろそろ通勤の人々が路上にあふれはじめている。私たちは最初、駅前の市場へ寄り、まず私のズックの運動靴を買った。朴烈の里のお墓のあるあたりは、とても大変な山道で、草履などでは歩けたものではないというのである。金さんが、私の足をじっと目算しただけで、ぴたりと合うズック靴と、白いソックスを買いととのえてきてくれる。

車はそこから真直、真新しい軍用道路に出た。日本にもまだ見当らないような幅の広い、立派な道路が地平の涯《はて》まで南に向って、ひたすらのびている。アメリカ軍の置土産だというその道路が南下した極は、釜山まで達しているのだそうだ。

たまたま革命記念日だということで、革命戦士の墓のまわりには、失った家族たちへの墓参りに来たという人が、長蛇の列をつくっていた。墓の入口で口々にやかましく、物売りが人々を呼び集めている。参詣人は女と子供と老人が目立つ。どの人もみな美しく着飾り、墓参というより行楽気分に浮かれたような顔付をしている。女の朝鮮服の色彩が、晴れた初夏の陽光の下で花畠のように揺れている。

物売りは、花売りと、アイスクリーム売りが多い。花売りは花を手押車に積んでいるのもあれば、頭の籠に載せているのもあり、中には手にもう売れてしまったのか、わずか数本を持って、必死に参詣人に追いすがり押売りしている少女もある。

墓地は広々と整地され、その一画が公園のようになっていた。門の左右には蜿蜒《えんえん》と自家用車が列をつくっている。

道はどこまでも涯しなくのびていく。鉛色の砥石《といし》のようになめらかな道は、青い水田の中をすい速く切りさいて走る。広い道がもったいないほど、追い抜く車も、向ってくる車もほとんどない。道の左右の水田では、所々田植をしている。女たちが笠をかぶり、一列に並び歌を歌っているのだろう。中の一人は苗を持たず、列の外に立って手拍子をとっており、一様に尻をもちあげてうつむいた女たちは、踊りのふりのようにきれいに揃った手つきで苗を植えている。日本の田植とそっくりののどかな眺めだった。私が田植に見惚れているのを見て、反対側の窓ぎわの陸氏が私の心の中を見抜いたように話しかける。

「そっくりでしょう、日本の田舎と。そっくりのはずだものね、水田法だって、米をつくることだって、朝鮮が日本に教えたんですからね。日本の文化の元をさぐっていくと、大抵のことはほとんど朝鮮から入っていますよ。日本は朝鮮から学ぶだけ学んで、恩を仇《あだ》でかえしたんだな」

そういう話になると、陸氏の温顔にも赤く血が上り、声が怒りにふるえてくる。しかし私はもう昨日から馴れていた。こういう時、決して、私自身は日本人という列から外されていて、彼等の怒りの対象にはなっていないのを理解していたから、安心して聞いていられた。

「閑《のど》かですねえ、それに何と広いんでしょう」

私は心から感嘆した。天気のいいせいか、空気の澄んでいるせいか、空も田園の緑もすべて色が洗いあげたようにいきいきと冴えかえっている。

どこまで走っても、ほとんど村らしいものも見当らず、ひたすら拡がりつづける畠なのだ。日本では北海道へでもいかないかぎり決して見られない風景である。

陸氏は根っから陽気でユーモラスな人らしく、長い車中、私を退屈させまいとして次から次へいろんな話題をみつけて話してくれる。

昨夜のつづきで、文子が如何に色気のない女だったかが話題になる。

「しかし、あれでも、男は朴烈だけじゃなかったのが不思議だなあ」

陸氏と私の間にはさまっている梁氏が、やはり昨夜のつづきの口調で陸氏をからかうのだ。

「相手にされなかったのが陸さんだけじゃないの」

「とんでもない、こっちからごめんだよ。まあ、聞きなさい、文子にはね、あれでクリスチャンの若い男がいてね」

「救世軍の斎藤音松でしょう」

私がいった。

「そうそう、小ちゃな鼠みたいな男だったよ。ぼくたちが一緒に暮していた頃、二度ばかり、音松が文子さんを訪ねてきたな、台所口へ来るんだな。文子さんは音松が来ると、財布を持ってそそくさと出ていって、すぐ家から連れだして、どこかへ出かけて、まもなくひとりで帰ってきていた。いつでも朴の留守だったから、あらかじめ、文子さんが連絡して呼ぶのかもしれない。ぼくに、あれは私のもとの恋人なのよといっていた。そして朴烈には来たこと内緒にしてくれといっていたな。見た感じでは音松に文子さんが金をやってたらしい」

前の席に運転手と金さんにはさまれて坐っていた朴炯来氏が、ゆっくりふりむいて、

「婚礼です」

と私にいう。朴氏の指さす方を見ると、畠の中の一軒の家から、今、花嫁の行列が出ようとするところであった。赤や青の布に、房のついた幟《のぼり》のようなものを何本も人が持ち、古風な赤い花嫁衣裳を身につけたお嫁さんを中にして、廻りの者もそれぞれ、緑の田園に映えるくっきりした原色の朝鮮の礼服に身を包み、一かたまりになっていた。まだ、出発の準備が整わず、誰かを待っているという状態らしい。そこは小さな村落で、点々と農家がちらばっているが、どの家も煉瓦やブロックで固めた清潔なさっぱりした家構えだった。

畠の中を歩いて行くくらいだから、婚家は村の中なのかもしれない。今ではもう、珍しく、古風な結婚式だと朴さんがつぶやく。

結婚式を見たことから、陸氏が自分の結婚の話を思いだしたようにしてくれる。六歳の時、陸氏は親たちの勝手な取りきめで結婚させられた。花嫁は十三歳だった。小さな花聟《はなむこ》は、結婚の意味もわからず、美しい礼服を着せられ結婚式に臨んだ。大人たちが、

上座に並べられた小さな夫婦を見て、人形のように可愛らしいじゃないかといいながら祝宴を開いている。そのうち花聟は退屈で、眠くてたまらなくなった。花嫁は石のようにおとなしくしている。無表情で冷たくて、何の親しみも感じない。

眠くなったと、小さな花聟が母に訴えると、客たちがどっと哄笑した。わけのわからない卑猥なことばに送られて、花聟はようやくその座からつれ出してもらえた。いつもの、母と一緒の寝床に入れるのだと思うと、別棟の方へつれていかれる。間もなく花嫁が別の大人につれられて入ってきた。今夜から、このお姉さんと一緒に寝るのですよと大人たちにいくらいい聞かされても小さな花聟は納得しない。

「いやだい、お母さんと寝るんだよう、お母さあん、お母さん、どこへいったのよう、早く来てよう」

花聟がいくら呼んでも叫んでも母はあらわれない。とうとう心細さと、不安と怖ろしさがいりまじり、花聟は大声をあげて泣きだしてしまった。大人たちは手を焼きながら、この聞きわけのない花聟をなだめようとして、すかしたりおどしたりしつづけた。

「それ以来、ぼくは夜が来るのが本当に嫌だった。ぼくはどうして、好きな母と、こんな形で残酷に引き離されるのか、全く理由がわからない。そのうち、何でも、この女のために自分は母と引き離されたんだと思うと、妻にされた少女が憎しみの的になってくる。ちっとも好きでないタイプの上、恨みが重なるのだから、およそ親愛感などわいて来ない。相手はもう結婚というわけもわかっていたかもしれないが、ぼくにそれを説明しなだめるだけの才覚もない。

学校へ上ると、ぼくのような妻帯者はざらにいるのだから、何でもなくなった。もちろん、本当の夫婦生活に入ったのなどはずいぶん後のことだったが、好奇心にそそのかされ、傍に彼女がいたというだけのことで、何の感激も愛情もあったわけじゃない。当時の朝鮮は、そういう早婚がむやみに多かったし、それが普通だったんですよ。金持の大人たちは、そういう小さな夫婦の雛型を並べて、愉しむという一種の遊戯みたいな気持もあったんです。たしか、日本の源氏物語にもそんな描写があったように思いますね」

陸氏より一世代若い梁氏は、もう日本の大学を出た現夫人が初婚だという。朴烈は、朝鮮に妻はいなかったのかと訊いたら、朴炯来氏がふりむいて、結婚はしていなかった、文子さんがはじめての妻だと答えた。朴烈の家は、子供を結婚させ、雛型を見て喜びあうような、余裕のある金持の家ではなかったのだ。

陸洪均は万歳運動の時は京城にいて農林学校の学生としてそれに参加している。もうその頃、革命運動に心が向いていたので卒業試験も受けられない状態だったが、校長の好意的なはからいで卒業させてもらい、山の中の農林研究所に勤めることが出来た。十八歳だった。その時、堺利彦の訳のモリスの『ユートピア』を読み、感激して、ますます自分の思想を固めていった。民族革命のためには、こんな山の中にいては仕方がないと思い、上京した。上京後、雑司ケ谷に下宿して、新聞配達をしながら、豊島中学の四年生に籍を置いていた。

新聞配達に行くと必ず、呼びとめて、お茶をのましてくれたり、時には牛乳をくれたりする親切な家があった。目白の高台の家で、美しい母と娘が住んでいた。陸洪均はその家に寄り、優しい母親から声をかけられ、美しい娘の微笑をかいま見るのが幸せで、初恋の切なさを味わっていた。その家を出ると、早稲田の森のはるか彼方の空に富士がくっきりと望まれた。そういう間に、陸洪均は憧れの堺利彦を訪ねていった。堺利彦は留守で逢えなかったが、駿河台の労働運動社へ出入りするようになり、同胞の留学生仲間とも次第に連絡がとれるようになっていく。

陸洪均がはじめて朴烈を見たのは、大正十一年九月七日、神田美土代町の基督教青年会館で「信濃川虐殺問題大演説会」が開かれた時であった。

その頃、信濃川の水力を利用して大正十年から向う八カ年計画で大発電所を造る空前の大工事が始まっていたが、大正十一年七月末、信濃川を頻々と流れてくる朝鮮人の溺死体が下流に続々と流れついたことから端を発し、新聞に取りあげられ、事件の真相が明るみに出された。

それは妻有秋成村の大字穴藤、俗に人呼んで地獄谷といわれる作業地は大倉組が扱っていたが、このタコ部屋で言語に絶した朝鮮人工夫の虐待が行われたのである。千二百人の工夫の内、半数が朝鮮人だったが、前借四十円、一カ月六十九円の賃銀で傭い入れられた彼等は、朝は四時から、夜は八時、九時まで牛馬のようにこき使われ、食事時間以外一分も休ませられない。あまりの苛酷さに逃亡をくわだてた者は、素裸にされ、樹や天井に吊され、とび口や棍棒で叩きのめされ、血だらけになった上に塩水をかけられる。絶食などは常のことで、鉄板の上に坐らせ、砂利とセメントをかけ、水をかけて固め、身動き出来ないようにしたり、失神するくらい殴った後、雪と氷の中に坐らせ、その上に鉄板をのせる等、筆舌に絶するような虐待の上、多くの虐殺者を出した。その死体は信濃川に投げこみ証拠をいんめつしようと図った。

この事件が究明され、世論が湧きかえっている時に、この問題を主題にした講演会が開かれたのである。朴烈は金若水たちと一万枚の宣伝ビラをまいて聴衆を集めた。当日集会者は約千名、内地人、朝鮮人半々の割であった。演説はしばしば官憲の中止に遭ったが、朴烈は三番目に登壇し、最後まで演説した。

朴烈は事件のよってきたった根本を論じ、所詮、こういう悪制度は資本主義的社会組織ある限り根絶しないもので、社会制度の根本的破壊が必要であるという論旨で演説した。

陸洪均は、この後、友人につれられて朴烈を訪れて、急速に親密になり、まもなく、同居するまでになっている。陸洪均が逢った時は、朴烈はすでに文子と同棲していた。二人はその同棲を結婚と思っていた。この結婚は、最初から文子の方が積極的で実行力に富み、押しの一手でふみ切っている。

朴烈が、はじめて文子の請いをいれ、岩崎おでんやにあらわれたその晩、文子は漸く捕えた朴烈を逃すようなことはしていない。

朴烈があてがわれた煮込み豆腐や大根を物もいわず平げている間に、文子は二階へ上り、大急ぎで外出の支度をしてあらわれた。朴烈に一足先に店を出てもらい、自分も後を追うと、路地の入口で肩を並べた。電車通りに出ると、朴烈は「あなたは学校でしょう、ではさよなら」と、あっさり別れをつげ、さっさと袂を分かとうとする。

文子はあわてて、朴烈に追いすがって、明日も食事に来いと誘った。

「ありがとう、じゃいきます」

そっけなく去ったわりに、朴烈は翌日も早々に岩崎へ姿をあらわした。文子は昨日よりさらに大盛りの丼飯やお菜をあてがいながら、小声で、囁いた。

「今晩、学校の前に来て下さらない？」

「学校ってどこです」

「神田の正則よ」

「あ、わかりました、いきます」

朴烈は一粒も残さず御飯を平げると、今日もさっさと帰っていく。文子よりも食物の方に、明らかに魅力を感じているとしか思えない訪れ方である。それでもその晩、文子は約束通り、学校の前の葉の落ちつくした街路樹の下で、ぽつんと立っている朴烈を発見した。文子は前後もかえりみず、全身で駈け寄っていき、朴烈に声をかけた。

二人は人通りの少ない道ばかり歩いた。文子はもうこのチャンスを最大限に生かすことしか考えていない。黙っていれば、いつまでも永遠に黙っていそうな朴烈をうながして、通りすがりの神保町の支那料理屋へ入っていった。

三階のあたたかな小部屋に漸く二人きりになれた。ボーイが茶を運んで来、料理を二、三品注文すると、文子はわくわくしてどこから切りだそうかと胸がときめいてくる。朴烈は相変らず、何を考えているのかわからない表情で押し黙っている。料理が運ばれてくると、ほっとした表情で、物もいわずたべつづける。文子は愛する男が物を食べるのを見守るのは、何という満腹感が伴うものだろうと、自分はほとんど箸もつけず、朴烈の旺盛な食欲をひたすら見守っていた。朴烈の箸の運びが漸く鈍くなってきた頃、文子はどきどきしながら、ついに口を切った。

「あの……、ところで……、私の気持はあらかじめ鄭さんから聞いて下さってるとは思うんですけど」

いったとたん、我にもなく血がかけのぼって頬が燃えあがる。

「はあ、ちょっと」

朴烈は、大して気のない声でいい、それでも一応は箸を置き、文子の目をはじめてまじまじとみつめた。文子はもう自分が何をいっているのかわからないような、日頃の早口に輪に輪をかけた早口でまくしたてた。

「で、つまり、そのう、単刀直入にいいますけど、あなたは、そのう、配偶者がもうおありなの、いいえ、恋人でも何でも、そんな方……、もし、あの、あったら、せめて、同志としてつきあっていただけませんか」

文子は赤くなったり青くなったりして終りまでいった。

「ぼくは独身ですよ」

「えっ、そうですか、嬉しいわ。ではあの、も少し、伺いたいんです。お互いの心の中を歯に衣《きぬ》きせず、はっきりいっていいでしょう」

「もちろん」

「あの、ところで……、私は日本人です。しかし、朝鮮人に対して別に偏見はないつもりです。でもあなたは私が日本人であるため、やはり反感は捨てられないかしら」

「いや、ぼくが反感を持ち憎むのは、日本の権力階級です。一般民衆じゃありません。殊に、あなたのように珍しく何の偏見も持たない人に対しては、むしろ親愛感がわきます」

「まあ、嬉しい、ありがとう」

文子は思わず朴烈の手をとりたいような気になったが、朴烈が真面目なので、はしたないと思われそうでひかえていた。

「では、もうひとつ伺うわ、あなたは民族運動者かしら……、私、実は朝鮮に長くいたものですから、民族運動をやっている人々の気持はわかるような気がするのですけど、何といっても私は日本人ですし、朝鮮人のように日本に圧迫された事がないので、そうした人たちと一緒に、朝鮮の独立運動をする気にもなれないんです。ですから、もし、あなたが独立運動者だったら、残念だけど、私あなたと一緒になれないと思うんです」

「ぼくもかつては民族運動に加わろうとした事はあります。でも今はそうではありません」

「じゃ、あなたは全然、民族運動には反対なの」

「いや、決して。朝鮮人と生れたからには、誰だって、やりたいでしょう。しかし、ぼくにはぼくの思想があり、仕事もあります。そのため、ぼくは民族運動の戦線に立つことは出来ないんです」

文子は喜びと安心のあまり涙ぐんでいた。これ以上、自分の理想に近い男がまたとあるだろうか、これまでのどの男たちも、ただ、自分の上を気まぐれな季節風のように、通りすぎただけにすぎないように思う。自分の運命は朴烈にめぐり逢うため、この半生を生きていたのだ。あの辛い屈辱と汚辱にみちみちた半生を。文子は声を押えてようやくいった。

「私、あなたのうちに私の求めているものを見出しているんです。あなたと一緒に仕事が出来たら、ほんとに嬉しいと思います」

朴烈は大して表情を変えずむしろ冷たい声でいった。

「ぼくはつまらん者ですよ、ぼくはただ、死にきれずに生きているようなものです」

文子がその店の支払いをしようとすると、朴烈が押しとどめた。

「今日はぼくが払います。ぼく今日金持ってるんです」

朴烈は破れオーバーのポケットから、バットやしわくちゃの紙幣や、銅貨や銀貨のありたけをつかみ出して卓の上に置いた。文子は嬉しそうにそれを朴烈のポケットにかえしてやりながらほとんど歌うような声でいった。

「やっぱり私の方がお金持よ。私が払います」

ふたりはその後、たびたび逢った。いつでも文子の方から追いかけるようにして逢って貰う形だったが、朴烈もそれに素直に応じた。ふたりはもう、何のへだてもなく、あらゆることを話しあった。文子は自分の惨めな生いたちや朝鮮の苦しさを語り、朴烈のこれまでの生も知りたいと願った。

まもなく三崎町の小さな洋食屋の二階で、最後の話が成立した。

「ここまで理解しあってるんですもの、もう一緒に暮した方が、経済的だしすべてうまくいくと思うけど」

それも文子の方からいった。

「苦労しますよ。ぼくはどうせ長生きしないんだから」

「いいわ、苦労はふたりでわけあうと少しは軽くなるでしょう。あなたをもう、病気でひとりで寝かせておいたりしないわ。あなたを寒がらせたり、ひもじがらせたりは出来ないわ。私にはあなたが必要なんです。あなたも私をきっと必要になってくれると思うわ。ね、私たち、一緒に生きて、そして、一緒に死にましょう」

「文子さん」

朴烈ははじめて、文子の肩を強く引きよせた。

文子は早速、家探しに歩いた。大正十一年の五月のはじめであった。世田谷池尻に相川新作と表札の出た下駄屋があった。〝部屋貸します〟の札があったので文子は入っていった。三十すぎの小柄な妻女が店番をしていた。気のよさそうな女で、部屋を見せてくれというと、自分で二階へ案内した。

「汚いんですよ」

「あら、そうでもないわ。これなら中くらいよ」

「まあ、面白い人ね、あんた、学生さんですか」

「ええ」

「いいですね、学生さんはさっぱりして」

間代は十円だという。文子はその場で手付を二円置いて、取り決めてしまった。翌日、朴烈をつれていった。その日は主人もいた。

「おい、おめえ、二人って約束したのか」

「いえ、昨日はあの女の学生さんだけだったのよ」

「だってよう、二人で一緒に住むっていってるじゃないか」

「いいじゃないの、男も髪なんか長くしてるけどさあ、おとなしそうな人じゃないか」

そんな夫婦の会話が筒抜けに二階に聞えてくる。文子は朴烈を見て首をすくめ舌を出した。出入りは裏口を使うことがかえって気がねがなくて二人には好都合だった。

二人の蜜月は下駄屋の二階で始まった。文子は幸福だった。

文子は自分が朝鮮人に対して格別尊敬の念も抱いていないかわり、人種的偏見も全く持っていないので同情結婚ではないと、後に、立松判事に力説して、

「自分を外にしたる総ての運動は空の空なりとする朴と私とは、互いに同情して自分の道を曲げて一緒になったのではありません。主義に於ても性に於ても同志であり協力者として一緒になったのであります」

と、自分の結婚を説明している。

文子は、朴烈から故郷の家の話や、家族の話を聞くのが好きであった。家族を憎悪し、故郷にさしてなつかしさも感じていない文子に比べ、朴烈の家族や、故郷の村に対する口吻《こうふん》には、なつかしさとあたたかさがこもっていた。

「もし命があったら、いつか、一緒に帰ってみたいね。静かな、なごやかな美しい村だ。四方に山がせまっていて、きれいな水の渓川《たにがわ》が流れている。ぼくの家は今は朴庭植という兄貴が戸主だが、兄貴は優しい人で純朴な人物だ。うちは百姓と養蚕で食いつないでいるが、昔は、相当な家系で、李朝時代は、判書公という役柄で、よく学問に秀れた頭のいい人物を出している。父はぼくの九つの時死んだけれど母はまだ健在だ。この母にぼくは可愛がられて、おかあさん子だった。毎晩ぼくは母親の足に自分の足を紐でしばって眠っていたものだよ」

「まあ、可愛いらしい」

「そうしないと、夢の中で母親がいなくなってしまいそうで心配だったんだ」

「あたしたちも足をしばって寝ましょうか」

二人の生活費は、それまで朴烈が入っていた黒濤会発行の『黒濤』という雑誌にデパートの広告をとったり、文子が朝鮮人蔘を売ったりすることでまかなっていた。

『黒濤』の仲間や、陸洪均のような新しい仲間がよく下駄屋の二階を訪れるようになっていたが、みな裏口から出入りするので下駄屋の方では格別気にもしていなかった。

彼等は時々、口論して大声をあげたりもするが、そんな時は朝鮮語なので何をいっているのかわからない。

文子は朴烈と同棲し、その仲間とつきあうにつれ、自分の選んだ結婚と男が、自分の理想に近いことを確認した。文子は自分も、相当、勉強はしているつもりだが、朴烈の博識と頭の好さには敵わないと思っていた。

朴烈は七歳から九歳まで書堂(寺子屋)で千字文、童蒙先習、通鑑六巻を習い、十歳の時は日本政府のつくった咸昌公立普通学校に入学して卒業している。この卒業の少し前、それまで教えていた朝鮮人の教師が、生徒を秘かに集めて、自分はこれまで日本政府にはばかってお前たちに嘘の教育をしたことは悪かったと泣いてあやまる事件があった。この教師から、朝鮮の歴史の尊さ、民族自立の必要の重大さを教えられ、朴烈ははじめてはっきりした民族意識と反日本感情に目覚めたと立松判事にいっている。朴烈は京城の高等普通学校(中学)にいきたいと思ったが、その頃、家は他人の証人をした難を蒙《こうむ》り破産していたので、学資がつづかないと、兄に反対された。朴烈はあきらめきれず、無断でひそかに大邱の高等普通学校の師範科の試験を受けパスしたので、十八歳まで在学した。しかし、いよいよ学資がつづかなくなり、断念して一旦、故郷に帰ったが、向学の念が押え難く、今度は京城に出て苦学をはじめている。その後、家人にもつげず東京に渡り、文子にめぐり逢うまでのような生活がつづいていたのであった。

私たちを乗せた車は、相変らず青田の中の美しい道をなめらかに走りつづけていたが、三時間も走りつづけたかと思う頃、はじめて軍用道路を右に折れ、村の中へ入っていった。

村の道路の両側には葉のきらめくポプラの並木が亭々《ていてい》と聳え、その下には、のどかに牛がつながれていたりする。

スモッグなどのない沁み透るような青空に、ポプラの葉が硝子《ガラス》のモビールのように震えている様は美しく、田園という語の大らかさとなつかしさが、この辺りの風景を見ると、久しぶりに胸に落着いてくる。ポプラは朝鮮の田舎のシンボルなのかと訊くと、陸氏が日本の置き土産だと答える。日本の統治下に、田園の道にポプラの並木がはじめて植えられたのだそうだ。すると、このポプラの天を衝く高さにも、樹に刻まれた年輪にも、日本の圧制時代の忍苦の歳月がこめられていたのかと胸を衝かれるのであった。

のどかな村から村をいくつか過ぎていくうち、私たちの車は小ぢんまりした村の小さな駅前に着いていた。そこが芙江だという。

京釜線の小駅で、地図の上では大田と清州の中間ぐらいに位置している。私たちの車が止ったところは、駅前から南に下った黄色い土埃《つちぼこり》のする道の真中だった。道の片側に青いペンキ塗りの郵便局があり、その横に高い塀をめぐらせた門がまえの大きな邸がある。そこから駅前広場まで片側道に家が建並んでいる。どの家も如何にも日本式に建てたものを、今、朝鮮風に住みこなしているといった感じだった。道の片側は青田になっていて、駅前広場に近いあたりに、田の中にむかって、十軒ばかりの家がかたまっている。ローズ色や水色に塗装されたそれらの家は、入口のまわりにダリヤや向日葵《ひまわり》や立葵《たちあおい》を咲かせ、戦前の文化住宅といった感じだが、それもごくせまく低く、玩具じみていた。

気がつくと、私たちはぐるりと人垣に取り囲まれてしまっている。私の和服姿が珍しい上に、この小さな町には車で一度にこんなに多勢の人間が乗りこんでくるというのは一つの事件なのだろう。人垣をつくっているのは老人と子供が多い。陸氏と梁氏が、人垣の中のいくらか話のわかりそうな男をつかまえて、私たちの訪れた目的を話しているらしい。

すると、がやがやと列がとかれて、一人の恰幅《かっぷく》のいい背広の中年の紳士があらわれた。芙江の町の朴在潤という町長さんだという。陸氏と梁氏の名刺が物をいって、朴町長さんは愛想よく気さくに、自分が案内してあげるというのであった。

岩下という地主で高利貸の日本人を覚えていないかと訊いたが、私と同い年の町長さんに記憶があろう筈はなく、人垣の老人の何人かに訊いてくれたが、みんな知らないと首を振る。しかし、しっかりした顔付の老人の一人が、このあたりの建物はどれも日本人が建てていったものだといい、日本人の金持たちは、ほとんどあそこに住んでいたんだと、ちゃちな色つき住宅のかたまりを指さしてみせる。

当時四十戸ばかりしか日本人の家族はいなくて、その中、高利貸六、七戸、海産物仲買二戸、憲兵五戸、駅長および駅員四戸、医者、小学校教師、郵便局、旅館、雑貨屋、文房具店、理髪店、苗舗、菓子屋、下駄屋、大工等が各一戸、百姓三戸、淫売屋二戸、鉄道工夫三、四戸という構成だった。文子の手記によれば、一番有力者として威張っていた岩下家のような高利貸の家は、線路の北側にあったとあるが、今、町は線路南側にかたまっていて、北側は一面の林と草原になっていた。現在の芙江の町は私たちが降りた片側町の東に、もう一筋駅前から真直、南にのびている商店街と、更にその東に拡がっているわずかの民家で成立している。郵便局の隣の、門のある邸が、町長の邸であり、役場でもあるらしかった。

最も賑やかな駅前通りの商店街を歩いてみる。おそらくこの通りに日本人の商家が居並んでいたのだろう。日本の田舎なら、余程の辺境でもないと、もう見られないような貧しい屋並の埃っぽい店が、互いに支えあうように並んでいる。

冷酷な祖母や叔母の虐待に耐えかねて、文子が七年間、泣きながら何度駈けぬけたかしれないせまい駅前は、往時とさほど変っているようにも思われない。

町長さんが、学校へ案内してくれる。駅前から更に南に、台山《たいざん》という小高い丘のような山があり、その上に中学校と小学校があった。この台山はもと岩下家の持物だったと文子が手記に書いている。文子が芙江に渡った時は、小学校は駅前通りの商店街の中程にあって、藁葺の平屋だった。窓からは、二、三枚の畠の向うに、市場の人だかりや、驢馬や、牛や、豚の群が見えた。文子が行った時は、生徒は三十人たらずで寺子屋のようだったが、五年生の夏、付近にタングステンが発見されるというので多くの日本人が移動してきて、急に学校も移動し、大きく建てかわった。その時の学校が、台山の麓の丘の中腹にある現在の位置のものである。その時高等科もはじめて出来た。

町長さんが導いてくれた学校には、立派な新しい中学校と小学校が建っている。折から日曜日で、校庭にはわずかの子供たちがキャッチボールしているだけだった。

「文子さんのいた頃の校舎がまだ裏にそのまま残っています」

町長さんがそういって、小学校の裏手に廻ると、一階建の小ぢんまりした校舎がぽつんと建っていた。中を覗くと二教室しかないが、まだ使用していて、壁には生徒の図画や習字が張り出され、小さな机と椅子が整然と並んでいた。当時のままのものだというその校舎の横に、これも小さな平屋がある。

「あれが当時の日本人の教師宅ですよ。校長の家ですね」

文子の手記には、学校は新築されたが、教室はやっと二つになったばかりで教師は老教師が、師範出の若い服部という教師に変ったが、やはり一人だったと書いてある。校長兼、教師兼、小使いを兼ねていたのだろう。その家には今も、誰かが住んでいるらしく、裏に廻ると、鍋やバケツが所帯の匂いをさせていた。

校舎の裏山に町長さんは案内してくれた。

「ここから芙江の町が一目で見渡せます。いい眺めでしょう」

この町長さんは文子の手記を読んではいないだろう。少女の頃の文子がこの山でどんな想いで孤独を慰めたかは知らないだろう。私は町長さんが一々、指さしてくれる美しい田園の風景を見下しながら、その風景を、冷たい灰色の壁に囲まれた獄中の文子が、どのような想いで瞼によびよせていたかを想いださずにはいられなかった。

岩下家はこの山に栗をたくさん植えていた。秋になると夥《おびただ》しい栗の実の収穫があり、それも収入の一部となる。栗拾いは叔父の役目だったが、体の弱い叔父はよく寝込んだので、文子が学校を休みそれを代ることがよくあった。女中以下に日頃こき使われ、いじめられ通している文子は、この栗拾いの一日をこの上ない快楽に数えあげている。

栗の木の株間株間には、刈萱《かるかや》や薄《すすき》や女郎花《おみなえし》が文子の背丈ほどにものびていた。足元から雉子《きじ》がとびたち、目の前を兎が走った。栗拾いに疲れると文子は山の頂上に駈け上り、桔梗《ききょう》や萩の咲乱れる秋草の中に寝ころぶ。目の下には芙江の村が一望のもとに拡がっていた。西北には停車場を中心に、村の建物がつらなり、南の方には芙蓉峰が青空に美しく聳え、その裾を銀色の白川がゆったりと流れている。川沿いの砂原を荷を負った驢馬が置物のように通っていく。山裾の木の間がくれに、地に這うような低い藁屋根の朝鮮人部落が見える。山裾には霞がたなびき、川は秋の陽を反射させ、きらきら輝いている。南画のような桃源郷だ。のどかな風景を破って、突然鋭い人の泣き声が空気を震わせてくる。村の中で最も目立つ憲兵隊の建物の庭に、今、憲兵が朝鮮人を引き出して、裸にひきむき、鞭で叩きつけている所だった。

ひとーつ、ふたーつ、みーっつ、憲兵の疳高い声が聞えてくる。鞭がしたたかに打ちおろされてから、ややたって声は山に上ってくるのだ。朝鮮人の泣き声は、その度、ひいひいと物哀しくひびきわたる。

文子はそんな状景も獄中で書き残すことを忘れていない。

今、町長の住んでいる家が元の憲兵隊の跡にちがいないと思って、私は芙江を見下していた。私たちの廻りはむんむんする青葉の匂いをたてる栗の樹で囲まれている。文子の叔父が植え、文子が拾った栗の樹が今もこの山を蔽《おお》っているのだ。

白川の流れのほとりに、私は柳の樹を目で探す。あまりの祖母や叔母の虐待に耐えかねた文子が、自殺をしようとさまよった白川のほとりはどのあたりなのだろうか。

その時、折檻として、十三歳の文子は三日も食事を断たれていた。もう涙も出なくなっていた。

——……ぽおっと気抜けした心のどこかに「死」という観念が、ふいと顔を出した。

「そうだ、いっそ死んでしまおう……その方がどんなに楽かしれない」こう思った瞬間、私は全く救われたような気がした。いや、全く救われていた。私の身体にも精神にも力が漲《みなぎ》ってきた。萎えた手足がぴんとなって、わけもなく私は立ち上れた、空腹などは永久に忘れてしまったようでもあった。

十二時半の急行がまだ通らない。それだ。それにしよう。眼をつぶって一思いに跳び込めばいい。が、それにしてもこのままでは余りに身すぼらしい。咄嗟《とっさ》の間にも私はこう思いついた。そこで大急ぎで腰巻だけを取替えて、部屋の隅の箱から、袂のついた単衣とモスリンの半幅帯とを引き出して、それを小さく折って風呂敷に包んだ。急がなければ時間に間に合わない。風呂敷を脇の下に隠し持って、私は裏門から出た。そして夢中で走った。一切を捨てて、死の救いへと、すがすがしい晴やかな心で……。

駅に近い東側の踏切りまで来た。シグナルがまだ下ってない。ちょうどいい。もう来るだろう。叔母の家の東の高台から見られぬよう、私は、踏切り近くの土手の陰に隠れて着物を着換えた。前の着物はくるくると捲いて風呂敷の中に突込んで置いた。土手の陰に蹲《うずくま》って私は汽車を待った。だが何時まで経っても汽車は来なかった。やっと私は汽車がもう通過した後だということを知った。それを知ると、私は、今にも誰かに追跡せられ、捕えられるように思って気が気でなかった。

「どうしようか……どうすればいいのか」

澄みきった頭の働きは敏速だった。私はじきに今一つの途を思いだした。「白川へ！　白川へ！　あの底知れぬ蒼い川底へ……」私は踏切りを突っ切って駆け出した。土手や並木や高梁《コーリャン》畑の陰を伝って、裏道から十四、五町の道程を、白川の淵のある旧市場の方へと息もつかずに走った。

淵のあたりには幸い誰もいなかった。私はほっと一息ついて砂利の上にたおれた。焼けつく熱さにも私は何の感じもしなかった。心臓の鼓動がおさまると私は起き上った。砂利を袂の中に入れ始めた。袂はかなり重くなったけれど、ややともすればそれが滑り出そうであったので、赤メリンスの腰巻を外して、それを地上にひろげて、石をその中に入れた。それからそれをくるくると捲いて帯のように胴腹に縛りつけた。用意は出来た。そこで私は、岸の柳の木に摑まって、淵の中をそおっと覗いて見た。淵の水は蒼黒く油のようにねっとりとしていた。小波一つ立っていなかった。じっと瞶《みつ》めていると、伝説にある竜がその底にいて、落ちてくる私を待ち構えているように思われた。私は何だか気味が悪かった。足がわなわなと、かすかに慄えた。突然、頭の上でじいじいと油蟬が鳴き出した。私は今一度あたりを見まわした。何と美しい自然であろう。私は今一度耳をすました。何という平和な静かさだろう。

ああ、もうお別れだ、山にも、木にも、石にも、花にも、動物にも、この蟬の声にも、一切のものに……。

そう思った刹那、急に私は悲しくなった。祖母や叔母の無情や冷酷からはのがれられる。けれど、世にはまだ愛すべきものが無数に在る。美しいものが無数に在る。私の住む世界も祖母や叔母の家ばかりとは限らない。世界は広い……——

自殺を思いとどまった文子はまた川原に下り、石を一つずつ袂から落していった。

「死んではならぬ。そうだ、私と同じように苦しめられている人々と一緒に苦しめている人々に復讐してやらねばならぬ。そうだ死んではならぬ」

文子がよりかかって、こう決心した岸の柳はどれだろう。十三歳の文子が死を思った夏から、すでに半世紀がすぎている。しかし、芙江の自然は、ほとんど変っていない。夏の陽ざしも、白川の輝きも、蟬の声も、踏切の青い草いきれも。

「ああ、来てよかった」

ふいに私の横で陸氏の重いため息が洩れた。

「私は朝鮮に帰って、何度も何度もこの鉄道で旅をし、芙江を通りすぎた。そのたび、ああ、ここは文子さんが小さい時いた町だな、とは思い出していた。しかし、一度も降りてみようと思ったこともなかった。瀬戸内さんのおかげで、死ぬ前にこの町を訪れて、文子さんをこんなに偲ぶことが出来たのは、実に嬉しいですよ。文子さんがいつでも涙を流して、この町での辛かったことや、朝鮮人の差別されていたことを語っていた顔が目に浮んできます」

陸氏の目に光るものがあった。

私たちは親切な町長さんや、純朴な町の人々に手をふられて、芙江の町を出発した。

清州の町へ入って、食事をした。もうとうに一時は過ぎていた。どの町へいっても日本人の建てた家が目につく。私たちの入った食堂も、がらんとしたコンクリートの土間の隅に、見本の蠟細工の料理が並べられた硝子ケースの置き方といい、デコラの机といい、金属の脚のついた椅子の組合せといい、カウンターのあり方といい、まるで日本の地方の町の、行きずりの食堂に飛びこんだような感じがする。

ジーンズにシャツブラウスという女の子が、注文を訊きにくる。陸氏がメニューを見て、

「すしも出来ますよ」

という。私が愕くと、

「これも日本人の遺産です。もっとも名前は朝鮮風にかえてありますがね、日本語に直訳すれば、握ったためしということになりますかな」

「握りなんですか」

「まあ、とってみましょう」

カレーライスや、天丼や、のり巻や握りずしが、運ばれてきた。のり巻は田舎のお祭りに出てくるような、具のたっぷり入った太巻で、握りは、全く日本のものと形が変ら

ない。部屋の壁際には、以前は立食いの席になっていたらしいと思われる白木の猫板の名残もある。曽坪とか、陰城とかいう町を通りぬけて、忠州へたどりついた時は、もう四時頃になっていた。

「新山初代の本郷の蓬莱町の家へ、よく遊びにいったもんだな。われわれがいって、売っている菓子をあれもこれも片っぱしから食ってしまうんで、あの店はたちどころにつぶれてしまった」

陸氏は、話のすべてを滑稽にして私たちを笑わせつづけ、この単調な道程を退屈させまいと気をつかってくれる。

「まあ、わたしに言わせれば、あの大逆事件というものは、立松と、朴烈と文子で作りあげた大芝居、大幻影劇というところだな」

「じゃ、実際には何もなかったとおっしゃるんですか」

「何もないとはいえん、そういう気持は誰の中にだってある。しかし、あの段階では、およそ、あんな大罪に仕組むことの出来ないような、証拠不充分の、計画倒れの虚構のプランだったものね。朴烈はずっと死場所を求めていたし、文子さんだって、そうだし、そこに立松は、この事件で大立物になろうという絶好のチャンスだから、逃す筈がない」

「朴さんは、あの頃のこと覚えていらっしゃいますか」

私はずっと、ほとんど口をはさまず、陸氏の面白おかしい話ににこにこ笑っているだけの朴炯来氏に声をかけた。

「ええ、覚えています。父が裁判に東京へ呼びだされる時は一人で行きました。私はもう十二歳になっていましたから、お金のことで、両親が心配していたのを覚えています。たしか片道の旅費くらいしか政府ではくれなかったのじゃないでしょうか。叔父のことは、私の小さい時、もう家を出てしまっていたので、あんまり覚えていませんけれど、頭が大そうよくて、勉強がよく出来たというのは、村でも語り草になっていました。私の家でもみんな叔父のことは、誇りにしていました。京城にいた時は、時々便りもありましたが、自分はもう男として一人前だから、自力で働いて勉強して、将来は朝鮮民族の若い者たちを教育する人間になると、いい暮していたと、父がよく私たちに話してくれました。東京へいったのは誰も知らなかったのです。突然、東京から、洋服を着た写真を送って来てびっくりしました。それからは、文子さんがよく手紙をくれるようになりました。文子さんの手紙はぼくあてによくもらったので覚えています。達筆でした」

「どんなことが書いてあったのですか」

「ぼくにはいつでも、よく勉強して、叔父さんや私に代って、おばあさんや両親に孝行つくして下さいというようなことばかり書いてありました。それから、自分の心に誇りを持たなければならない。人間は心の誇りを失ったら、牛馬と同じだなどあったのを、よく覚えています」

「文子さんと朴烈さんの結婚については？　うちの人たちはどんな反応だったんでしょう」

「仕方がないし、それに文子さんの手紙でやさしい人だとわかったのでみんな安心してたようです。だから文子さんが死んだ時も、父や母は自分の身内が死んだと思っていました。文子さんが自分が死んだら、朴家のお墓に入れてくれと、いつも手紙に書いて来ていたから、律義な父はそれを守ったのです。その時、私も父に東京へつれていってもらったのです。布施さんのところへいって、大変お世話になったのを覚えています」

車は次第に田園の風景の中へ入っていく。

土埃の舞いたつ道の両側には、涯もなくポプラの並木がつづき、畠には人影ひとつ見えない風景が拡がっていく。時々道ばたに踏みつぶされたような百姓家がうずくまっている。藁屋根は埃を浴び白髪の蓬髪《ほうはつ》のようだ。家というより土饅頭《どまんじゅう》のようなものだった。赤土を水でこね、どうにか家の形につくっただけのような粗末なもので、窓も少なく、入口から覗ける内部は、真闇といっていいほど暗い。どの家の窓にも形ばかりの硝子が入っているが、桟にもうず高く土埃がもりあがり、紙はわずかに残骸が桟のところどころにしがみついているだけである。通りすぎてきた町々も、日本の田舎の町に比べたら、信じられないほど人が少なく、映画でみる西部劇の町のようにがらんとしていた。

この田園の百姓家の貧しさはどういうものか。時々、そうした家の前に子供たちが坐っていたり、道の端にあらわれたりする。その子たちは私たちの車を認めると申しあわせたように手をあげてひらひらと振る。

家のつくりの貧しさに比べて、子供たちのみなりがこざっぱりして、色彩や服の型がアメリカ的なのに気づく。ほっとする想いの底からすぐ、その家の惨めさと、むやみに明るい原色や、派手な花模様の服装との、奇妙な違和感が胸をとまどわせる。

アメリカのジープにむかって、そういうしぐさの癖がついているのか、どの田舎の辺鄙な土地にいっても、私たちは子供たちに愛想よく手を振って迎えられるのだった。

車は漸く山に向けて上りはじめる。

大白山脈から枝のように出た小白山脈の、ちょうど真中あたりに聳え立つ鳥嶺を越えていくのだ。

「秀吉の朝鮮征伐の時に有名になった鳥嶺ですよ」

梁氏が説明してくれる。

山道はバスが通るように一応切り開かれているがどこまで登っても涯しもなく峠にも頂きにも達しない。空の高みに自分たちが突きあげられていくのがわかるが、追い越す車も、向ってくる車もなく、ただひたすら、自分たちだけで走りつづけていると、次第に心細さがつのってくる。この高い山を、昔はどうやって越えたのだろうか。

「朴さんの家から、どこかへ出るには、この道しかないのですか」

私はつくづくこの鳥嶺の高さと道の長さと、その淋しさに愕いて訊かずにいられなかった。

「ええ、そうです。まずこの山を越えて、忠州へ出なければ、大邱にも京城にもいかれません。釜山へは恩城から汽車が出ていますから鳥嶺越えしないでいいですけれど」

朴烈が大邱へ試験を受けにいった時も、この山を歩いて越えたのかと、呆然とする。

ようやく道の傍に家が二、三軒見えてきた。これは土饅頭型ではなく、掘立小屋式だ。洗濯物などが下っていて、人が住んでいる気配はあるが、ほっとするより、この高い山中に、忽然と出現したこの小屋のため、かえってあたりの風景が一際、凄惨《せいさん》な淋しさを加えてきたようだ。周りはどこを見てもただ山、また山ばかりだった。

そのあたりが峠だったのか、道は次第に下りになり、うねうねと山腹を縫いながら下っていく。ところどころ、山懐の陽だまりに、数軒の家が肩をよせあっているようになった。上りよりはやや速く、車は山を下りきり、開慶の里にたどりついた。

そこから更に私たちは田舎道を走りつづける。慶尚北道開慶郡麻城面梧泉里という、朴烈の生れ育った村へ辿りついた時は、もう長い夏の日も、ようやく陽ざしが衰えはじめた六時前になっていた。

朴烈の家は、朴烈が出奔した後、生活に困り、祖先伝来の田畑の残りも、すべて売りつくし、この村を捨てて、大正十年頃慶尚北道尚州郡化北面壮岩里という所に移り住んでいる。

朴炯来氏は、一軒の家の前で車を止めさせた。土塀に囲まれた落着いた農家の前には、底の草がすけてみえるような美しい水が流れている小川があった。門の中のすぐ右手に牛小屋があり、肥えた飴色の牛がつながれて草を食べていた。やや広い庭の奥にしっかりした構えの母屋が建っている。朝鮮風というより寧ろ日本の農家を思わせる建物で、あまり旧びてもいない。もしかしたら、ここにも日本人が棲んでいたのではないかという気がする。

「親類です」

朴炯来氏はつぶやくようにいい、ひとり中へ入っていった。私たちは疲れきった軀をひきずり出すようにして車の外へ出た。目の前に山がせまり、山裾から私たちの方へむけて下りてくるスロープにばらばらと農家の屋根が見える。どこかで鶯が鳴いている。耳の中が鳴りそうな静けさである。長い旅の果にたどりついたこの小さな見知らぬ山奥の村は、どこか非現実的な美しさと静寂にみたされて私たちの前に横たわっていた。

家の中から姿をあらわした朴炯来氏の後に、中年の小肥りの男がついて出てきた。この家の主人で朴氏の従兄に当るという。男に朴氏に川に沿った道や、向いの山を指さし、しきりに方角の説明をしている。墓地は川上の方にあるらしい。そこから先は、車の通れないほど道がせまくなるというので、私たちは車をその家に預け、歩いて行くことにする。ソウルの朝市で買った運動靴に履きかえる。行けども行けども同じような風景がつづくが、両側に次第に山がせまり、川幅は段々細くなってくる。子供たちが半裸や裸で、清らかな水の中につかり小魚を追っている。

空気が甘く、空は雲ひとつなく澄み渡っている。陽ざしがやや衰え柔かくなってきた。急がなければ、帰りには陽が落ちてしまうかもわからないというので、私たちは歩調をゆるめることは出来ない。橋のない川を石づたいに渡り、山ぎわの小道に移る。山の涯に、白い野茨《のいばら》が灯をともしたように明るく花をつけている。紫の洗いあげたような鮮かな薊《あざみ》の花も咲いている。ここへ来て、私は墓参りをするのに花を用意することを、すっかり忘れていたのに気がついた。ソウルの町を出外れる時、墓参の人々が花売りから花を買っていた時にもそれを思いつかなかった。私は文子の墓を見たくてこの山奥の村を訪れながら、心のどこかにはまだ、文子の墓の存在を信じきれないものがあったのではないだろうか。

山道はどこまでいっても涯しがないように思われた。私たちは案内の朴氏を先頭にして一列縦隊になって歩いていた。人ふたりは並べないほどの細い道なのだ。朴氏のすぐ背後に従っていく私に、朴氏が時々ふりむいて話をする。

「ここを通るのは何十年ぶりかです。あの事件の後、うちにはずっと憲兵の目が光っていて、家族がどこへいくのも見張られていましたから。文子さんの墓をつくったことも気にいらなくて、墓参りをとめられていました。国賊の墓参りなどするのはけしからんというのです。私の家を出て、こっちの方角へちょっと足をむけてもだめでした。それでお墓はつくってあげたけれど、よくお参りもしてあげられなかったのです」

朴氏がその墓のあり場所をしっかり覚えていないのもそんな事情によるのであった。私は山道で足をとめ、一きわ美しい薊の花を手折《たお》った。文子さんに花を持ってこなかったからというと、陸氏も私に真似て、野茨を手折った。薊も、野茨も共に刺《とげ》を持ち、手折り難い。陸氏は顔を上気させて力んで野茨を折り、手を刺にさされたのか、しきりに口で傷口を吸っている。

このあたりに来ると、車中、ずっとあれほど陽気に喋りつづけ、私たちを笑わせ通していた陸氏がひっそりと黙りこんでしまった。何か冗談でもいおうとしてふりむいても、陸氏のうつむいた悲痛な表情を見ると、声をかけられないような気持になる。小一時間も山道を上りつづけただろうか。気がつくと、もうあたりは四方に山がせまって凍《い》てた空気は、冷え冷えとしていた。まわりの山から郭公《かっこう》や山鳩の声がして、それを伴奏にして時々鶯の高い声が響きわたる。

陽光はいっそう絹ごしのような柔かさをたたえてきた。道のつきたところに、やや広い台地があり、その真中に大きな平たい土饅頭の墓がある。畳二帖ほどの大きさの土饅頭の上には一面に雑草が生い茂っている。

朴氏がこれは母の墓ですといい、突然その墓の前に土下座して、三度立ったり、坐ったりして、両腕を大きく頭の上からふりおろしながら朝鮮式のお辞儀をした。陸氏が用意してきた線香をあげる。そこから更に私たちは山道をたどるのだ。その山道は、もうほとんど草でおおわれている上、今までの道よりはるかに急坂で、けものみちのようだった。私のすぐ背後についてくる陸氏は、ここまで来て急に疲れが出たのか、坂道の勾配が如何にも苦しそうにぜいぜい息を切らせ、ふりむくと真赤になった顔に脂汗を光らせている。

「大丈夫ですか、休みましょうか」

「いや、いっそ上りきってしまいましょう」

それでも手にした白い野茨の花だけは、しっかりと握りしめている。道の両側に樹々がせまり、私たちは樹海を分けいっていくようであった。二十分も上った頃、さっきよりはせまい台地に出た。切り開かれたその台地の真中に、これもさっきのよりはやや小さな土饅頭が盛り上り、その上には下の墓よりは、はるかに丈高くのびた夏草がびっしり生い茂っている。

「これが文子さんのお墓です」

朴氏が低い声で告げた。私たちは誰も声を発することが出来なかった。陸氏のぜいぜいという息ぎれの音だけが、あたりの静寂にひびく。墓のまわりの樹々は定規をあてたように切り開かれているので、丁度高い林の樹々が屏風のように墓をとりかこんでいる形になる、野外劇の劇場のようにも見える。風が出たのか、樹々の梢《こずえ》を渡る颯々《さつさつ》の声が聞えはじめる。ここにも郭公と山鳩の声が追いかけてくる。鶯の声は降るように遠くから近くから響きわたる。朴氏はさっきしたと同じように、墓の前に土下座してしきりに叩頭《こうとう》している。陸氏が線香に火をつける。私は薊の花を供える。花筒も水も何もない。雑草を抜くにはあまりにおびただしすぎる。素手で抜けるような草ではない。しかし雑草には雑草の花が咲き、紫や白やピンクや黄の、名も知らぬ小さな花々が、ほたるのように土饅頭の上を飾っているのだ。陸氏が私の横から白い野茨をさしだしたかと思うと、突然、がばと身を倒して、土饅頭に全身を投げかけ、しっかりと墓に抱きついた。

「文子さん、文子さん、来ましたよ。あんたはこんな淋しいところにひとり何十年も眠りつづけて……、誰も来なくて……、文子さん、許して下さい。同じ朝鮮に住みながら……、瀬戸内さんにつれられて、導かれて、ここへ来たんですよ。もうすぐ、もうまもなく私もあんたのところへいきますよ。ああ、来てよかった。死ぬまえに、あんたの墓参りが出来るなんて、思いもかけなかった。芙江へもいってきましたよ。あんたの通った学校も見てきましたよ。ああ、文子さん……、みんなして、山道を上って……」

陸氏の声は号泣にとぎれとぎれしながらつづいた。

「あなたのお墓に、道でつんできた白い野茨の一枝を捧げますよ、受け取って下さい」

陸氏の号泣はつづいた。私たちは黙然としてことばもなかった。嘆きをおさめた陸氏が立ち上った時、私たちは誰いうとなく口々に静かですねえと言葉を発していた。

「桃源郷だな、ここは実に文子さんが眠るにふさわしい。文子さんは死んではじめてこんな静かなところに永遠の居を得てよかった」

陸氏がもう落着きを取り戻した声でいう。

「ここを選ばれたのはどうしてですか」

私はこんな山の奥の奥の、しかも密林めいた林の中に埋もれたように存在する墓の場所に不審を抱いて朴氏に訊いた。

「やはり、風水説で占って定めたのだと思います」

たしかにこの墓は、東西南北を山で囲まれ、局は前方に広い渓をひかえ、水も流れている。風水説に基いて作られていることはうなずける。しかしそれにしてもあまりに山奥すぎるし、秘密めかしすぎた。密林に包みこまれたこんな場所に墓があるなど誰が気がつくだろう。

名残惜しい気がして立ち去り難い。誰も再びこの山奥の墓を、生きて訪ねることはあるまいと、今、それぞれの心に考えているのがひしひしとわかるのだ。

朴烈が終戦後帰国した時、この墓を訪れ、今の陸氏のように激しく泣いて墓に抱きついただろうか。現在、北朝鮮に生きているらしいというだけの、頼りない推測しか許されない老いた朴烈の夢に、この山峡の静寂の墓地があらわれるであろうか。

私たちが山を降りた時、もう山峡の里には薄暮がただよっていた。子供たちの姿は川原には見えず、山懐の家々の屋根から、白い煙が細々と立ちのぼっている。急に全身に疲れの滲むのを味わいながら、私たちはまた車にすし詰めになった。ふたたび鳥嶺を越える頃は、もうあたりは真暗になっていた。今にも山賊のあらわれそうな峠だと話しあうが、疲れと、そこはかとない恐怖から、誰の言葉も往きの時のようには弾まない。確かに今、山賊が出現しても不思議はないような無気味な山路なのだ。

鳥嶺を越えてしまって、再び里に出たが、私たちの車のヘッドライトが切りさく闇は、はてしもなくつづき、行手に蛍ほどの光も見当らない。まるで真暗な星も月もない大海原を漂っているような頼りなさに捕えられる。私は何故人家に灯がつかないのかとつぶやいた。梁氏がすぐ答えをかえしてくれる。

「このあたりはまだ電気が来ていなくて、みんなランプなんです。早く灯をつけると、それだけ石油がかかるので出来るだけ灯をつけないでいるんでしょう」

人家の灯がちらほら見えてきたのは、もう八時もすぎた頃だった。往きに見たあの押しつぶしたような地を這う小さな土の家の中で、人々はどんなふうに膝を抱きしめて闇の中に坐っていたのか。

　私たちが忠州の町へ漸くたどりついた時はもう十時近くになっていた。ここはネオンの灯もちらほらする大きな都会だった。日本と同じ逆さくらげの温泉マークのしるしのあがった旅館もあり、そういうところでは、埃だらけになった男四人女二人の一行など泊めてはくれない。ようやく探しあてたホテルに落着くと、陸氏も梁氏も食事もとらず、倒れるように寝てしまったらしい。金さんと私の泊った部屋は、畳のかわりのリノリュームのようなオンドルの床だけがちがっていたが、構えも飾りもすべて日本の旅館のようであった。これもおそらく日本人の建てた家なのだろう。

　金さんは朴家の前で、車の中に運転手と残り、墓地へは行かなかったが、埃をかぶり汗を流したことは私たちと同様であった。真夜中、いつまでもバスルームから出て来ないと思ったら、背をおおう黒髪を洗っていたという。

　翌日は朝八時に出発した。自動車の下にばりばり機関銃のように道路の石塊がはね上り、当って、車は二度もパンクしてしまった。その日も空は晴れ渡り、どの村にもポプラの葉が輝いていた。昨日行った山奥の文子の墓は現実に存在していたのだろうか。ふと、夢の中の道を駈けているような気持に捕えられる。陸氏も梁氏も、強行軍の疲れで昨日のようには冗談が出ない。

　私は塩山の杣口の金子家を訪れた日を思いだしていた。黒い大きな仏壇の前で、当主

の夫人のこま江さんが、

「うちから出た人なのに文子さんのお墓もお位牌もないのがお気の毒で」

といったことばが思い出されてきた。こま江さんに文子の霊はあの静かな山峡の草むした墓の下で安らかに眠っているとつげてあげようと思いながら、パンクしたタイヤのとりかえられるのを、田んぼのあぜに立って待っていた。


文子と朴烈は同棲後、朝鮮人蔘《にんじん》を売ることを表向きの商売にしていたが、人蔘がそれほど売れるわけではなく、ほとんどは他人に金をねだって暮していたらしい。毎月、どう倹約しても月五、六十円の生活費は必要であったが、有島武郎や神近市子に金を貰いにいってもせいぜい、五円や十円の金を貰うことしか出来なかった。最も大口な金を貰っていたのは本田仙太郎からで、数回にわたって二百円あまりのカンパを受けている。あとはいわゆる会社ゴロと彼等の間で呼ばれていたリャクをすることでおぎなっていた。会社ゴロというのは、彼等の発行している雑誌に掲載する広告を、目ざした会社に取りに行く。広告代として、二、三十円の金をまきあげる。会社は、彼等に今後度々押しよせられては面倒なので、その上に色をつけて、五円や十円の金をよこして体よく追っ払ってしまう。広告取りやリャクるのは朴烈より文子が積極的で、よく出かけては金を持って帰っていた。引越しの敷金も家賃の前払いもすべてその方法でまかなった。

文子は朴烈と暮してみて、益々自分の思想が朴烈に相似していることを知り喜びを感じた。朴烈が、最初は民族独立思想を抱き、ついで広義の社会主義思想に至り、その後は無政府主義に変じ、更に何者をも信じない虚無思想に到達した過程が、文子には自分の思想の変遷を思い出せば手にとるようにわかるのだった。朴烈が子供の時から感じつづけてきた日本政府の朝鮮人虐待の事実も、文子が芙江で目で見、肌に沁みこませている経験と同じものであった。朴烈が一言朝鮮人の悲惨について語れば、文子は十言喋って、それをおぎなった。

「しかし日本人のすべてが悪人とは思ってはいない。京城の学校に入った時、日本人の教師の大半は、日本では、小学校の訓導くらいで低能が多かったが、中にはまれに骨の通った者もいて、心理の若い教師は高等師範学校出だったが、幸徳秋水の大逆事件の話をこっそりしてくれたことがある。俺は非常な感銘を覚えて聞いたのを覚えている。またもう一人の教師は自分は日本人ではなく世界人だといって、ドイツがフランスに征服された後、独立した話などをしてくれて、俺たちにも暗に独立運動をせよとそそのかしてくれた」

そんな朴烈の話を聞くと、文子は涙を流して感激した。朴烈は無口で自分から喋りはじめることはほとんどなかったが、熱情家の文子が夢中になって、朝鮮での日本人の横暴についで話しはじめると、つい口がほぐれてくる。

「何が癪《しゃく》に障《さわ》るっていったって、寺内ビリケン総督の阿片《あへん》政策、梅毒政策くらい口惜しいものはないさ」

「それはどういうことなの」

「日本は外国に対する体面上、表向きは阿片の売買は禁止しているが、内実は朝鮮人には日本人の医者から公然と売られているのだ。東京の星製薬の阿片が売られているし、モルヒネも売られている。又一方では淫売を奨励して花柳病を日本から輸入して決して検梅しないいんだから」

「それじゃ朝鮮民族を絶滅させようというんですか」

「まあそういうことだな」

「何というひどいことを」

「しかし、どうせこの世の中は弱肉強食の世の中だよ。ロシアだって革命が終ってみれば、結局少数の権力者の思うままになって民衆はただ彼等にひきずり廻されている。全智全能の神という奴が、人間の弱肉強食の世界を見殺しにして一向に救うことも罰することも出来ない。何が全智全能なものか。最も無智無能なのが神という名の奴かもしれない。俺はもう何も信じていないのだ。朝鮮民族だって結局は馬鹿なのだ。日本の虐政に対して、何ひとつ復讐も出来ない。俺はどうせ、肺病で長くないし、いっそ死ぬなら、せめて一人で、爆弾でも投げて少しは日本の権力者に復讐してやりたいのだ。今はそれだけで生きているようなものさ」

「私もそれはずっと考えていたわ。でももし、今、爆弾を手に入れたところで、一体誰に向ってそれを投げていいのか私はわからなかったの」

「それは天皇か皇太子をやっつけるのが一番効果的だよ」

「一人でそんなことが出来るかしら」

「結社をつくると、こういうことはかえってばれる確率が高いからな」

朴烈はもうこれまでに血拳団という暴力団を組織したこともあったし、義拳団という暴力団に入ったこともあったが、そんなものはかえって警察の目につき易く、手も足も出ないことを知って解散した。

「でも爆弾はどうやって手にいれることが出来るかしら」

「そこなんだよ問題は、もう少しで爆弾が手に入りかけたことがあったんだが、丁度その時、俺が例の浮浪罪というやつで引っぱられてしまっておじゃんになったんだ」

「まあ、口惜しいわね。どういうつてでそれが手に入りかけたの」

大正十年の十一月のことだったと朴烈が話す。その頃、朴烈は主義者の柴田武富の所へ朝鮮基督青年会館で演説をしてほしいと依頼に出むいた所、そこで森田と名乗る青年を紹介された。本名は杉本貞一というこの男は船乗りをしていて、外国航路を廻っているという。それがきっかけでその男と逢うようになる。杉本は自分は少年時代から水夫になって暮してきたが、船長と水夫のボーナスの差がひどすぎるので社会主義にめざめたとか、ロンドンのハイドパークで労働演説をよく聞いたとか、マルセイユでフランスの労働者と労働運動をして一カ月も捕えられたとかいう話をする。朴烈はすっかりその男を信頼して、外国に爆弾はあるだろうかと訊いてみた。杉本は即座にヨーロッパには爆弾はいくらでもあるという。

「その大きさはこれくらいでね」

杉本は指で十糎《センチ》ほどの丸をつくってみせた。

「まるくて、棘《とげ》がいっぱい生えていて、その上に紙が厚く張ってあるんですよ。使用する時はその紙をはがして投げるんです。物凄い効力ですよ、そりゃ」

「あなたはそれが爆発するのを見たことがありますか」

「ええ、マルセイユの海岸で実験したことがあるんです」

「その爆弾を何とかして手に入れることは出来ないでしょうか」

「そりゃ、今度私がフランスに行けば、持ちだせますよ。もちろん誰でも入手出来るわけのものじゃないけれど、ぼくなら何とかなります」

「それなら是非お願いします」

朴烈は今にもその爆弾が手に入りそうな気持になって必死に頼んだ。杉本は頼もしそうにそれを引き受けてくれた。

「まあ、惜しいわね、それでその杉本さんはどこにいるの」

「さあそいつが、その直後俺が豚箱入りした間に急に出航してしまって行方がつかめなくなってしまったんだ。その後も柴田さんにも訊いたりして、色々探したんだがわからない」

「そんなことってないわ。外国航路のどんな船に乗っていたか、もっと徹底的にしらべて探しましょうよ」

文子はその翌日から、柴田を訪ね杉本の乗っていた船の名を聞きだしたりしてきたが、柴田の所にも杉本の消息はぱったりと絶えて行方が杳《よう》として知れなくなっていた。実は杉本貞一という男は、六カ国語を話す社会主義者でエスペラント労働者協会会長でもあった柴田武富から社会主義を講義され、たちまち、主義者気どりになって柴田の家に身を寄せ、英語とエスペラント語を学ぶつもりだったが、柴田の所に出入りする主義者たちに軽蔑されまいとして、でまかせの大ぼらを吹いたにすぎなかったのだ。本物の爆弾などみたこともなかったし、マルセイユで捕えられたこともないし、ロンドンで演説を聞いたこともない。第一、聞いたところで英語がわからないのだ。外国を知らない主義者を煙にまくだけの目的で出たらめを喋ってみたら、朴烈がすっかり本気になってひっかかってしまった。その上、実はその爆弾を、英国の皇太子が来日する時使うつもりだなどいうのを聞かされると、すっかり空怖ろしくなってきた。その夜一晩考えあぐねたまま、逃げるにしかずと、翌日には急に乗船準備の必要がおきたからと柴田に告げ、そそくさと新橋から郷里の福山へ逃げ帰ってしまったのだった。朴烈は杉本がそんな小心な虚栄心の強い男だとは捕えられた最後まで知らなかった。

杉本との連絡がとれず、爆弾入手の道が断たれたあと、朴烈と文子は、硫酸を投げるといいらしいとか、朝鮮からペスト菌を入手して一万分の一罐に圧して詰めた容器を投げつけると爆弾以上の効果を発揮するのではないかなど非現実なことを本気で考えたりしていた。文子と朴烈はそんな夢のような相談をしながら一方では『太い鮮人』や、『現社会』等を出し、次第に同志を集めて不逞社を組織づくってもいた。

たまたま信濃川事件の後、大正十一年九月に、京城の労働大会から朴烈あてに片道の旅費を送り付けて来て、信濃川事件の報告に来るようにと招待してきた。朴烈は早速京城に赴いていった。その大会の席で、朴烈は朝鮮の独立党の指導的人物の金翰にめぐりあった。その時は数日滞在しただけですぐ帰京しているが、同年十一月ふたたび朴烈は京城へ出むいている。その時、朴烈は金翰から爆弾を送ってもらう約束を取り結んだ。金翰のところに上海の義烈団から爆弾が三十個ばかり届く手筈になっていて、そのうちいくつかを東京へも分配するという手順が整ったのである。その連絡は、金翰が時々遊びに行っていた京城の妓生の李小紅を通じて行うことにした。手紙は赤やピンクの封筒を使い表面艶書らしく見せ、中身はアルファベットと数字を組合せた暗号文にする約束が出来ていた。

李小紅を通じて二人の間に二度ほど文通が行われた頃、上海から京城に来た義烈団の李小玉が、金翰と逢って連絡していた際、たまたま鐘路警察署に爆弾を投げこんだ者があって、李小玉がその嫌疑を受け警官に包囲され、それに抵抗したため、射殺されてしまった。その事件で金翰も嫌疑を受け逮捕されてしまったので、朴烈との爆弾の約束は流れてしまった。朴烈はその頃、道を歩きながらも爆弾入手のことばかり考えていて、道にどんな家があり、誰と途中逢ったかも全く覚えていないと文子に語るほど、爆弾入手を思いつめていた。爆弾欲しさに暴力革命を手段とする義烈団にも入会していたほどであった。朴烈は、金翰との約束が断たれた後も爆弾の件をあきらめたわけではなかった。

翌大正十二年の五月二十七日の不逞社の例会に、金重漢を誘い、入会させている。金重漢は朝鮮の両班《ヤンバン》で大正十二年には二十二歳だった。大正十一年までは京城の高等普通学校の学生だったが、家庭内の不和のため、厭世的になっていた。たまたまその頃、無政府主義者の詩人の李允熈《りいんき》に逢い影響を受けて、急速に無政府主義思想に傾いていった。

ある日、李允熈が一冊の薄っぺらな雑誌を金重漢に見せた。「黒濤」という字が表紙に印刷してある。

「この雑誌を発行している黒濤会は、クロポトキンの思想に拠った東京にいる朝鮮人の無政府主義者たちを組織している会なんだよ。この主筆の朴烈は、もう十年あまりも東京にいて、クロポトキンの研究者としても有名な男なんだ。なかなかしっかりしていて、在日朝鮮人の中でもホープだよ」

李允漑に熱っぽくいわれて金重漢はその雑誌を借りて帰った。どの頁からも金重漢は強烈なショックを受けた。翌日早速李允漑を訪ねると、すぐ朴烈に紹介してくれと頼み、朴烈あて熱心な手紙を書き送った。朴烈からもすぐ返辞が届き、金重漢は三度ほど朴烈と手紙を交すうち、上京する決心を固め、十二年四月には東京に出てしまった。その時金重漢は、東京で無政府主義の勉強をしっかりして、日本の大杉栄や加藤一夫のような人物になりたいと考えていた。

上京してすぐ朴烈の家を訪ね、感激の初対面をした。ところがその晩、朴烈は『東亜日報』の主筆の張徳秀がロシアから六千円とか七千円とか貰ってそれを遊興費に使ったから殴りに行きたいが、張の顔を知らないという。金重漢は京城で張の顔を見知っているといったらその場で案内役にされてしまった。その足で不逞社の仲間と神田宝亭に押し寄せ、そこにいた張徳秀を殴って朴烈は西神田署に拘留されてしまった。

金重漢が二度めに朴烈に逢ったのは、朴烈が市ケ谷刑務所から出所した五月のはじめであった。金重漢はそういう朴烈にますます惹かれ、朴烈の真似をして長髪にしたいと考えるほどだった。

金重漢が五月八日、朴烈を訪ねると、朴烈は家の裏の菜園に誘いだして重々しくいった。

「俺は今度監獄でつくづく考えたけれど、あんなところに半年も一年もとても入っていられない。それでも社会運動をやる以上、監獄とは縁が切れないだろう。いっそのこと、爆弾を投げて、思いきったことをやって自分も死んでしまいたいと考えているのだ。きみはテロリストをどう思う」

朴烈にじっと目を覗きこまれて金重漢は曖昧に微笑していた。朴烈が今すぐ、テロリストに自分もなりますというのを期待していることはわかったが、金重漢はそうはいいきれない。何となく気まずくなって金重漢はそのまま帰ってしまった。それから十日ほどして朴烈は本郷の金重漢の下宿へひとり訪ねていった。尊敬している朴烈の訪問を受け金重漢は感激して茶を出したり駄菓子を買いに走ったりうろうろする。朴烈は窓ぎわに膝を抱いて坐り低い声で話しはじめた。その日の会見の模様を金重漢の調書が伝えている。

「その次は五月十七、八日の事でありました。朴が当時本郷区湯島天神町一丁目三十二番地金城館の私の下宿に訪ねて来て、『自分は女を見ても恋することは知らぬ、花を見ても美しいとは思わぬ、音楽を聴いても何等の感興もひかれない』等いいました。それを聞いて、私はかねて朴が大人物だと崇拝して居りましたので、なるほど普通の人と違った処もある偉い人だと思いましたが、朴は更に言葉を続けて『自分は宇宙の存在を否認する。その存在を滅亡させる事が大自然に対する慈悲である。だからブルジョア階級の人を殺す事も慈悲である。人を殺すことが出来なければ、後からその人を突くことも慈悲であり、殺す事が出来なければ、その人の屋敷の後で大便をしてその人に臭い匂を嗅がせることも慈悲である』等と申して私にテロリストの犠牲者にならぬかというような事を申しました。私は其の時初めて朴が無政府主義的思想から進んで虚無的思想を抱いている事を知ったのでありますが、朴に対して『兄さんのように何度も監獄に行って修養してくれば、そういう思想になるかもしれないが、自分は六カ月か一年位ならともかく、それ以上永い間監獄に行くことは嫌だ。そんな犠牲になりたくはない』と申しましたところ、朴は、自分が虚無主義を懐くと同時に民族主義者であり、ボルシェビーキに反感を懐いているということを私に告げた後で、『君が犠牲者になることを嫌うなら自分が叛逆を実行して死んだなら金君、君は後に残って自分の経営している〝現社会〟等の事業を引継いでくれ』と申しましたので私はそれを快諾したのであります」

朴烈としては金重漢がどの程度の人物かさぐりをいれるつもりであったのだろう。それから二、三日して、五月二十日にもまた重ねてひとりで金重漢を訪れている。この日は、新山初代が、五月十五日に突然文子を訪ね、留守だったので出直して訪ねており、朴烈ともはじめて逢った日である。朴烈は初対面の初代にも、自分の思想は無政府主義より虚無主義に傾いているといった。初代が引きあげてから朴烈が金重漢を訪ねたのか、金重漢の許から帰ったら初代がいたのかわからない。いずれにせよ、やがて結ばれる初代と金重漢の縁の糸が、この日、文子、朴烈を通してはじめてつながったのであり、初代はこの訪問のために短い命を一層縮め、恋と死をわずか四カ月の間に味わい迎える運命に陥ったのであった。

五月二十日の朴烈と金重漢の話の内容は急転直下、爆弾の運搬という重大事に突入した。

金重漢は朴烈のおだてに乗り、京城の模様を話してくれと水をむけられると、得々として義烈団や青年党大会の話をした。朴烈が昨年二度も京城へ赴いていることも、日本に対して暴力革命を主義とする義烈団に朴が入会していることも知らず、単純な見栄から事実を誇張して大げさに話した。義烈団の爆弾は、時限爆弾で、時計や電気がしかけてあるので取扱いがわからず、京畿道の馬野警察部長がその試験をした時、誤って爆発させてしまいけが人を出したとか、自分は独立運動に参加して大いに暴れたので警官に足を射たれ、逮捕され懲役四年の刑を貰ったが、学校の校長が嘆願してくれて保釈になったのだなどと、景気のいい法螺《ほら》ばかり並べたてた。朴烈は、感心したように訊いてやっていたが、金重漢の話のとぎれ目を捕えさり気なく爆弾の話に入っていった。

「爆弾がなかなか手に入らなくてねえ、日本の鉱山からならダイナマイトが入手できるかもしれないが朝鮮人じゃ無理だし、自分で作ってみようとも思ったけれど、材料が揃わないし、万一出来ても日本じゃ試験する場所もないしね。こうなればロシアか上海から入手するしかないが、そのつてがないしね」

「ああ、それは無理ですね。ぼくが東京へ来る時だって、釜山や下関の調べがとても厳重だったもの、釜山からこっちはどうしたって日本人が運ばなきゃあ」

金重漢は朴烈が重大な相談を持ちかけてくれたと思い、内心大いに得意になって知ったかぶりの返事をする。

「その上、上海の独立党じゃ日本人を信用しないから爆弾は渡さないでしょう。まず上海から爆弾を持ち出すのは朝鮮人で海を運ぶのは日本人ですね」

「金君、きみ、独立党に知人はないの」

「ないこともありませんがね」

「きみ、上海から爆弾を持ち出す手筈をきめてきてくれないだろうか」

「はあ、そいつは大変だけどやってもいいですよ。兄さんに頼まれるなら、やり甲斐があります」

金重漢は益々自分が重要な人物のような感じがしてきた。知っている独立党の人物というのは富豪の息子の金基萬という男だけで、この男は独立党に金づるとして誘拐された男で、本当の党員というわけではなかった。朴烈はあくまで真面目な表情でいう。

「費用はいくらくらいかかるだろうかね」

「さあ、やっぱり千円や二千円は用意してくれなくちゃあ、向うでの滞在費もあるし」

「千円や二千円っていっても、きみ」

朴烈は顔色を固くして絶句した。

「ぼくらはその日の暮しにも困ってるくらいだからね……。しかし、まあ何とか考えるよ。しかしそうときまれば、今年の秋までに運んでもらいたいな」

「秋に何があるんです」

「皇太子の結婚式があるからね。皇族、元老、外国大使、公使みんな集まるところでやれば、効果的じゃないか」

「そうですね。でも朴さんたちはもう顔が売れてるから上ばかり狙うと危いでしょう。もっと下を狙えば安全じゃないですか、つまり、大使館の入口なんかで待っていて、大使、公使に投げると国際問題になるでしょう」

「うむ、まあ、それもそうだがメーデーなんかもいいね。警視庁や、三越、白木屋等狙うのも面白いぜ」

「そうですね。しかし警視庁は損だな、警戒がきびしいに決ってるもの、やっぱり、三越ですね。それが成功すれば、日本の革命史の頁に残りますね。日本の主義者なんて、口先ばっかりで、全然実行力はない奴らばっかりなんだから」

その日はそんな話で別れたが、その後朴烈は金重漢と逢う度、爆弾の話をして、どこに投げるとか、いつ実行するとかばかり口にしていた。

朴烈は金翰とせっかく連絡がついて上海の爆弾を入手出来る手筈にまでなっていたのだから、こちらから上海へ爆弾を受けとりにいきさえすれば手に入るのにという焦りがあった。朴烈が自分で上海へ赴こうかというのを文子が止めた。

「あなたはあんまり顔をしられすぎていて危い、いっそ私が行って来ようかしら」

女がうろうろすればかえって目について危いと朴烈がいう。たまたまそういう所へ、金重漢があらわれ、元気はいいし、頼もしそうに見えるので、二人の間では金重漢に当ってみようという相談がまとまっていたのだ。

五月二十七日、金重漢ははじめて不逞社の例会に出て、これもはじめて出席した新山初代を紹介された。ほとんど一目惚れの恋におちいった金重漢は、初代に逢えるというだけで、不逞社の会にも熱心に出席するようになる。初代の方も一徹で金持の坊ちゃんらしく甘いところもあり、男らしくも見える金重漢の恋の熱烈さにたちまちほだされてしまった。五月の二十七日に初めて逢った二人の恋の進展は早く、早くも六月の十日頃には絶頂に燃えさかっていた。その様子が同志の目につかぬわけはない。もちろん、金重漢は朴烈にこんな重大な役目を頼まれていると自慢半分に寝物語してしまった。

朴烈の方では一応金重漢の気をひいてみたものの、金重漢のいう千円の費用など、どう工面しても出るあてもない上、その後の金重漢の様子を観察していると、日がたつにつれ、化けの皮がはがれ、思ったより軽率だし、単純である。その上どうやら金重漢は初代との恋愛で気もそぞろで、頼りに出来ないと見込みをつけた。金重漢にあそこまで話したことさえ今となっては後悔になる。文子と朴烈は金重漢に何とかしてあの話は取り消しにしようと因果をふくめる相談がまとまった。

「でもあの人は単細胞だから、気をつけてうまく断わらないと、怒って変なことになりますよ」

文子は朴烈にそれとなく注意しておいた。朴烈が口下手でお世辞や機嫌取りのいえない人間であることを知っているだけ、文子は何となく、この問題で不穏なことがおこりそうな予感がしてならなかった。六月の二十日すぎになって、朴烈は文子の留守に訪れた金重漢に、

「あの件はちょっと都合が出来て気が変ったから、すまないがきみに頼んだことは忘れてくれ」

といってしまった。金重漢はとっさに顔色を変えたが、朴烈は重ねていった。

「きみに頼むことは取り消したけれど、ああいう問題は外部に不用意に洩れるとお互い大変なことになるからね、今後も絶対他言しないことにしよう」

金重漢はそれに返事もせず、露骨に自尊心を傷つけられた不快な表情をかくそうともしない。その頃、金重漢は黒友会関係の『民衆運動』という雑誌を引き受けていたが、新山初代が自分たち二人で雑誌を出そうといいだしたのにひかされて、『民衆運動』の編集を辞退した。その時、初代に惹かれ、初代の歓心を買うため、雑誌『白檀』を出す仕儀になったとはいい難いので、『民衆運動』の同志たちには、ある重大な使命で近く上海へ行くからやめるといった。朴烈はそんな金重漢の言動から軽率で頼むにたりないと考えたのだ。金翰と連絡のあったことはまだ全く金重漢には話してなかったから、金重漢の方では上海で独立党にわたりをつけることまで自分の使命のうちだと考えていた。

それと前後して、新山初代は個人的に朴烈に逢い、今度金重漢と『白檀』を出すことにしたと打ちあけている。その時、朴烈は文子と共に、新山初代のことを相当高く評価していたので、自分がその話を相談された段階だと思いこみ、そんな計画を金重漢とするのは止めた方がいい。そんなつもりがあるなら、自分と文子がやっている『現社会』の方へ加盟して手伝ってくれた方がずっと意義がある。金重漢という男は一見頼もしそうだけれど軽薄で売名的だし、どうも頼りにならないと思う。二人で雑誌など出すのは止めた方がいいと、本気になって忠告してしまった。もうその時、すでに初代と金重漢は肉体関係にまで進んでいて、離れられなくなり、初代の方も金重漢に劣らぬほど、深い愛情を抱いていたことを、朴烈は気づいていなかったのである。初代がその時、

「だって、雑誌でも出さなければ、もうこんな世の中あきあきしたし、私自身、思想的に行きづまっているし、躯だってどうせまもなく死んでいく肺病だし、いっそもう自殺したいくらいなのよ」

と投げやりにいうと、朴烈はそれも真向から初代の本心のぐちと受けとり、真剣に膝を乗りだしていった。

「初代さん、そんなにまで思いつめているのなら、とめないよ。どうせ、俺もあなたと同じ虚無思想なんだ。あなたの厭世感は俺にはよくわかるんだ。しかし、どうせ死ぬと決めているのなら、どうだろう。俺は今年の秋、ちょっとしたことをやって自爆するつもりなんだ。あんたの命を俺のすることにくれないか。一緒に思いきったことをやって死のうじゃないか」

「そうね、それも面白いわね」

初代は内心の動揺をかくしてさらりといった。朴烈の顔色や語気から、その秋の重大事というのは、金重漢から聞かされている爆弾使用のことだという察しはついていたのだ。すると、金重漢が、朴烈は同志の中に肺病の者があるからその者に投げさせるといっていた、というのは自分のことだったのかと思い当った。

その夜のうちに朴烈がいったことはすべて金重漢に筒抜けになってしまった。その上、爆弾の件を断わられたのだから金重漢の腹は収まらない。あれほど尊敬していた朴烈に対して、烈しい憎悪と不信感を抱いてきた。

「あなたにあんなことを頼んだのは、自分のことを英雄的に見せようという目的の芝居で、朴烈なんて結局、卑劣な野心家にすぎないのよ。万一、爆弾のことを本気で考えているとしても、運搬も人にやらせ、投げることも人にやらせ、自分は退いて安全に逃げようという腹でしょ。あんな奴、人間の風上にも置けないわ」

初代の痛烈な朴烈批判を聞き、金重漢は一も二もなくその意見に同意する。朴烈の鉄面皮を同志の前で思いきりはがしてやるべきではないか、ふたりはそんな相談をまとめて、八月十一日の第四次不逞社の例会に出席した。

その日は朝から今年最高という暑さで、じっとしていてもたらたら汗が流れてくる。朴烈と文子の家の二階にその日集ったのは、朴烈、文子、初代、金重漢、崔英煥、洪鎮裕、張祥重、金徹、朴興坤、栗原一男、野口品二、韓晛相の顔ぶれであった。

その晩最初から朴烈に喧嘩をふっかけるつもりで乗りこんでいた金重漢は、一尺三寸の白鞘の短刀をかくし持っていた。簡単な議事が片づくと、金重漢は顔色を変え、朴烈につめよった。

「朴さん、きみは日頃超然としたふうをしている癖に、卑劣じゃないか、かげへ廻って、こそこそ仲間の悪口をいいふらしては互いの離間策を試みている。今夜、黒友会がこの席で解散したのも結局あんたがみんなをばらばらにひきさいたのだ。新山初代さんにぼくの悪口をさんざんいって、変節漢だの、裏切者だのといったのはどういうつもりか、卑怯じゃないか、さあ、わけをいえ、新山との離間策だろう」

朴烈は青ざめたまま、むっと腕を組んでいたが、いつもの低い声で冷静に答えた。

「そんなことはいわない」

「いったじゃないの、卑怯よ、朴さん、私に四度も、金重漢はぐらぐらしていて心が変りやすいし、頼りにならないっていったじゃないの」

ヒステリックに叫んだのは、金重漢の横にぴったりくっついて坐っていた新山初代だった。

「ほら、初代さんが証明しているのに貴様これでも白をきる気か。おいっ、返事をしろ。第一、ぼくに上海へ行って爆弾をとってきてくれと頼んでおきながら、そっちこそ変節して計画を破ったのはどういうことだ。あのあとだって平岩が上海へ行くのについていけば旅費のことも解決するってぼくがすすめた時も、きみは、二階に文子がいるからとか、声が高いとか、こそこそごまかして、はぐらかしてしまったじゃないか。そっちこそ変節漢で卑怯者じゃないか」

どなりたてる金重漢を、はじめて朴烈が、じろっと睨みあげた。

「そんな話はする場所じゃない」

金重漢は朴烈のその視線の強さと、口辺に浮んだ軽蔑の表情にかっとのぼせ上ったたまま、強い圧迫を受けて一瞬たじろいだ。それを押しかえすようにいきなり短刀をぬくと朴烈に襲いかかろうとした。

「何をっ、卑怯者を卑怯者といって悪いか。口でいったってわからない奴はこうして制裁してやるんだ」

金重漢の振りあげた腕を栗原一男が押え、その腰に初代がしがみついて叫んだ。

「まだ早い、金さん、まだ早い、早い」

文子は金重漢が短刀をふりあげたとたん、朴烈の前に飛びだして、どんどん足踏みしながら胸を張って叫んだ。

「何だ、甘い、甘い、やれ、やれっ、もっとやれ」

何人かがまた金重漢をとめにかかったので金重漢は気勢をそがれて腰を落し、口惜しまぎれのように短刀で畳を一尺ばかり切りさいた。

文子がそんな金重漢を睨みつけていった。

「誰かがあんたをスパイだといってたのを聞いたから要心したのよ」

金重漢がまた勢いをもりかえしてどなりかえした。

「誰がいった。さあ、誰がスパイといったか、いってみろ」

「さあ……、誰だったかな……」

文子はとぼけたようにつぶやいてごまかしてしまった。

「卑劣漢、でたらめもいいかげんにしろ」

「何が卑劣漢よ。私は朴烈のことを誰よりも知ってるから、朴烈にかわって喋ってるのよ」

「だまれっ、白粉野郎！」

まわりから、まあまあとなだめられ、金重漢もようやく落着いた。それからしばらく、ぐずぐず、文子が人使いが荒いとか、朴烈の態度が煮えきらないとか、口々にいっていたが、もう帰りの電車もなくなっているので、みんながそれぞれの部屋に別れて雑魚寝して夜をすごした。男たちは二階と下の四畳半に、玄関の二畳に初代と文子は寝た。

翌朝、文子は初代を送って原宿の駅まで歩いていった。その間にも初代は昨夜のつづきのように、朴烈は金重漢を使って爆弾を運ばせ、それを自分に投げさせて、朴烈自身は逃げようという恐ろしい計画を立てる人だからあんただって何をされるかわからない。気をつけた方がいいという。文子は初代が心の底から朴烈に悪感情を持っているらしいのが気がかりになり、こんな調子では、爆弾のこともいいふらされるかもしれないと不安になってきた。どうしても、朴烈に対する初代の誤解をといておく必要があると思い、とっさの決心で、金重漢に頼む前に、実は上海とは連絡がついていて、朝鮮のさる男と朴烈の間にはもう爆弾のことで何度も手紙が来ているのだ。その手紙は暗号だが破って捨ててしまったけれど、確かに自分も見ている。朴烈は口さきだけで見栄のためにあんなことをいっているのでもなければ、金や初代を利用するつもりもない。爆弾が入手出来れば、自分が投げて自爆するつもりなんだと喋ってしまった。初代はどの程度文子の言葉を信用したかどうかはわからないが、原宿の駅で別れる時には、家を出た時ほどの顔付でなくなっていた。

この朝、朝陽のまばゆい街の途上で、文子が初代に、朴烈と金翰のことをほのめかしさえしなければ、果してこの大逆事件が事件として成立したであろうか。

大正十三年三月十九日の予審調書に取られた文子はこの日のことを特に力説している。

「私は先達以来、熟考の上、其の金某と李某との関係を一切申上げ様と決心して居りました。しかしそれを申し上げる前に私と朴との金某等に対する立場を申上げて判事さんの了解を得て置きたいと思います。私は最初、金某李某との関係をどうしても申上げまいと決心しておりました。処が私と朴との間に意思の疎通を欠いたが為め策戦計画に齟齬《そご》を生じ破綻したのです」

といい、八月十一日夜と十二日朝のことを述べ、初代に朴烈への誤解をとくため、つい、金翰との連絡をほのめかしてしまった事情を語った。

「ところが今度の事で新山を初め我々同志が警視庁に検挙されましたので、私は新山が警視庁の御役人様に其の連絡の手紙の事を言やしないかと秘かに心配しました。熟考の末、私と新山がそれを喋った為、事件が新しい方面に進展してはならぬから、いっそのこと爆弾の事を自分が認めて置いて警視庁の連中の注意を私に向けさせ新山に向ける鉾を外させようと決心して爆弾の事を是認し其の関係丈けを係り様に申上げてしまったのです。その私の計画は成功して無難に警視庁を通過しましたが、検事局に来てから検事の口振りを察するに、新山は其の手紙の事を、朴は暗号の手紙の事を前後して検事に述べたらしいのであります。私の腹が新山にも朴にも通じなかった為に此の様な齟齬を来たしてしまいました。私は金某李某の事を申上げるがために、日本人として私が朝鮮人のそれらの同志に迷惑をかける事を非常に心辛く思っております。殊に朴烈と特別の関係にある私が、最初新山に口をすべらした事に基因して朴の金某等に対する面目を傷つけた事をも心苦しく思います。然し私が最初に口を切り朴が不用意にその事を申述べてしまった以上、徒らに手数をかけて無関係の多数の人に迷惑をかける様な事があってはなりませんから金某等に対する責任の総てを私が負担する事として茲《ここ》に私の知っている限りの一切を申述べてしまいますから、私の苦衷を好く了解しておいて下さい。それで実はその暗号の手紙の相手方は義烈団の金翰という人であり、その手紙を取次でくれた者は李小紅という官妓であったのであります」

文子はここで、朴烈の朝鮮人の同志や好意的につくしてくれた妓生《キーセン》を事件にまきこんでしまわなければならない苦衷を切々と訴えている。震災直後、浮浪罪や、保護検束の名で捕えられた彼等が、やがて大逆罪の疑いで次第に厳重な取調べを受けるようになった発端は、やはり新山初代が、爆弾のことについて、文子から聞いた金翰と朴烈の連絡のことを口走ってしまったことにあったのだ。とすれば、その根は、文子が初代に不用意に喋ったことに責任がかかってくる。

文子がここで、これほど悩みをあらわにするのも道理がないことではなかった。

金翰も李小紅も、文子の供述によって朝鮮から証人として呼びよせられている。

李小紅は京城の妓生で、東京へ呼び出された大正十三年には二十歳だった。父親は大邱の属吏をしていたが、李小紅が八歳の時、妻子を捨て妾の許へ走ったので、小紅は十三歳で他家に養われ、そこで妓生になるように仕込まれ十六歳になって京城で官妓として出るようになった。十六歳の時元祐観を知り、十八歳の時から恋に落ち、将来を誓いあった。元は社会主義者であったから、李小紅も社会主義的考えを持つようになり、元の仲間を何かにつけ面倒を見るようになっていた。金翰も元祐観がつれて来て知るようになった。黄錫禹《こうせきう》という男も彼等の仲間で、黄が大正十一年九月、朴烈を李小紅のところにつれて来た。李小紅は元たちの影響で朴烈の名前は早く聞き知っていた上、黄から『太い鮮人』を見せられ、写真で朴烈をみていた。その夜朴烈は帰りに汽車に乗りおくれてしまい、李小紅の家に引きかえし泊ったところ、その晩臨検に逢ったりした。金翰に、朴烈から手紙が来たら渡してくれと頼まれ、李小紅は二度、朴烈の暗号の手紙を金翰に取りついでいる。しかしそのうち金翰が李小玉の件で捕えられたので、手紙も来なくなっていた。もちろん李小紅は、彼等がどんな目的で暗号文などで手紙をやりとりしているかほぼ察していた。

東京に証人として召喚された李小紅の態度は二十歳の娘とも思えぬ肚の据った見事なものだった。最初の日は、朴烈と金翰の手紙の取次を完全に否定しつづけたので、立松判事は二日目は李小紅の前に朴烈を引きだし、朴烈の口から李小紅に口を割らせる方策をとった。

立松判事は法廷で朴烈に訊いた。

「証人李小岩(本名)は被告の為に手紙の取次したことの記憶がないと申立てているがどうか」

「其点について俺は李さんに俺の立場を一応説明して置きたいと思うが許可してくれるか」

立松判事は朴烈に許可を与えた。朴烈は李小紅に向って話しだした。

「私は今度私があなたに御足労を懸ける事になったのを大変すまぬ事と思っています。予審中でありますから私はあなたに事件の内容を深く立入って話す事が出来ぬ事を遺憾に思います。私が此の様な身の上となった起りは、私が或る目的のために或る友人に爆弾を手に入れることを頼みました処、その友人が或る婦人とやむなき関係を結び、婦人に私の企《くわだて》を告げたらしいのです。それで私は友人に対して爆弾の依頼の事を拒絶したのです。処がその婦人が端なくその事を官憲に洩した為め、遂に私は捕われの身となり、その後その調べを受けているのでありますが、その調の間に私と妻金子文子との意思の連絡を欠きたるため、私が司法官に対して私と或る外国に居る同志との連絡について申述べた事を、金子は、私が私と金翰君との関係について申述べたものと誤解して司法官に対してあなたの名前を告げてしまった様であります。あなたの堅い貞操を知っているだけ、私は金子の話に依ってあなたがどれ程私等から迷惑をかけられ苦痛を加えられたかを知っております。それ故私はあなたに深く謝します。然し一面には私の為に二、三十名近くの私の友人が拘禁されているのでありますから、私はその友人等のために必要に迫って出来るだけ自分を赤裸々にしたのであります。私は決して自分自身を愛するのではありません。いやそれが私自身を真に愛するものであると思います。私があなたに対してこの様な事を申上げているのは――而《し》かも司法官の前で――形式上日本の司法官の仕事を助けているようでありますが、事実に於ては決してそれが私の気持ではありません。どうか私の気持を御諒恕《りょうじょ》下さい。私はあなたに御迷惑をかけた事を悲しみます。右の様な事実ですから悪しからず願います」

そこではじめて李小紅は手紙の取次をした事を認める。李小紅の訊問に応ずる態度は爽やかで毅然とし、頭のよさと誇りの高さは、その応対のことばの端々にもひらめいていた。

これまでの訊問で李小紅は手紙の取次をしたかと問われた時、

「誰が何と申しても私はそのような事は致して居りません」

と否認しつづけてきたのに、思いがけず朴烈に直々に請われて、自分の偽証を認めなければならないはめにおちいった。その時李小紅は自分の言行の辻褄を合すため、実に巧妙なつなぎを案出した。

「朴烈はあのように申述べているが証人は手紙の事の記憶を呼び起さぬか」

立松判事がもう一度そういう問い方で水を向けたのを受けて、李小紅は落着いて反対に質問を発した。

「その手紙の封筒はどんな色のものでしたか」

「どうか」

と、立松判事が朴烈に訊く。

「女用の色の封筒です」

と朴烈は答えた。判事は重ねて李小紅に「どうだ」と訊く。そこで李小紅は、はじめて思いだしたという形をつけて答えた。

「そのような手紙が来たことがありました」

その日は、手紙を一昨年の十一月から二回受けとり、二回とも金翰に渡したと証言して終った。

第三回めの証人訊問に至ると、李小紅は問われることには、すべてはきはきと答えているが、冷静さを失わず、時々、判事に手厳しく抗議さえする。

「重ねて聞くが、証人は金翰の入監の事をどうして知ったか」

「其事は新聞にも書いてありましたが、私は金の裁判の傍聴にも参りましたから、金の入監の事を知っているのであります」

「証人がその裁判を傍聴した訳は」

「知っている人の裁判ですから私は傍聴したまでです」

「すると証人は金翰がどうして入監するに至ったか、その次第を知っている訳か」

「この前訊いた事をどうしてその様に幾度も聞くのですか。これからは前に訊いたことは訊ねないで下さい」

と憤然という。立松判事が同じ質問を第一回訊問の時に発していて、李小紅は金翰は李小玉事件に関係して捕えられたと答えているからである。またやはり妓生をしていた姜香蘭のことについても、

「姜の上海に行った訳は」

と訊かれた時は素直に、

「姜は勉強をしに上海に行ったということです」

と答えているが、判事が重ねて、

「どんなことの勉強に姜は上海に行ったのか」

と問うと、冷笑した調子で皮肉にいった。

「人の腹の事は割ってみなければ判りません」

その日の訊問の最後になると、いっそう李小紅の答えは痛烈になる。

「証人は東京に来てから市中を見物したか」

「私は上京後、皆さんから大変親切にされて本当に感謝して居ります。先だって中は暫く休まして頂いて、旅の疲れも抜けて大変気分が好くなりました。市中の見物は未だ済して居りません」

「市中を見物して母に土産なりと買って行ってはどうか」

お世辞めいた懐柔を李小紅はきっぱりとはねつける。

「無産階級の私には流行を追う事が出来ません」

「その無産階級という事について証人は何か考えを持っているか」

「別に考えを持っておりません」

「本日の中立に相違ないか」

「相違ありません」

「証人は最初の調べの際、何故朴と金との手紙の往復の事をありの儘に申述べなかったか」

「それはあなたの御想像にお任せしましょう」

最後まで落着き払って判事と対等の立場を崩さない点、二十歳のうら若い美女としては胆が据っている。

金翰もまた京城で服役入監中のところを東京に呼びよせられ、証人として訊問を受けた。金翰はこの時三十八歳になっていた。支那各地を漫遊した末、上海仮政府の秘書局長をしたこともある男で、朝鮮に帰っては無産者同盟会の委員をしていた。上海の義烈団長金元鳳から依頼され、上海から送られる爆弾を受け取り、その配分に一役買うようになっていた。そこへ朴烈が来て、その爆弾の一部を分与してもらう話が金翰との間に整っていた。しかし、この爆弾は一部が試験的に安東県まで来たが、そこからは京城に送ることが出来なかったので、この約束は果されず自然消滅の形になっていた。金翰はこの証人取調の際、あくまで自分はただ爆弾の取次だけを約束したので、その使用目的については朴烈から聞いてもいないし、全然関知しないといい張り通し、自分は義烈団員でもないと主張しつづけた。しかし、第十回の最後に近い訊問の時には、

「証人は前回、日本の政府に対して徹底的に反対するには非常手段を執るより外に途がないといった朴烈の言は、一般的に抽象的に朝鮮青年として誰でも常にいう処であると申したが、朝鮮青年は果して、そのような考えを持っているのか」

と訊かれたのに対し、臆さずきっぱりと答えた。

「判事が強いて求めるならば、私はそれに答えましょう。しかしそれは証人としての資格において証言するのではなく、日本官吏の為めに参考として申述べたいと思います。忌憚《きたん》なくいえばいやしくも朝鮮人と称せられる者は死を以て日本人の前に立つでありましょう。その朝鮮人の反抗的心理は、各自の性格と生活境地の社会的関係よりして、或は虚無主義、無政府主義、共産主義、或は民権主義によって形式をもって現われるでありましょう。私は朝鮮人が日本国民に反抗することは永劫的な運命と確信している」

朴烈、文子の罪が決定的になったのは、大正十三年一月頃からの予審廷の彼等の陳述による。

大正十三年一月二十日の第三回予審で、文子は早くも、第一階級は皇族、第二階級は大臣やその他の政治の実権者と規定し、

「私はこの両者の階級に対して爆弾を投げようかと考えた事もあり、朴と同棲後その談合をした事もあったくらいであります」

と答えている。

大正十三年五月十二日の予審廷で、朴烈は、爆弾を使用する目的の真意はと、改めて訊かれたのに対して答えた。

「日本の政治的経済的の実権を有する総ての階級者、およびその看板――其の看板とは日本の天皇、皇太子の事だ――並に之に従属する者に対して爆弾を使用する事を目的

としていた。出来るなら爆弾に依ってそれ等の総てのものを絶滅するにあったが、それが出来ないため、選ばねばならなかったから、俺が朝鮮人である立場から第一に日本の天皇皇太子を対象とした。今もその心持でいる」

と、決定的なことを断言している。

「何故、日本の天皇、皇太子殿下を所謂爆弾の対象の一つとするのか」

と訊かれた時、天皇、皇太子に個人的には何等の怨念も抱いていないが、対象の最も重要な一つとして選ぶのは三つの理由があると述べた。

「第一に日本の民衆に対しては、日本の皇室の真価を知らしめて、その神聖を地に叩き落す為め。

第二に朝鮮民衆に対しては、皇室を倒して朝鮮民衆に革命的独立的熱情を刺戟する為め。

第三に、沈滞しているように思われる日本の社会運動者に対しては革命的気運を促す為めにあったのだ。

殊に俺が昨年の秋の皇太子の結婚期に爆弾を使用する事を思いついたのは、朝鮮の民衆の日本に対する意志を世界に対して表明するには最も都合の好い時機だと思ったからであった」

と答えた。

その翌々日五月十四日には、文子が朴烈に劣らない更に決定的な陳述をしてしまった。

「その爆弾を誰に投げるというのか」

「つまり坊ちゃん一匹やっつければ好いのであります。天皇をやっても好いのですが、行列の機会が少ないのと天皇は病人ですから坊ちゃんをやるのとは宣伝価値が違って甲斐がありません。それで坊ちゃんを狙ったのです」

「被告は何故皇太子殿下にその様な危害を加えようとしたか」

と更に問いつめられると文子は持前の早口で滔々《とうとう》と止まるところを知らない雄弁でまくしたて、日頃の天皇観を展開し陳述してみせた。

「私はかねて人間の平等ということを深く考えています。――略――

総ての人間が人間であるというただ一つの資格によって、人間としての生活の権利を完全に且つ平等に享受すべき筈のものだと信じています。

具体的にいえば、人間によってかつてなされた、また現になされつつある、あるいはこれからなされるであろう処の行動の総ては、完全に人間という基礎の上にたった行為であります。従って地上に於ける人間に依ってなされた行動の悉くは、人間であるというただ一つの資格によって、一様に平等に承認さるべきはずのものです。しかし、この自然的な人間の行為や存在自体が、如何に人為的な法律の名の下に拒否され、左右されつつあるでしょう。

本来平等であるべきはずの人間が、現実の社会では如何にその位置が不平等であるか、私はその不平等を呪うのです。私はつい二、三年前までは、いわゆる第一階級の高貴の人々は、私どもも平民とはどこか違った形と質とを備えている特殊の人種のように考えていましたが、新聞で写真を見てもいわゆる高貴の御方は少しもわれわれ平民と変ったところがありません。

お目が二つ、お口が一つあって歩く役目の足でも働く手も少しも不足するところはないらしい。いや、そのようなもの、不足する畸型児はそうした階級には絶対に無いことと考えていました。この心持、つまり皇室階級と聞けば、そこには侵すべからざる高貴なあるものの存在を直感的に連想せしむる心持が、おそらく一般民衆の心に植えつけられているのでしょう。語をかえていえば、日本の国家とか君主とかは僅《わず》かにこの民衆の心持の命脈の上に繋りかかっているのであります。

もともと国家とか社会とか、民族とか、または君主とかいうものは一つの概念にすぎません。ところがこの概念の君主に尊厳と権力と神聖とを賦与せんがためにでっちあげたものが日本に現在行われているところの神授君権説の天皇制です。いやしくも日本の土地に生れた者は小学生ですらこの観念を植付けられています。天皇を神の子孫であるとか、君権は神の命令に依って授けられたものだとか、天皇は神の意思を実現せんがため国権を握る者であるとか、従って、国法はすなわち神の意思であるとかいう観念を愚直な民衆に印象づけるために架空的に捏造した伝説により、その根拠として鏡だとか、刀だとか、玉だとかいう物を神の天皇に授けた物として祭りあげて、鹿爪らしい礼拝を捧げて、完全に一般民衆を欺瞞《ぎまん》して、かかる荒唐無稽の伝説によって眩惑《げんわく》されている憫《あわ》れなる民衆は、天皇をまたなく尊い神様と心得ているようです。

しかし天皇がもしも神様か、神様の子孫であり、日本の民衆が歴代の神である天皇の保護の下に存在するならば、戦争の際にも、日本の兵士は一人も死なず、日本の飛行機は一つも落ちない筈でして、また神様のお膝元で昨年のような天災のため何万という忠良な臣民が死ぬ筈もないでしょう。

しかしこのあり得べからざることが、あり得たという動かすことの出来ない厳然たる事実こそは、即ち神授君権説が空疎な仮定に過ぎない事をあまりにも明白に証明しているではありませんか。全智全能の神の顕現であり、神の意思を行う処の天皇が現に地上に実在しているに拘《かか》わらず、その下に於ける現社会の赤子の一部は、飢に泣き、炭坑に窒息し、機械に挟まれて惨めに死んで行くではありませんか。この事実こそ、とりも直さず、天皇が実は一介の肉の塊であり、いわゆる人民と全く同一であり、平等であるべき筈のものだという事を証明して余りありませんかね。

お役人さん、そうでしょう。日本は連綿として絶ゆる事なき天皇を戴き世界に比類なき国体である。この国に生れあわせた事は人間として唯一の誇りであるから、それを発揚するため努力せねばならぬとは小学校時代に私の教えられたものです。しかし一つの血統というのも、嘘か誠か判ったものではない。

　まあかりにとにかく一つの系統の統治者を戴くという事が、それ程にも大きな名誉でありましょうか。

　かつて海に沈んで魚の餌食となったという安徳天皇とやらは、僅かに二歳で日本の統治者としての位を負うていたと聞いています。こうした無能な人間を統治者として祭りあげて置くということが、果して被統治者の誇りでありましょうか。寧ろ万世一系の天皇とやらに、形式上にも統治権を与えて来たということは、日本の土地に生れた人間の最大の恥辱であり、日本の民衆の無智を証明しているものであります。

　天皇の現に呼吸している傍で多くの人間が焼け死んだという昨年の惨事は、即ち天皇が愚かな肉塊にすぎないことを証明すると同時に、過去に於ける民衆の愚かな御目出度さを嘲笑しているようなものです。

　学校教育は地上の自然的な存在たる人間に教える最初に、まず『旗』を説いて、国家的観念を植付けるべく努めています。等しく人間という基礎の上に立って、諸々の行動もただそれが権力を擁護するものであるか否かの一事を標準として総ての是非を振り分けている。そしてその標準を決定するのは、人為的な法律であり、道徳であります。法律も道徳も社会の優勝者により能く生活する道を教え、権力への服従をのみ説いています。

法律を掌《つかさど》る警察官はサーベルを下げて人間の行動を威嚇《いかく》し、権力の塁を揺がす虞《おそ》れのある者を、片っ端から縛りあげています。又裁判官という偉いお役人は法律書を繰っては、人間としての行動に勝手な断定を下し、人間の生活から隔離し、人間としての存在すらも否認して権力擁護の任に当っている。

かつてキリスト教が全盛であった時代にはその尊厳を保つために、神の迷信的な奇蹟や、因襲的な伝説の揺がされることをおそれて、科学的な研究を禁止したと同様に、国家の尊厳とか、天皇の神聖とかが、一場の夢であり、単なる錯覚にすぎない事を明らかにする思想や言論に対しては、力をもってこれを圧迫しています。こうして自然の存在たるすべての人間の享受すべき地上の本来の生活は、能く権力に奉仕する使命を全うする者にのみ許されているのであります。それ故、地上は今や権力という悪魔に独占され蹂躙《じゅうりん》されているのであります。そうして地上の平等なる人間の生活を蹂躙している権力という悪魔の代表者は天皇であり皇太子であります。私がこれまで坊ちゃんを狙っていた理由は、この考えから出発しているのであります。──略──

そこで私は一般民衆に対して神聖不可侵の権威として彼等に印象されているところの天皇、皇太子なる者は、実は空虚な一塊の肉の塊であり木偶にすぎない事を明らかに説明し、又、天皇、皇太子は、少数の特権階級者が、私腹を肥す目的の下に、財産たる一般民衆を欺瞞するために操られている一個の操り人形であり、愚かな傀儡《かいらい》にすぎないことを現に搾取されつつある一般民衆に明らかにし、かつそれによって天皇に神格を賦与しているもろもろの因襲的な伝説が、純然たる架空の迷信にすぎないことを知らせたいのです。

　従って、神国とまで見なされている日本の国家が、実は少数の特権階級者の私利を貪《むさぼ》るために仮設した内容の空虚な機関にすぎない事、故に己を犠牲にして国家のために尽すという日本の国是とまでみなされ讃美され鼓吹されている彼の忠君愛国の思想は、実は彼等が権利を貪るための方便として美しい形容詞を以て包んだ、己の利益のために他人の生命を犠牲にする一つの残忍な欲望にすぎない事、従ってそれを無批判に承認することは、即ち少数の特権階級の奴隷たる事を承認するものである事等を警告し、そうして従来、日本の人間たちの生きた信条としていた儒教に基礎を求めている他愛的な道徳や、現に民衆の心を風靡《ふうび》しがちな権力への隷属道徳の観念は、実は純然たる仮定の上に現れたうつろな幻影にすぎないという事を、すべての人間に知らしめ、それによって、人間は、完全に自己のために行動すべきものである。宇宙の創造者はすなわち自己自身である事、従って総ての『もの』は自分の為に存在し、総ての事は自分の為に為されねばならぬ事等を民衆に自覚せしめる為に私は坊ちゃんを狙っていたのであります。

　私等は何れ近いうちに爆弾を投擲《とうてき》することによって地上に生を断とうと考えて居りま

した。私が坊ちゃんを狙ったという事の理由として只今申上げました外界に対する宣伝方面即ち民衆に対する説明は、実は私のこの企ては、私の内省に稍々《やや》着色し光明を持たせたものに過ぎないのであって、取りも直さず自分に対する考えを、他に延長したもので、私自身を対象とするそうした考えが、即ち今度の計画の根底であります。私自身を対象とする考え、私の虚無的思想については既に前回詳しく申上げて置きました。

私の計画を突き詰めて考えてみれば、消極的には私一個の生の否認であり、積極的には地上に於ける権力の倒壊が窮極の目的であり、又此の計画自体の真髄でありました。私が坊ちゃんを狙ったのはこうした理由であります」

何の原稿の用意もなく、一気にこれだけ長い答弁をまくしたてる頭脳の回転の速さ、明晰さは非凡としかいいようがない。

立松判事は文子の興奮状態を異常、或は病的と感じて、

「被告の身体の都合はどうか」

と質問している。しかし文子はけろりと答えた。

「身体の都合ですか……、それはとっくの前に済みました」

「被告は改心してはどうか」

「私は改悛《かいしゅん》せねばならぬ様な事は断じてしておりません」

といい切り、

「私は今後もしたい事をして行きます。そのしたい事が何であるかを今から予定する事は出来ませんが、とにかく、私の生命が地上にあらん限りは『今』という時に於ける最も『したい事』を追って行動するだけは確かであります」

と申し立てた。

文子は大正十三年一月二十五日の第六回訊問の時にも、全く無防禦《むぼうぎょ》な答を連発している。

「被告等はその爆弾を何に使用するというのか」

「いうまでもなく私の所謂第一階級第二階級を合せて爆滅させるために朴と私と金はその爆弾の入手方を頼んだのです」

「一体、被告等は日本の皇族に対して日頃尊称を用いていたか」

「いいえ、天皇陛下の事を病人と呼んでおりました」

「摂政宮殿下の事は」

「坊ちゃんと呼んでおりました」

「その他の皇族の事は」

「その他の皇族の事は眼中にありませんから別に名称を用いていませんでした」

「大臣その他の顕官《けんかん》のことを何と呼んでいたか」

「有象無象《うぞうむぞう》というておりました」

「警視庁の役人等の事は」

「警視庁の奴等はブルジョアの番犬ですからブルドッグとか犬コロとか呼んでおりました」

「裁判官の事は」

「摑《つか》った後の事等を私たちは考えておりませんから裁判官等は、私たちの眼中にありません。従って私たちは別段名称を用いておりませんでした」

こういう答え方をみても、文子は予審が開かれた段階では、もう覚悟を定め、捨て身で、せめて法廷でいいたい放題をいってやろうという態度のようであった。

大正十三年五月二十一日、文子は、立松判事が市ケ谷刑務所に来ていることを看守から聞き、自分から特に面会を申しこんでそれを取りつけた。立松判事が何か特別に申し立てることでもあるのかと訊いてやると、前日の調書の訂正をしたいという。

「前回、私は坊ちゃん一匹やっつければいいと申しました。その際判事さんから御注意を受けた事を思いだして、私も一匹ということばはなるほど汚い卑しい言葉だと気がつきました。私の国家観、天皇、皇太子観を申述べ、皇太子に対する私等の計画を申上げた以上は、殊更敬語を用いる必要もありませんから又、殊更罵倒する必要もない。却《かえ》ってそんなことばは私の立場を醜くするものだと気づきました。それで、坊ちゃん一匹をやっつければいいと申上げた点を皇太子一人を殺せばいいのでそれを申上げて用語を訂正したいと思います」

といいわけをした。しかしその後で爆弾投擲の実質は何ら変更しないと陳述している。

それから四日後の五月二十五日には、それまでの「治安警察法違犯」に、「爆発物取締規則違反」が追加起訴された。この裁判を通じて、文子が過剰自供とか、飛び上りとかいう批判を受けるゆえんである。

朴烈、文子のよき理解者として最後まで味方した布施辰治弁護士は、文子の才能を、一種の天才だとみなして『運命の勝利者朴烈』という書物の中に言及した。その中に、文子自身が自分の人並外れた体力と、才能を相当自覚していて、

「私はあの惨めな生活苦闘の中で、どれだけ自分の生れながらに恵まれていた豊かな健康が傷つけられたかしれない、また幸いに恵まれていた天分や才能がどんなにすり落されたかしれないと思っています。それでもまだ損われきらずに残された健康と、すり落されきらずに残っている才能、これは自分の現在の健康と才能ですよ」

と誇りをもって語ったと述べている。

文子の精神鑑定をした杉田博士は、文子は体質性興奮症と名付ける一種の性格異常だと鑑定しているが、この興奮症の間には精神作用も敏速軽快になって、その間に文筆などに従事すると、内容に天才的な才能を発揮することもあるので、古今の文人芸術家もこの状態に傑作を残した例が多いとし、文子の興奮状態は比較的永続するたちで、その

状態の中では、多弁多動多企になり、その思想が放胆となると述べた。

「さらにその思うところを発表せんとする衝動を感ずるや、その文筆をとれば思想の湧出極めて豊富軽快迅速なり、しかしこれに応ずる運筆もまた甚だ速かにして、たちどころに数十枚の原稿紙を埋むるを得、しかも自ら多くの疲労を感ぜず」

とも鑑定している。

公判の開かれる前、板倉受命判事が、市ケ谷刑務所に文子を訪ね、前準備として、文子と思想闘争を試みようとした時も、文子は、

「あなたはまだ、私の思想がよくわかっていないようだから、その概念をまずお話しします」

といって、板倉判事に自分の喋ることを書きとらせた。僅か四十分たらずの時間に、二十三字十三行で三十四枚約一万字近いものを一気に喋りまくった。その内容も理路整然として虚無主義者としての一家言を述べていた。それを抄録してみれば文子の虚無思想の一面をうかがうことが出来る。

「私は人間社会におけるあらゆる現象を、ただ所有欲によって説明出来ると思う。キリストはその所有欲の転換を夢み、老子はそれを否定するところにユートピアの実現を思った。かと思うとスチルネルは、それをあくまで満足させるところに人間の幸福をみようとした。私はその三つの行き方に批判を加えてみる。

第一、キリストの教えに従うには、人間はあまりに現実的に、すなわち物質的につくられすぎている。

第二に、老子の考え方は徹底している。それは立派に理論の上にユートピアを建設する。しかし要するに、理論の上であって実際にはなりたたない。何故かといえば、老子が否定しようとした所有欲こそは、生命欲のほとばしりである。生命欲そのものである。すなわち、人間の生きようとする力が、その領分からあふれて、盲目的ながらも『よりよく生きよう』ともがく姿が、地上における争闘である。だから老子の思想を実際に引きおろし、もっと徹底させるなら、それは権力や家庭を否定する前に、まず生きようとする欲望そのものを否定すべきである。ここで老子の所有欲否定の思想は、人間と互いになりたたないと私はいう。

第三に、スチルネルの所有欲満足……私はこの最後のと同じ考え方をしている。そこでこの所有欲なるものの解決をすると、所有欲とは生命欲がその域を超えて、人間生活の上に溢れでたものの別称である。そしてそれは自愛、すなわち己を利するという形をもって現れる。私はいう。人は決して他を愛しえない。愛するものは常に自分である。すべての人はエゴイストであると。

しかしその自分は、決して固定してはいない。自我は伸縮する。ある時は国家とか、または人類とかいうところまでも拡大され、またある時はその自分一個の個体の裡《うち》においてさえ、自他の対立を見るので、人間間におけるいわゆる社会的結合は、ただこの自我の伸縮性の上にのみ保たれている。

人は何を所有したがるのか。すなわち人生の目的とは何なのか。私は答える。人は幸福を所有したがり、幸福を追求するために生きると。ここに一つの『あるもの』が存在する。それを所有することによって人は幸福を感じるとする。つまり、その『あるもの』こそは幸福ということである。すると、一方にはその幸福を獲ようとして所有出来ない者は不幸だと考える。一方に幸福があるから片方に不幸が生じ、不幸がそこにあるから、一方は幸福になる。つまり存在はすべて相対的なものである。存在はすべて全く相反したものの上にのみ保たれている。ゆえに、不幸に禍いされる幸福はもはや幸福でない。むしろ幸福を所有しようとしないところに不幸はなく、不幸のない状態こそ幸福である。そうなればそこにはいわゆる存在はない。存在の因果関係を超えた彼方、すなわちニヒルの境にこそ真の幸福があるのである」

文子は杉田博士に向って、思想は変る、大正十二年九月、捕えられた時限の自分の思想と、獄中に三年間も過した現在の自分の思想は同一ではないといった。叛逆の思想は変えないにしても、自分の短い生涯をふりかえって、文子の虚無思想の中にも深浅の変遷はあって当然だろう。存在の因果関係を超えた彼方――そこは死の世界が開かれているのだろうか。

朴烈も、同時代の虚無主義者としての代表の辻潤も自殺はしていない。真のニヒリズムは、朴烈のように無期を宣告された獄中でも生き長らえ、飢とアルコール中毒で野垂れ死した辻潤のような死様《しにざま》の中に宿っているのではないだろうか。

金子文子は、理性の上ではスチルネルに共鳴し、虚無思想に捕えられた。しかし、文子の人並より小さな体内には、生れながらにして恵まれた強健な肉体と、天賦の才能と同時に、只ごとではない強烈な生命力も与えられていたという解釈も出来るのではないだろうか。

杉田博士の精神鑑定書の中には、文子がいつも躁状態で興奮のしっぱなしにいたわけではなく、時々、ひどく感傷的になって泣き沈んでいることもあったとある。

調書の中でも、手記の中でも、あくまで憎しみをこめて弾劾しつづけている母のきくのが思いがけず刑務所に面会に来たことを歌に詠んでいるのは、調べ室や法廷で傍若無人な言動をする文子とは同一人と思えないように素直でしおらしい。

意外にも母が来たりき郷里から
獄舎に暮す我を訪ねて

逢ひたるはたまさかなりき六年目に

つくづくと見し母の顔かな

何がなと話続けて共に居る
時延ばさんと我は焦りき

人間は矛盾のかたまりである。ましてや煩悩の火は理性の埒外《らちがい》に燃え悶える。文子が両親に対して、あれほど憎悪の言を吐きつづけたのも、裏がえせば、文子の肉親愛が人並以上にたっぷりあり、それが報われないための反動と受けとれないこともない。たとえば、文子は、肉体関係のあった過去の恋人たちについては、思いの外、あっさりした言葉つきや筆つきで淡々と語り捨てている。

きくのが市ケ谷へ面会にいったのは、死刑判決を受けた大正十五年三月二十五日だった。それから四カ月後に文子は栃木の獄中で自殺している。あれほどの憎しみも死の前には「時延ばさんと我は焦りき」というようなやさしい気持で対することが出来たのだ。あるいは文子は自分の運命の死をこの頃すでに予感していたのではないだろうか。文子が母のことを筆や言葉で弾劾している時にさえも、文子の心の底には愚かな母へのあわれみとなつかしさがいらだたしく渦巻いていたかもしれない。文子の語るような自我愛だけのニヒルならば、なぜ文子は朴烈にあれほど命がけの恋が出来たであろうか。

文子は小さな軀に収めきれないほどの生命力をもてあまし、しかもその生命をいつでも白熱の炎をあげるまで完全燃焼させねば気がすまず、自分で自分をかりたてて、がむしゃらに勉強し、猛烈な知識欲を充たそうとしてきた。文子の短い生涯をふりかえると、文子にとって生きるとは、学ぶことと闘うことであった。自分に何の能力もない幼少の時から、文子は納得し難い自分の環境に対して心から抗《あらが》いつづけている。男たちに無造作に身を投げだし、男たちを次々捨てていき、さして傷痕を残さないのも、彼等がすべて、文子よりはるかに生命力のボルテージが低く、文子に辛うじて官能の満足くらいしか与えることが出来なかったからではないだろうか。文子が本能的に需めていたのは、男によって与えられる官能の歓び程度ではなく、もっと自分の根底から自分を揺さぶり摑みとってくれる男の強烈な生命力、自分のおびただしい生命力に太刀打ち出来るボルテージの高い生命力そのものではなかっただろうか。

一見栄養失調らしい貧相な朴烈に一目逢って文子が惹きつけられたのは、朴烈の惨めたらしい外見の内につつまれた生命力の白熱の炎を、文子の心眼が映しとったからだろう。

「俺たちはかかる残忍なる運命に対して絶対に復讐することを誓うぞ。俺たちは汝らがした暴虐とともに、この悪魔のごときやり口を限りなく呪っているぞ。赤い血を吐いて斃《たお》れるまで反抗して闘うぞ。俺たちは犠牲にされても、ただは犠牲にされないぞ。俺たちは滅ぼされようともただは滅ぼされないぞ。必ず復讐するぞ。汝らがいかに厳重なる取締りをしようとも、俺たち朝鮮三千万民族が完全に滅亡されてしまう最後の一人まで、俺たちの復讐戦は継続するぞ。否、汝らの圧迫が激しくなればなるほど俺たちの胸の中に燃える抗争の意識がますますハッキリ燃え盛って行くぞ。俺たちの復讐戦をますます猛烈に展開するぞ。だから汝らが、その満々たる帝国主義的野心をもって、いわゆる、文明的に間接化し陰険化して、いわゆる、文化政治とか仁政を行おうとしても、なお、依然として爆弾銃器の輸入を俺たちは自由にやってみせるぞ。いわゆる、不逞鮮人の暗殺襲撃はますます繁く、いよいよ深刻化してお前たちを襲うことを覚悟しろ。汝らのいわゆる厳重なる取締りは、俺たちにとっては、単に一種の興奮剤として役立つものであることを知れ。汝らのいわゆる文化政治とか、或いは仁政も、俺たちにとっては単に蚊禍政治、或いは塵政にすぎないものであることを暴露して叩き返してやる」

こんな呪いと復讐心を持続して燃やしつづけている朴烈もまた、凡俗の生命力であり得よう筈がない。

文子は朴烈に逢った時、はじめてありあまる自分の生命の余剰を惜しみなくあふれさせ注ぎこめる対象を獲たと直感したのであろう。文子は朴烈と同棲する前、朴烈が民族運動者かどうかを問いただし、朴烈がそうではないと答えたのを聞いて安心して同棲にふみきったことはすでに書いたが、朴烈こそは真底から朝鮮民族のために闘う民族主義者であることは、同棲と同時に見抜いた筈であった。しかも尚、文子は別れようとしないばかりか、むしろ、ますます朴烈と一体となり彼の思想に殉じようとして、大逆罪に自らすすんで連座していったのである。

文子の予審調書にみるかぎり、はじめから文子は、この事件に朴烈と同質の重さで関係しようと志し、そうなるような自供過剰をしたとしか考えられない。

朴烈より先に、文子が爆弾使用の計画を自供し、つづいて皇太子を狙ったことも、金翰や、金重漢との関係もすべて喋っているし、朴烈は自分にそれらすべてについて相談して共謀したと自供した。立松判事の取調べ方法は、文子に自供させたことを朴烈に問い訊《ただ》し、それを更に確認させるという順序をとっている。

朴烈の方は、立松判事から読み聞かされる文子の供述を聞かされる度、文子が自分と共に死のうと図っている心を感じたが、まだ、大正十四年五月二日までは何とかして、文子を扶けようと考えていたことがうかがわれる。それまでは「爆弾等を入手して種々の直接行動に出る事を金子と協議したか」と問われ、「過去の事実を事実のまま陳述する事は金子の気持を傷つけるかも知れない。又過去の事実を否認し偽る事は金子の気持を傷つけるかも知れない。俺は金子の気持を尊重するから其の問に答えない」(第七回地裁予審調書、大正十三年二月五日)と微妙なニュアンスで文子をかばう答えをしているが、その日の終りに、文子の方は爆弾入手のすべての関係を、相談されたといっているがどうかと改めて訊かれた時は、「金子が任意にそのような事を申しているのなら、俺はそれを是認しよう、何れ詳しくいう事としよう」と、やはりふくみのある答えをして、文子の気持は汲みとってやりながら、尚少し、あいまいさを残そうとしている。

　第九回地裁予審（大正十三年四月十日）では文子が、金翰及金重漢との交渉について、朴烈と共謀していたといったと伝えられると、

「金子がそう言うていればそれに相違なかろう」

といいながら、第十三回地裁予審（大正十四年三月九日）には、

「被告は金子に対して京城と東京と相呼応して爆弾を使用するということを告げたか」

「或日そのようなことを金子に漏らしたことがあったかもしれぬ。併しそれを漏らしたということと、彼女と実行を共にする為に互いに相談し合ったということは全然違うからどうか其の点は誤解しないでほしい」

と、まだ文子をかばい扶けようとする意志をみせている。

　第十六回地裁予審の開かれた大正十四年五月二日という日が、この大逆事件の予審の最大の山場に当り、この日、ついに立松判事は、予審第五号調室に於て、それまでの「爆発物取締規則犯事件」から一挙に「大逆事件」に拡大するため、朴烈の最後の自供をとりつけることが出来たのであった。大正十二年九月三日に保護検束の名で朴烈を捕えて、「治安警察法違犯」の「秘密結社事件」という罪状で起訴して以来、二進三進し

て、ついに大逆罪にまで拡大したことは、最初からの筋書であったと勘ぐられもするが、その間、立松判事が専任専心して二人の取調べに当ったのだから、立松判事としても、この日の予審は三年間で最大の感慨と緊張を伴った筈であった。

この事件は、結局、物的証拠は何ひとつなく、本人の自供に依るしかなかったのだから、立松判事が、朴烈、文子を懐柔し、大逆罪の起訴事実を自白させるため、どれだけの神経を費したかは充分に察しられることである。しかし、ほとんどすべての調べは、前日、五月一日第十五回までの予審でほぼ完了していたのであった。

立松判事は、五月一日には、大逆罪に移す最後の締くくりとして、朴烈に向って、これまでの調書を間違いや、朴烈の気分にそわぬことがあってはならぬから全部読み聞かせようかといっている。朴烈はそれに対し、

「所謂任意の陳述であるのだから何時もの様に、俺のいう処をそのまま虚心坦懐に書いて貰いたい」

といって立松判事に対しては、

「君は比較的敵を正しく理解せんことに努め敵を又侮辱せぬ人であった。日本の古歌に、『知りわける心の中の誠こそ教えにようぬ悟りなりけり』というのがあるそうだが、君は誠にその知りわける心の中の誠を持っている。俺はこれまで大なる侮辱を以て日本の司法官憲に対してきたが、君は一寸侮辱することが出来なかった」

と述懐し、これまでの訊問にも不愉快でなく答えたから今更改めて聞き返す必要がないと、信頼したかのようにいっている。ただしすぐその後で、

「こういったからといって、俺は君のその仕事振りが文字通りの公明正大であると思い込んだり、又は君に信頼しているという訳ではない」

と肩すかしをくわせ、自分は裁判の公平とか権威とかは全然認めていない。元来裁判とは、其本質に於て、権力者たちが無知な民衆をだまして自己を護るための、あまり巧妙でもない一つの操り芝居だと嘲笑した上、「裁判の奇計を公平顔に行えり」という句を献じているし、「世はなべて仮象なれば好きにやれ、建てるも可し壊すも亦よし」と調書にわざわざ記させているのだから、立松判事としては、半ば安心、半ば不安で気の許せぬ気持で、最後の五月二日に臨んだと思われる。

五月二日には立松判事は、開口一番、一気に問題の核心に突っこんでいった。

「爆発物取締規則第一条には『治安を妨げ、または他の身体財産を害せんとする目的をもって爆発物を使用したる者、または他人をしてこれを使用せしめたる者は、死刑または無期もしくは七年以上の懲役、または禁錮に処す』と規定し、尚その第二条には『前条の目的を以て爆発物を使用せんとするの際、発覚したる者は無期もしくは五年以上の懲役又は禁錮に処す』と規定しているが、併し刑法第七十三条は『天皇、皇太后、皇后、皇太子または皇太孫に対し危害を加え、または危害を加えんとしたる者は死刑に

処す』と規定しているところに依って見れば、被告の之迄の申立を綜合するに、被告の所為は、或はこの刑法第七十三条の罪に該当するかの様にも思われるが、被告の申立は事実それに相違ないか」

立松判事の訊問第一声を聞き、朴烈は、ついに来るべき物が来たと感じ、さすがにいつものような不逞な態度ではなく、慎重に言葉を選んで、問いに対する即答はしていない。

「それに答える前に一応聴いて置かねばならぬことがある。というのは金子と金重漢さんとのことだが、両人は君にどういうようなことをいっているか、出来るならばそれを聴かしてほしい」

立松判事が、文子は最初から朴烈と相談の上、爆弾投擲の計画をしたと申し立て、金重漢は朴烈に依頼され、上海へ爆弾を取りに行くことを承諾したと陳述しているというと、朴烈は再び、

「尚それに答える前に尋ねておきたいが、金子と金重漢さんは爆弾投擲の目的とか対象とかについてどの様に申述べていたかそれも聞かしてほしい」

と慎重を極めている。判事はそれに対し、

「金子は要するに皇太子殿下を爆弾投擲の対象としていたと申述べている」

といい、金重漢と文子の予審訊問調書の全部を朴烈に読み聞かせた。朴烈はそれを聞い

て、もはや、文子が自分と共にこの大罪から逃れられないことを悟ったし、文子が朴烈と共に死ぬことを最大の望みとしている心情を察した。

「紙の上では無を有と書くことも出来れば、有を無と書くことも出来る。又ある一つの事実を長く引延することも出来れば短く縮めることも出来る」

と意味深長に皮肉った上で、ついに決定的自供をしてしまった。

「俺は金子と金重漢さんとを所謂共犯者としてではなく、所謂証人として迎えたかったのだ。それだから、俺は之迄、所謂陰謀の対象とか目的物については余り決定的にはいうことが出来なかったのだ。しかし金子がそのように言っているとすれば、俺もその対象について決定的にいうことが出来る。

実は俺は日本の皇帝皇太子も爆弾投擲の最も重要なる対象物としていたのだ」

これまでは爆弾使用の時機については入手次第、時を選ばぬといってきたのを、皇太子の結婚の時に使用する計画だったと、これも言いきってしまった。

朴烈はこの日まで、まだ文子をかばい、共犯者として道づれにするつもりはなかった気持を語り、しかし、この日は文子の希望通り、文子をあの世まで伴う決心を固め、文子の自供のすべての言を「明に肯定する」と申し立てた。それでも尚、金重漢については、これまで同様、本気で爆弾の件を頼んでもいないし、すぐ依頼したことは取り消したと、共犯者扱いはさけている。

この日、立松判事がどれほど肩の荷を下し、ほっとしたかは例の怪写真なるものが、この予審の終った直後、この部屋で撮られたものであることを見ればうなずけよう。同じ頃、別室に来ていた文子を検事がつれてきて、どうせまもなく公判廷で逢うのだからいいだろうといって逢わせ、紅茶を出して二人を、ねぎらい、四方山の歓談をして、最後に記念写真まで撮ってやったというのである。立松判事としては、それくらいのサービスはしてもいいくらい、その自供をとれたことは喜びであり大成功であったのである。

翌五月三日の第十七回予審訊問では、立松判事が反省をうながしたのに対し、朴烈は猛然と喰ってかかった。

「反省が所謂改悛を意味するなら、それは俺に対する大なる侮辱だ。俺のしたことが爆発物取締規則の第何条とかに該当するか、刑法第七十三条に該当するか、それがどんな刑だか知らぬがそんなことはどうでもいいのだ」

といい、改悛の余地はないと申し立てた。

最後に公判における弁護士についての希望を訊かれた時も、法廷に立つのは自己の権利を要求したり争ったりするつもりでなく、自己の立場を主張するためだから弁護士などは必要ないと答えた。

ここに予審は終結し、事件は幸徳秋水事件(明治四十四年一月十八日判決)、難波大助事件(大正十三年十一月十三日判決)につぐ第三の大逆事件として立松判事は管轄違いの予審終結決定をしたためた。

そこで事件は大審院特別刑事部に移され、立松判事は長年の予審で、朴烈、文子の信頼を得ていたので、ひきつづき東京地裁予審判事から、東京控訴院判事として、この事件の予審が命じられることになった。

大審院の特別法廷の裁判は一審が終決、上訴も上告も許されない。真直ぐ死刑に通じる道であった。

立松判事は大審院予審を終り大正十四年九月三日付で意見書を提出、大審院はそれによって、同年十月二十八日公判開始を決定した。

公判に先だって、朴烈は、四つの条件を出した。

第一に、裁判官は、日本の天皇を代表して法廷に立つのに対し、自分は朝鮮民族を代表して立つのだから、朝鮮の礼装をし、ことに朴氏族の冠をかぶることを認めること。

第二に、朴烈は朝鮮民族の代表だから、裁判官席と被告人席を同等の高さにすること。

第三に、冒頭で朴烈が法廷にのぞむ態度をのべ、朝鮮の歴史について述べさせること。

第四に、朝鮮語を使うから通訳をつけること。

というものであった。弁護人が斡旋して、第二と第四を撤回させ、第一と第三を裁判長に承諾させた。

文子は、公判準備手続の頃は、大分気持が落着いてきたとみえ、以前のような超過激

な思想を訂正しはじめている。第一回公判準備手続の中では、

「私は今まで余り元気に言いすぎ万類の絶滅ということをいっていましたが、それは少し言いすぎ、誇大妄想的な言葉であったことに気がつきました」

といい、

「私がやろうとしたことはテロであった。しかしそれはいわゆるテロリズム運動ではない。ニヒリズムに根を置いた運動である。そしていわゆるテロリズム運動は一つの政治運動である。ニヒリズム運動は哲学運動である……、と私は思う」

と書いて板倉受命判事に渡している。自分の叛逆をテロリズムから区別し、思想運動と考えようとしはじめている。

大正十五年二月二十六日、朴烈、金子文子事件の第一回公判が、大審院特別刑事部で開廷された。

裁判長は牧野菊之助、陪席判事柳川勝二、板倉松太郎、島田鉄吉、遠藤武治、補充判事中尾芳助、立会検事小山松吉、小原直、弁護人は、官選新井要太郎、田坂貞雄の外、あれほど二人とも弁護人はいらないといっていたが十一月十二日頃から、気が変り、旧知の山崎今朝弥、布施辰治を私選弁護人として選んだので、この日二人が出廷していた。

山崎今朝弥は、岩崎おでんやで金子文子と知りあった関係で朴烈とも知りあっていた。

布施辰治は山崎今朝弥より三つ年下だが、二人とも社会主義者の弁護人としてはいつでも法廷に立ち、アナキスト村木源次郎、和田久太郎、古田大次郎たちが、大杉栄虐殺の報復を企て、福田大将を狙撃して捕まった時も、法廷に立ち、彼等の弁護をした人たちであった。

第一回公判に先だつ一カ月ほど前、一月二十二日付で、文子は山崎今朝弥に手紙を出している。

「とんと御無沙汰しています。どうやら少しは涼しゅうなったようですが、如何？私は相変らずピンピンやっております。

折角拾って戴いた正月も何時の間にやら来て行ってしまいました。今日はもう二十二日、決算期は近づいているし、さて、何をどう弾き入れるべきかと算盤を片手にちょいと冗談いって居ります。二十二年の生――苦しみ――失敗。プラス、マイナス、イクォール、ゼロの、而し其の苦しみを越えて失敗を越えて、ゼロの中にも自分の求むる何かを摑み得たというような気もするのです。少しでも摑もうとしていた、摑もうとしている事は事実です。

あのあなたの年賀状兼暑中伺い、あの日女監へ帰って見たら来ていました。なまじっかの玄関だけをお見せなさってるので、『解放』を読みたくて堪らない。久しい間諦めていたのですがね、而し、どうか、月刊雑誌の件、速く交渉して下さい、でないと私の方が『左様《さよう》なら』してしまいます、私の例のヨタ仕事ですね。只今布施氏から記録を借りてやってます。もうじきです。これについても、無論あなた方のお世話にならねばなりません。どうぞよろしく。若しお会いでしたら、田坂、上村、中村諸氏によろしく。では、左様なら。お大事になさいまし。一月二十二日朝

起床前

柏布団にくるまったまま婦み子
ペン執れば今更のごと胸に迫る
我が来し方の悲しみのかずかず
炊場《すいじ》の汽笛は吠えぬ冬空に
喘息病みの咽喉の如くに
いちがやにて　金子婦美　一月二十二日」

（森長英三郎「山崎今朝弥」より）

ヨタ仕事とはむろん、獄中手記のことである。

この日、大審院は制私服警官二百名が守り、憲兵数十名もそれに加わって厳重な警備陣を敷いていた。傍聴希望者五百名が早くから押しかけてきた。

朴烈と文子は大審院に入ると、ひとまず大法廷の会議室のそばの部屋に入って着がえをはじめた。朝鮮服の礼装用一式が、文子の分まで揃えてそこには用意されていた。栗

原一男たちがかけずり廻って、用意したものである。

八時四十分、すっかり朝鮮服を着つけた文子が、まずひとり法廷にあらわれた。手錠もかけられず、編笠もかぶらない。滝田看守長をまるで背後に従えるようにして静々と入廷する。

小柄なからだに赤と緑の華やかな朝鮮服を着て、胸にリボンのように紐を結んでたらしている。髪もきちんとひきつめ、さっぱりとした顔は、晴れの舞台に上った女優のように、緊張と興奮で輝いている。いきいきした表情は、長い獄中生活のやつれもみせず、ゆったりと椅子にかけ、短い上衣の下から桃色のメリヤスのシャツをのぞかせながら、おもむろにハンカチをとりだし、二、三度咳入ってみせる。膝においた左手は、小さな翻訳小説をいじっている。

法廷じゅうの視線が自分に注がれていることを感じているらしく、上気して、目をきらきら輝かせ、咽喉《のど》がかわくのか、看守にねだって、熱い茶をとりよせ、悠然とそれをすすった。

文子入廷より十分くらい経って、つづいて朴烈が入廷した。鬚を青々と剃り、蓬髪をきれいにオールバックに撫であげ、その上に紗帽をのせていた。紫紗の礼服に、内裏雛のような礼帯を締め、手には小旗のような士扇を持ち、それをきどった様子で打ち振りながら入ってきた。

傍聴席の人々は呆気にとられた形で、その朴烈を眺めた。

朴烈は悠然とした足取りで進み、傍聴席の人々に余裕のある笑顔をふりむけ、文子の右に着席した。文子は朴烈を見上げて笑いかけ、ふたりはさすがに言葉はかわさないが、如何にもこういう席でこの服装で逢うことが満足らしく笑み交した上、かねて相談でもしてあったように一緒に立ち上り、揃って後ろにむいて、傍聴席につめかけた栗原たち同志に、にこにこ黙礼を送った。

この日の傍聴人たちは、午前二時頃から傍聴券を入手するため、大審院の門前で、列をなして待っていた人々だった。そのほとんどが朝鮮人とアナキストたちで占められていた。約五百名もの傍聴希望者の中からようやく入廷を許された百五十名の人たちだ。入廷の時、玄関から法廷までつづく廊下の三カ所の関所で厳重な服装検査を受け、マッチ一本も探しだされてようやく入廷を許可された人々であった。朴烈、文子たちより堅い表情で彼等は息をのみ、成行を見守っていた。

午前九時前、裁判長以下、弁護士まで入廷し、九時すぎ愈々開廷となった。

まず最初朴烈に対して人定質問が開始された。朴烈は、その最初から、全く裁判をなめきった態度で答えた。

「姓名は」

「バックヤール」

「それは朝鮮の呼名ではないか、日本流に読めば」
「朴烈とも書く」
「本名は準植ではないか」
「どちらでもよい」
「年齢は」
「よく覚えていない」
「どうして年を知らん」
「誰でも生れた年月日を知っている者はなかろう」
「職業は」
「調書に書いてある通りだ」
「それでは判らぬ、答えなくてはいかん」
「まあ不逞業としておく」
「雑誌もやっていたのではないか」
「それも職業の一つ」
「住居は」
「市ケ谷刑務所」
「本籍はどこか」

「本籍とは何のことか」

「戸籍のあるところだ」

「朝鮮慶尚北道尚州郡化北面壮岩里八百七十」

「平民か」

「新平民だろう」

という調子であった。文子はこんな答えをする朴烈を隣の椅子から軀を半分朴烈の方にさしむけるようにしてうっとり眺めていた。

朴烈につづいて文子の人定質問があり、文子も朴烈に負けず劣らずの態度で答えた。

「氏名は」

「金子文子」

「年齢は」

「御役人用は二十四年ですが自分は二十二年と記憶しています。併し本当のことをいえばどちらも信じていません。年がいくつであろうが今私自身の生活を生きて行くことには何の関係もありませんから」

「族称は」

「神聖な平民です」

「職業は」

「現に在るものをぶち壊すのが私の職業です」

「住居は」

「東京監獄です」

「本籍は」

「山梨県東山梨郡諏訪村杣口千二百三十六番地だそうです」

「出生地は」

「横浜市だそうです」

文子の人定質問が終ると裁判長は突然、安寧秩序を害するという理由で傍聴禁止を申し渡した。

傍聴席はそれを聞くなり騒然となって湧きたった。

「横暴だっ」

「馬鹿にするな」

「無謀だっ」

「出るな、出るな」

口々にどなりたてながら、口笛を吹く者、足ぶみをする者が出て、憲兵や警官が跳びかかっても、激しく抵抗してなかなか法廷の外へ出ようとしない。さんざん手古摺《てこず》らされた揚句、どうにかようやく傍聴人がすべて引きずり出された。

布施弁護人が、公開禁止について異議を申したてたが容れられない。それでも朴烈が栗原一男を「立会人」として要求したので一度法廷外に出されていた栗原一男ひとりが呼びこまれて、その特別傍聴が許された。

つづいて弁護人から、金翰の証人申請、金翰に関する朝鮮の法院の裁判書類の取寄申請、及び朴烈、文子の精神鑑定をした杉田直樹の鑑定人訊問申請があったが、その何れもすべて却下された。

この日、文子は突如、金重漢関係についてのこれまでの自供をひるがえした。これまでは、金重漢に朴烈が働きかける前にすべて自分に相談したといいはっていた問題だった。

「私は金翰に関しては朴よりも積極的に出たかと思われますが、金重漢のことについては嘘を言っておりました。それには義務も責任も感じませぬけれども只自分を瞞くことが堪えられないので、今日は正直に申します、金翰との関係は御役人の言葉で言えば共謀と言うのでしょう。しかし、金重漢の関係は朴が単独で交渉したので、同人に関しては私は本当に知らないのです。只後に断るときに初めて私に判ったのです」

と述べた。しかし文子が供述する前に、朴烈が、金重漢のことも、金翰のこともすべて文子と共謀したということを認めてしまっていた。この文子の否認は判決では取りあげられていない。

文子はその夜、手記をしたためている。それに題して「二十六日夜半」とした手記で、それを翌日の第二回公判では読みあげている。

第二回公判は冒頭から公開禁止で行われた。

まず文子が手記を朗読した後、すぐ小原検事の論告があった。

文子はその手記の中でも金重漢の件は否認したが、その後で高らかにいった。

「朴が私に金重漢とのことを相談したと仮定して、私が果して反対したかどうかは疑問だ。いや、恐らく信頼して任せたろう。その結果がテッキリ私の思う通り運んで、而して成就したと仮定する。その時私は果して朴に対して責めたろうか。ノオ、ノオ、私はあべこべに悦んだろう」

といった調子で金重漢との件の共謀はあくまで否認したが、最後には朴烈と同量の刑を受けて死ぬことを希望し、朴への愛を高らかに歌って手記を結んだ。

「私は朴を知っている。朴を愛している。彼におけるすべての過失とすべての欠点を越えて、私は朴を愛する。私は今、朴が私の上に及ぼした過誤のすべてを無条件に認める。そして朴の仲間に対しては言おう。この事件が莫迦《ばか》げて見えるのなら、どうか二人を嘲《わら》ってくれ。それは二人の事なのだ。そしてお役人に対しては言おう。どうか二人を一緒にギロチンに抛り上げてくれ。朴と共に死ぬるなら私は満足しよう。そして朴には言おう。よしんばお役人の宣言が二人を引き分けても、私は決してあなたを一人死なせては置かないつもりです、と」

大審院の法廷を利用して、このように堂々とした恋文を、裁判官たちを前に置いて、恋人の面前で読みあげた女は、世界の中に探しても金子文子ひとりなのではないだろうか。

文子は予審のはじめから、いつでも積極的に自分が朴烈と同罪にされるよう、むしろ、罪をつくりあげるような発言ばかりしてきた。捕われた最初から文子はむしろ死を需め、死を急いだような言動ばかりしてきた。尚その上、予審調書を通じて、朴烈にも自分の考えを訴えかけ、死に誘ったとも思えないこともない。

その上でなお、この最後の大舞台で、文子は朴烈に、面とむかって自分の心中の意志と覚悟を堂々と訴えたのであった。

この時、文子のもっとも恐れていたものは、朴烈ひとりが死刑になり、自分の刑が朴烈と差別されて軽くなり、生き残ることであった。この時すでに文子は死刑にならない場合は、自殺することを覚悟していたと見える。

文子は板倉受命判事に喋った最後にいっている。

「私は嘗《かつ》て『生を否定する』といった。科学的にいったらそうである。しかしあなた方お役人は私の調書に現れた理屈が貧弱だとかいって私の思想を借り物ではないかと疑った。で、そうした物解りの好い御親切なお役人方に対しては充分に思想の筋道を立てて置く必要があると思えるので、私がすでにニヒリズムを哲学だといった以上、終《しま》いまで哲学的に解釈する。

即ち『生を否定する』という事は哲学的に成り立たない。何となれば生のみが一切現象の根本である。生を肯定してのみすべては定義を持ち得るから。さよう。生を否定した時それはすべてが無義である。否定から否定は生れない。より強い肯定にのみ、より強い否定は生れる。即ちより強く生を肯定してこそそこにより強い生の否定と叛逆とは生れるのである。だから私は生を肯定する。より強く肯定する。そして生を肯定するが故に、生を脅かそうとする一切の力に対して奮然と叛逆する。

そしてそれ故に私の行為は正しい――と。

こういったらお役人さま方は、じゃなぜ自分の生を破壊しようとするような真似をしたのだ？　というだろう。私は答える――生きるとはただ動くという事じゃない。自分の意志で動くという事である。即ち行動は生きる事の全部ではない。そして単に生きるという事には何の意味もない。行為があって初めて生きて居ると言える。したがって自分の意志で動いた時、それがよし肉体を破滅に導こうとそれは生の否定ではない。肯定である――と」

文子は少なくとも感傷的に死に憧れ、朴烈との心中を図ったのではなく、冷静に哲学的に覚めた意識で死を選びとっていたといえる。死を選ぶことによって自分の思想を生かそうとした積極的な意志がそこに働いていた。

小原検事は刑法第七十三条後段および爆発物取締規則違反として、朴烈、文子の死刑の求刑をした。次で朴烈の裁判に対する最後の陳述があり、新井・布施弁護人の弁論があった。

翌二十八日は日曜日にもかかわらず開廷し、翌三月一日に結審となった。第三回、第四回の法廷では専ら弁護人の弁護が行われたが、最終回の日、文子は最後の陳述をして、自分たちの刑を軽くしようと弁論してくれた弁護士たちに八つ当りし、検事の論告通り死刑を求める弁論をした中村弁護士の弁論をとりあげ、

「私は寧ろ中村氏のようにいってもらう方がいい」

と述べた。

それから二週間後の三月二十五日、愈々判決が下り、朴烈、文子に対し、裁判長から死刑の判決言渡しがあった。


「被告準植ハ其幼時ヨリ受ケタル環境ノ影響、窮匱《キュウキ》ノ体験並ビ展開ノ望ナキ自己ノ逆境及ビ朝鮮民族ノ現状ニ関スル不満ノ念ヨリシテ、偏狭ナル政治観及ビ社会観ニ陥リ、遂ニ地ノ万類ヲ絶滅シ自己亦死スルヲ以テ究極トスル其所謂虚無主義ヲ抱持スルニ至リ、此思想ヲ実現セシムルタメ我皇室ニ対シ危害ヲ加フルノ非望ヲ有シ、被告文

子ハ幼ニシテ父母ノ慈ヲ享《ウ》ケズ、荒《スサ》ミタル家庭ニ生立チ、早ク既ニ惨境ニ淪落《リンラク》シ、流離辛苦ノ余、骨肉ノ愛ヲ信ゼズ、孝道ヲ否定シ、権力ヲ詛《ノロ》ヒテ、皇室ヲ蔑視シ、現代社会ハ其身ヲ絶望ノ域ニ陥ラシメタルモノナリトシテ其無情ヲ憤リ、生類ノ絶滅ヲ期スル虚無思想ヲ懐《イダ》クニ至リ、大正十一年二月頃被告両名相識ルヤ互ニ其思想ヲ語リテ意気投合スルモノアリ、同年五月頃東京府豊多摩郡代々幡代々木富ケ谷ニ一戸ヲ構ヘ同棲スルニ逮《オヨ》ビテ、両者ノ一致セル極端ナル思想ハマスマス高潮シテ、其ノ理想ヲ実現セシムルタメ具体的計図ヲ樹ツルニ至レリ、スナハチ大正十二年ノ秋頃挙行アラセラルル趣キニ伝ヘラレタル皇太子殿下ノ御婚儀ノ行啓ヲ便宜ノ途ニ擁シ鹵簿《ロボ》ニ対シ爆弾ヲ投擲シ危害ヲ加ヘ奉ラムコトヲ謀議シ、其企図遂行ノ用ニ供スル爆弾ヲ入手センガタメ、被告文子ト協議ノ上、被告準植ハ大正十一年十一月頃、朝鮮京城府ニ赴キ、其当時義烈団ト称シタル支那上海ノ一暴力団体ト気脈ヲ通ジテ爆弾輸入ヲ画策セル朝鮮人金翰ト同府観水洞四十七番地ナル其住居ニ於テ会見シ、爆弾分与ヲ申込ミ、其約諾ヲ得、超テ大正十二年五月、亦被告文子ト協議ノ上、被告準植ハ東京市本郷区湯島天神町一丁目下宿業金城館其他ニ於テ数次無政府主義者金重漢ト会合シ、前示義烈団等ト連絡シテ、上海ヨリ爆弾ヲ輸入センコトヲ依頼シ其約諾ヲ得タルモ之ヲ入手スルニ至ラザリシモノナリ」

というのが、死刑判決理由の中の事実に関した部分であった。

この部分が刑法第七十三条と、爆発物取締規則第三条に当るというので死刑が判決されたのであった。

この日は朴烈は白綸子《りんず》の朝鮮服をつけ、文子は銘仙の袷《あわせ》にメリンスの羽織を着、朝鮮風にまとめた束髪をいく分頬にほつれさせ、上気してやや興奮状態だった。

裁判長の判決言渡しが終ったとたん、文子は高い声をはりあげ、

「万歳！」

と叫んだ。朴烈も負けずに、

「裁判長、御苦労さま」

とどなった。

「私はね、寧ろ死んで飽くまで自分の裡に終止します」と、地裁で読みあげた手記の中にも述べていた文子の願望はここに実を結んだ形になった。震災のどさくさに捕えられて以来、足かけ四年、獄中生活をする間に、文子は前途に死刑しか見ることが出来なくなっていた。

文子が死刑になれば、我国では管野須賀子につぐ二人めの大逆罪の女革命家ということになる筈である。しかし文子は須賀子のように、未来の社会も信じてもいなかったし、自分たちの死を高く意味づけてもいなかった。文子の底なしの虚無思想は獄中で尚いっ

そうエスカレートしていった気配がある。

「何が私をかうさせたか」の中でも、

「『民衆のために』と言って社会主義は動乱を起すであろう。その権力によって新しい世界の秩序を建てるであろう。そして民衆は再びその奴隷とならなければならないのだ。然らば、革命とは何だ。それはただ一つの権力に代えるに他の権力をもってすることにすぎないではないか」

と叫び、未来に何の甘い幻想も抱いていない。文子が信じていたのは現在のこの時点に於ける朴烈との愛だけであった。

この判決が法務大臣江木翼に報じられると、若槻内閣は、臨時国会を開いて政策上減刑することに決めて、恩赦を天皇に奏請し、受諾された。

判決から早くも十日がすぎた四月五日、朴烈と文子は、市ケ谷刑務所の所長室に呼び出された。

幸徳秋水事件では判決から六日目の一月二十四日と五日に処刑があり、難波大助事件は、判決の翌日、処刑されている。

文子は判決の日から毎日処刑の呼出しが来るのを待ち望んでいたから、愈々その日が来たと思った。

文子が所長室に入っていくと、すでに朴烈がそこにいて、文子を見て笑った。

ここで死刑執行の申し渡しがあるのかと思った文子は、机の前から立ち上った秋山要所長の方をきっと見た。所長は二人の方へ進んでくると、緊張した表情で、今日、陛下のかたじけない御仁慈により恩赦が下ったとつげ、二人を並べて起立させた前で、うやうやしく特赦状を読みあげた。

「特典ヲ以テ死刑囚ヲ無期懲役ニ減刑セラル」

という文章を読みあげ、秋山所長がまず朴烈に特赦状を手渡した。朴烈はふんと、鼻先で冷笑してそれを無造作に受けとった。秋山所長は残る一枚を文子にさしだした。それまで黙って、睨みつけるように秋山所長の行動を見守っていた文子は特赦状を手にするや否や、いきなりそれをべりっとひきさき、あっというまもなく、またしてもべりべりっとそれをひき破ってしまった。

「人の命を勝手に殺したり生かしたりして玩具にして、何が特赦なものか。私はあんたたちの勝手になんかさせるものか」

と、どなった。秋山所長は仰天して、とっさに朴烈の手から、特赦状を奪いかえした。朴烈にも破られたら手のほどこしようもないと恐怖したからである。

いやしくも天皇の特赦状を破り棄てるというような行為は所長にとっては想像の外の事件だった。秋山所長は色を失った。これが外へもれると、内閣はつぶれるだろう。自分をはじめ関係者すべては総辞職せねばおさまらない。大体、この事件では、法廷以来、悔悛《かいしゅん》の色が全くない傲岸不遜の二人に対して、恩赦を奏請するということ自体が誤っているという世評も強いのである。

秋山所長の外に、その部屋に立ちあっていたのは教誨師と戒護主任だけだった。ふたりとも息をのんで声もない。

秋山所長は朴烈と文子を引きとらせたあとでこのことを他言しないことを教誨師と戒護主任に強く申し渡し、上司の泉二行刑局長だけに事件の報告をし、他には一切口外しないことに決めた。詰めかけていた新聞記者にも、二人は感涙にむせんで有難く受けとったと発表した。

幸徳秋水たちの大逆事件でもそうだったが、この事件は実行行為がない上、幸徳事件以上に、予備陰謀にも不確かな点が多いので、死刑執行というのは極刑にすぎていた。

幸徳事件でも最初は二十四名の死刑の判決が下り、すぐ、天皇の恩赦という形で十二名の減刑が報ぜられた。このことを獄中で聞いた死刑囚の一人の管野須賀子は憤然として、獄中手記「死出の道艸《みちくさ》」の中に死刑執行の二日前に書いている。

「――略――田中教務所長から相被告の死刑囚が半数以上助けられたという話を聞くが、多分一等を減じられて無期にされたのであろう。あの無法な判決だもの、其位の事は当然だと思うが、何にしてもまあ嬉しい事である。――略――一旦ひどい宣告を下して置いて、特に陛下の思召《おぼしめし》によってというような勿体ぶった減刑をする――国民に対し外国に対し、恩威並び見せるという、抜目のないやり方は、感心といおうか、狡猾《こうかい》といおうか、然しまあ、何はともあれ、同志の生命が助かったのは有難い。慾にはどうか私達三四人を除いた総てを助けて貰いたいものである。其代りになることなら、私はもう逆礫刑の火あぶりにされようと背を割いて鉛の熱湯を注ぎこまれようと、どんなひどい刑でも喜んで受ける」

須賀子は恩赦にあずからない立場であったが、この語句の烈しさから見ても、もし仮に須賀子に恩赦が下ったら、おそらく文子と同様、その特赦状をひき破っていただろう。

文子があれほど切望していた朴烈と共に死刑台に上るという夢は、ここに破られてしまった。その後朴烈は千葉刑務所に、文子は宇都宮刑務所栃木女囚支所に移されて無期刑に服役することになった。

この思いがけなく与えられた無期刑の歳月が、文子にとってはむしろ屈辱と拷問でしかなかったことは察するに余りがある。生きていても、もはや朴烈とは文通も許されず永久に相逢うことは出来ない。

栃木女囚刑務所の独房で暮した四カ月の日々を文子は敗北感と悔恨と絶望の中に過していただろうか。文子が一切の作業を拒否し、食事さえ次第に拒みはじめたのは、敗北からではなく、自由を奪われた文子の捨て身の抵抗と挑戦ではなかっただろうか。

国家権力に抵抗することによって得た死刑は、文子の思想が選びとったものであった。

その栄光を奪われた文子が、国家権力によって与えられた生を否定し、自殺するしか自分の思想を貫く方法はないと判断し決意したのは、文子の日頃の揚言《ようげん》から見ればむしろ当然の結果であった。

決して感傷的に絶望的に、あるいは、錯乱して発作的な死をとげたのではないことは、それまでずっと拒否しつづけていた作業を、自分から申し出て、縊死するための縄をつくる材料として、マニラ麻の配給を受けていることでも知れよう。文子は七月二十二日にもらったマニラ麻で縄を編みはじめ、二十三日真夏の朝日の、明るく強く射しこむ独房の窓ぎわで、縊死体となって下ったのだ。文子は死の瞬間まで冷静な判断力を失わず、自分の意志で死を選びとったのであろう。文子の選んだ死刑は文子の魂の生であった。しかし、与えられた無期刑の生はむしろ文子にとっては魂の死であった。文子はこの死に挑戦して、ふたたび自分の意志で死を選び獲ることによって、永遠の生を摑み獲ろうと図ったのである。

その死は、だからこそ、赫々《かくかく》とした生命そのものの夏の朝陽に向って遂げられたのであろう。

一九七二年一月十七日の朝、私は小林常二郎氏と、同乗した車を栃木へ走らせていた。

小林氏は、私には未知の方であったが、私が週刊誌に出した金子文子について知らしてほしいという記事を見られて、お手紙を下さった方であった。

「金子文子の死去はもう四十余年の昔になりますので記憶も大分薄れましたが、何かの参考になれば幸甚と御知らせします。

私の十七、八歳位の丁度、六〜七月頃か、当時の栃木にはまだ自動車はありませんでした。私は当時栃木で俥宿をしていた家の業を手伝って居たので計らずも知った訳でした。

合戦場《かっせんば》街道の「二つ橋」の先までと、俥を何台も依頼され、他の多勢の俥夫と一緒に、晃陽館(旅館)へ集合したのは暁前だったので、こんな時刻に、こんなにたくさんの俥を呼ぶのはどういうわけかと不審な想いに駆られたのは覚えています。

現場は栃木の北方で下都賀郡谷中村との境界近く、日光、鹿沼街道から栃木より日光への進行方向に向って約五十米《メートル》くらい左へ入った所でした。

そこが刑務所墓地と知ったのは、後のことですが、砂地のところで、私も掘るのを手伝った覚えがあります。掘り進むと砂地にもう水が滲み出てきました。まだ僅かに棺の一部しか地中からあらわれない時、赤いギラギラした水が出てきて、血か、とぎょっとしました。それを見て、ルバシカを着た長髪の人達や、馬島僩さん、布施辰治さん達(後で知った)が色めき立ってきました。

棺の蓋を開いた時、喉のあたりが変だったのでしょう。大分慎重に見て居られましたが納得されたのか、問題にはならなかったようです。

ギラギラした赤い水は血液ではなく、防腐剤が水に溶解したものと判明しました。

掘り出された棺を運搬する者がなく、私は栃木刑務所へ荷車を取りに行ったと思います。自転車は刑務所の看守さんのものだったでしょうか。刑務所では簡単に荷車を出してくれました。万町《よろず》三丁目角の交番の前も通る時わけを話すと、何ともとがめられず通してくれました。夜の白々明ける頃、荷車に棺をのせて当時の今泉街道の火葬場に運ばれ、茶毘《だび》に付された訳です。

以上が私の記憶にある当時の情況ですが、文子の母といわれる四十五歳――もっとになるかどうか、十七、八歳の私の目にはそういう年頃に見えたが、ほっそりした庶民らしい女の人が痛々しく見えました。涙も涸れたのか、さして泣き悲しむふうにも見えなかったが、棺の蓋《ふた》を取り、死体の確認を需められた時は、一目見るには見たが、正視出来ないといったふうに、あわてて目をそむけて、必死に堪えている様子にうかがわれました。黒地に白い井げたの絣の着物を着た女の人の印象は、四十余年を経た今もまだ、私の眼底に鮮かによみがえります」

こんな文面のお手紙を下さった小林氏は七十前の温厚な老紳士でお勤めがあるのに一日、休みをとって、手紙にある地点へ案内して下さることになった。

「あの頃、私は東京へ勉強に出ていたのですが、勉強が面白くなくなって、一年ばかり家に帰ってぶらぶらしていた時だったのです。それで家の仕事を手伝って俥をひいたりもしていました。後になって五年ばかり栃木で読売新聞の支社の記者になったりした時代があったものですから、あの事件も段々理解するようになって、自分が手伝ったのがどういうことだったのか、わかってきた次第でした」

小林さんはお年より若く見える表情で、昔を思い出しながら、言葉を選び選び、慎重に話して下さる。

車のこまないうちにと早朝東京を出たが、やはり栃木についた頃は二時間余りかかっていた。

雲ひとつなく晴れ渡った快晴で、遠山がくっきりと藍色に浮び、その背に白い雪が光っている。

「これが渡良瀬川です。あの向うが谷中村です」

小林氏はこの地方の地理にさっぱり無智な私に、車窓から指さしながら説明してくれる。

栃木の町に入ると、戦災も受けないこの町は蔵づくりのがっしりした家が多く目立ち、せまい道幅の左右につづく商店街のたたずまいや色彩が、まるで大正時代の町へふみ迷ったようななつかしさを呼ぶ。

車はやがて栃木の町のメーンストリートである万町の大通りにさしかかる。ここは道幅も広く、左右に立ち並ぶ商店はどれもみな高い屋根を並べ、ウインドウの飾りつけも万事東京風で賑やかである。

「ここが晃陽館のあとです」

小林氏が指し示してくれたのは、大通りの右側の角地に当り、現在は大きなビルが建ち、ホテルになっている。

「相当大きな旅館だったのですね」

結婚式場の看板も出ているそのホテルを見上げ私がいう。

「ええ、これほどではありませんでしたけれど、大きな旅館でした。昔の旅籠《はたご》によくある形式の、道に向って二階に黒っぽい手すりがはりだしていて、その奥に横に三間幅の廊下が走っており、廊下の向うに部屋の障子が見える。手すりには泊り客の手ぬぐいがずらりとかかっているというふうな構えでした」

小林氏の説明は、すべて視覚的に詳細で、当時の晃陽館が目に浮んでくるようだった。

車が万町の大通りを左に曲るところで、

「ほら、その今、家が建ってるあの角に交番があったんです」

という。大通りを外れると、また旧い大正時代のような町並がつづく道に入り、そこを走りぬけたところから明るい畠が拡がっている。

「見えるでしょう、その橋、その橋に二つ橋と書いてありましょう」

なるほど道にのめりこむような形で小さな橋の標の石柱が二本建っている。その土埃にまみれた表面に二つ橋と彫ったあとがうっすらとうかがえる。川というより溝のような流れにかかっていた橋なのだろうか。今は広い道路がその上を走っていて、橋とも見えない。橋の左袂に一軒の家が低い軒をかがめていた。

「あ、この家は昔もこのままありました」

小林氏の声が幾分弾んでくる。二つ橋を渡ったあたりで車をとめた。

この道が鹿沼街道で、真直ぐ日光に通じている道らしい。道の左右は地の涯まで畠が拡がり、その真中に新しい家が建ち並んでいる。

道の左側は、雑草におおわれた原っぱになっていて、耕されてもいない。

「たしかこの辺りでした。ちょっと訊いてみます」

小林氏は原っぱで、ねんねこに赤ん坊を背負って立っている老爺の方へ足早に近づいていった。

「ああ、刑務所の墓地なあ、あの森の下だよ。もうすぐ観音さんが建つことになってる」

お爺さんが指さす百米ほど彼方に、たしかに青い葉をつけた樹がまばらに立ちかたまっているのが見える。私たちは原っぱの中を横切って、その木立の方へ歩いていった。

「思いだしました。あの頃はこの大きな道がなくって、二つ橋のところから畠の中へ入り、細い道をたどったものです。まっ暗で、懐中電燈で足許を照らしながら来たものです。ほら、今でもこの土地はじくじくしているでしょう。全体に湿地なんですよ」

近づいてみると、木立は三十本ばかりのひょろひょろした檜葉の樹の群であった。てっぺんに近く埃だらけの色の悪い葉が寒そうにこびりついている。その一劃の四百坪あまりの土地は一応整地されていて、よく見ると、まわりは有刺鉄線が張られ、司法省と彫った石が四角に埋められている。国有地の墓地なのである。木立の奥に真新しい石垣で囲まれた自然石の石碑が建ち、表には「合葬之碑」という文字が読める。その碑の横に、これも真新しい御影石の蓮台が建っていて、その台石の背後には、時の刑務所長が、教誨師と図って、この無縁仏たちを合葬し、その霊を弔うためにここに地蔵尊を建てると彫ってある。地蔵尊の姿はまだなく、建立の日付は、一カ月先の三月十五日になっていた。引取人のない受刑者の死体は、すべてこの墓地に埋められていたらしい。文子の死体も、文子の母が引取りに出むかなかったため、この墓地にいったん埋められてしまったのだった。

「確か、この辺りでしたよ。ええ、確かこの辺りです」

何度も、道から墓地へ入って、足幅で計りながら、小林氏は、しっかりと自分にいい聞かせるようにいった。

「この道から、十歩くらい入った所だったのです。まだ真暗で、栃木の町の灯があちらに、ぼうっと霞み、この向うの方に遊廓があったからその灯あかりが、やはりぼうと空を染めていたのを覚えています。焼場についた頃、夜がしらしら明けそめたのです」

私たちはしばらくそこに、ことばもなく立ちつくした。中天に近づいた冬の陽光が春のようにあたたかく降りそそぎ、樹々の影がすがれた雑草におおわれた地面に短く落ちている。あたりには私たちの外、人影もない。街道を走る車の音もここまでは聞えて来ない。静かだった。物音ひとつしない静寂がふとこの世のものとも思えなくなった。颯《さっ》と風が鳴ったように思い私は天を仰いだ。貧相な檜葉の枝をゆるがせて、鳥が一羽声もなく枝移りした。

ふいに私の耳に降るような遠い鶯の声がよみがえってきた。細い鶯の声を縫い、時々山鳩と、郭公の声が聞える。それらが止むと、しんと、耳の底から鳴るような静寂があたりを包む。私はたちまち自分が南鮮の山奥の秘境の、あの樹々に囲まれた文子の墓地に運び去られるのを感じた。

名も知らぬ雑草におおわれた土饅頭の上に、身をなげかけて慟哭している陸老人の号泣が、私のまわりをひしひしと取り囲んでくる。樹々を渡る颯々の風の声がそれに重なる。

岩波現代文庫版あとがき

私は『余白の春』を書く前に、明治刑法下の大逆罪に問われ、明治四十四年(一九一一年)に刑死した管野須賀子を『遠い声』という小説で書いている。これは須賀子が獄中で書いた「死出の道艸《みちくさ》」という手記を読んだ時に受けた衝撃によって、管野須賀子という女革命家の短い生涯を書かずにいられなくなったからである。

しかし、この小説を当時の出版界ではどこも書かせてくれなかった。唯一、鶴見俊輔氏の発刊されていた『思想の科学』に書かせて貰うことができた。鶴見さんは、この連載中、くわしく読まれ、励まして下さった。その連載が終った時、次に「金子文子」について書けと、すすめて下さった。金子文子は朴烈事件として大正史に刻まれた事件で知られていた。大正十二年(一九二三年)の関東大震災直後、保護検束された文子と朴烈の二人が、大逆予備罪の名のもとに、大正十五年三月二十五日、死刑判決を受け、のち、減刑され無期懲役となる。朴烈は昭和二十年、日本の敗戦まで獄中で生きのびたが、文子は獄舎で首を吊って獄死している。

獄中にいた頃の二人が椅子の上で抱きあっている異様な写真が世に出て、私もそれを見た記憶がある。管野須賀子が幸徳秋水に惚れきっていたように、金子文子は朴烈に命がけの恋をしていた。世が世なら、文子はチェーホフの「可愛い女」のように男への愛だけに満足して生きたかもしれない。

私はこの小説のため、朝鮮へ取材の旅をしている。その頃は、まだ朴烈と交渉のあった人々が生き残っていて、一人で訪ねた私を、その人たちが集まり大切にあつかってくれた。案内してくれたのは朴烈の甥の朴炯来さんだった。朴烈の生家は、清潔な、ゆったりとした品のあるたたずまいだった。何よりこの旅で感激したのは、文子の墓が朴烈の一家の墓地にあり、そこに詣れたことだった。文子が自分の墓は朴烈の家族の墓場にと願ったのを、朴烈の家族が守ってくれたのだった。広い台地の他の墓と同じ土饅頭型の墓の上に、夏草が一面生いしげっていた。同道してくれた朴烈の同志だった老いた陸洪均さんが、わっと泣き声をあげながら、土饅頭の墓に身を投げかけ、文子の名を呼びつづけた姿が、忘れられない。

私の『余白の春』を参考にしてくれたのか、その墓の場所に、今は立派な石碑の文子の記念碑めいた新しい墓が建っていて、その写真が私にも送られてきて驚いたのも、今では遠い想い出になってしまった。

管野須賀子を書いた『遠い声』を、ご自分の出されている雑誌『思想の科学』に書かせてくれ、つづいて金子文子を書くようにすすめてくれた鶴見俊輔さんも、私と同い年なのに、私より先に早々と逝ってしまわれた。

朴烈は、日本の敗戦の年、獄から解放され、マッカーサーと握手している写真などが流された。若い女性と結婚し、一男一女をもうけ、李承晩時代に帰国し、朝鮮戦争のさなか北朝鮮へ行き、「在北平和統一促進協議会」の会長などつとめ、七十七歳で死去したと伝えられている。

戦後、文子の存在が見直されるにつれ、文子を顕彰する風潮が生まれ、文子の存在をたたえる傾向になっている。文子と朴烈を描き韓国で大ヒットしたという映画を見せられたが、私の『余白の春』が、その流れに少しでも役立っていたとしたら嬉しい。

二〇一九年一月

瀬戸内寂聴

「余白の春」は『婦人公論』一九七一年一月号〜七二年三月号に連載され、七二年に中央公論社より単行本として刊行された。本書は一九七五年刊行の中公文庫版を底本とした。また、「金子文子」の副題を付した。

なお、本文中に今日からすると社会的差別にかかわる表現があるが、描かれた時代および執筆当時の歴史性を考慮して、そのままとした。

余白の春 — 金子文子

2019年 2月15日　第1刷発行
2021年11月25日　第3刷発行

著　者　瀬《せ》戸《と》内《うち》 寂《じゃく》聴《ちょう》

発行者　坂本政謙

発行所　株式会社 岩波書店
〒101-8002 東京都千代田区一ツ橋 2-5-5

案内 03-5210-4000　営業部 03-5210-4111
https://www.iwanami.co.jp/

印刷・精興社　製本・中永製本

ISBN 978-4-00-602304-1　　Printed in Japan

岩波現代文庫創刊二〇年に際して

二一世紀が始まってからすでに二〇年が経とうとしています。この間のグローバル化の急激な進行は世界のあり方を大きく変えました。世界規模で経済や情報の結びつきが強まるとともに、国境を越えた人の移動は日常の光景となり、今やどこに住んでいても、私たちの暮らしは世界中の様々な出来事と無関係ではいられません。しかし、グローバル化の中で否応なくもたらされる「他者」との出会いや交流は、新たな文化や価値観だけではなく、摩擦や衝突、そしてしばしば憎悪までをも生み出しています。グローバル化にともなう副作用は、その恩恵を遥かにこえていると言わざるを得ません。

今私たちに求められているのは、国内、国外にかかわらず、異なる歴史や経験、文化を持つ「他者」と向き合い、よりよい関係を結び直してゆくための想像力、構想力ではないでしょうか。

新世紀の到来を目前にした二〇〇〇年一月に創刊された岩波現代文庫は、この二〇年を通して、哲学や歴史、経済、自然科学から、小説やエッセイ、ルポルタージュにいたるまで幅広いジャンルの書目を刊行してきました。一〇〇〇点を超える書目には、人類が直面してきた様々な課題と、試行錯誤の営みが刻まれています。読書を通した過去の「他者」との出会いから得られる知識や経験は、私たちがよりよい社会を作り上げてゆくために大きな示唆を与えてくれるはずです。

一冊の本が世界を変える大きな力を持つことを信じ、岩波現代文庫はこれからもさらなるラインナップの充実をめざしてゆきます。

（二〇二〇年一月）